El último hombre blanco

El último hombre blanco

NURIA LABARI

LITERATURA RANDOM HOUSE

Papel certificado por el Forest Stewardship Council®

MIXTO
Papel procedente de
fuentes responsables
FSC® C117695

Penguin
Random House
Grupo Editorial

Primera edición: mayo de 2022
Primera reimpresión: junio de 2022

© 2022, Nuria Labari
International Editors' Co. Agencia Literaria
© 2022, Penguin Random House Grupo Editorial, S. A. U.
Travessera de Gràcia, 47-49. 08021 Barcelona

Printed in Spain – Impreso en España

ISBN: 978-84-397-3963-0
Depósito legal: B-5.307-2022

Compuesto en La Nueva Edimac, S.L.

Impreso en Liberdúplex
Sant Llorenç d'Hortons (Barcelona)

RH 3 9 6 3 B

Pentesilea: Los hombres nunca salen perdiendo.

Arisbe: ¿Crees que no es salir perdiendo rebajarse al nivel de matarifes?

Pentesilea: Son matarifes. De modo que hacen lo que les divierte.

Arisbe: ¿Y nosotras? ¿Y si nos convirtiéramos también en matarifes?

Pentesilea: Entonces haremos lo que tenemos que hacer. Pero no nos divertirá.

Arisbe: ¡Tendremos que hacer lo que ellos hacen para demostrar que somos distintas!

Pentesilea: Sí.

Enone: Así no se puede vivir.

Pentesilea: ¿Vivir? Morir sí.

Hécuba: Niña, tú quieres acabar con todo.

Pentesilea: Eso quiero. Porque no conozco otro medio para que los hombres acaben.

CHRISTA WOLF, *Casandra* (1983)

A todas las personas que un día, camino del trabajo,
sintieron que se habían perdido

Para Alejandro, por el verbo ser y estar

TESIS. TIEMPO

Hay un varón dentro de mí. Está aquí dentro desde que recuerdo, ese rugido de varón. Puedo oírlo ahora, al hombre que golpea en mi interior. Es como un segundero, como el maldito latido de mi corazón, es la música que pone ritmo a los días, es un tres por cuatro sencillo, el movimiento más elemental, es muy básico, casi no se nota, algunas veces creo que ni siquiera existe, como la mancha azul en una compresa en la televisión, una auténtica quimera. Pero aquí está.

¿Alguien más puede oírlo? ¿Alguien más lo lleva dentro? Es ese tambor con que nos llaman a ir a la guerra a querer más a ser mejores a conquistar a ganar a discutir a tener razón a corrernos primero a poseer a progresar a conducir más rápido a no llorar a ser más fuertes a llevar dinero a casa a no saber qué decir a tener la última palabra a ser eficaces a no dar rodeos a buscar siempre el camino más rápido a no encontrar las palabras a no escuchar a ser fiable como un electrodoméstico a romper las cosas a tener la polla más dura a querer meterla por detrás a no pedir permiso a creer que las cosas necesitan un orden a aceptar los privilegios a tener siempre la razón a confesarnos a obedecer a Dios a inventar las reglas a cumplir las reglas a infundir confianza a mandar a hacer lo que nos mandan… En definitiva, a entender que las cosas son complejas y elegir buscar respuestas simples.

Todo el mundo puede oírlo porque todo el mundo lleva un hombre en su interior, cada vez más grande y cada vez más solo. ¿Hay alguien más ahí dentro? No. Solo un hombre blanco en el vacío. ¿Y la mujer? ¿Dónde está? ¿No está, como siempre, esperándolo en casa? ¿He dicho ya que este hombre está solo? ¿He dicho que este hombre soy yo? ¿Adónde regresaré? ¿Y Penélope? ¿No es verdad que hay una mujer tejiendo mientras espera que yo vuelva a casa? ¿Acaso nadie espera mi regreso? Qué va. Las casas están vacías y la igualdad avanza cada día para convertirnos a todos en hombres blancos con un contrato indefinido. Hombres blancos por nacimiento o por vocación.

—Vamos a jugar —dice la profesora, el telediario, la directora de recursos humanos, el director de la fundación que reparte las becas, mi jefe, mi madre, mi hijo, João.

—Quiero cartas —respondo.

—¿Seguro? —preguntan.

Una última oportunidad. Una advertencia. Las cartas están marcadas, esta partida no acaba bien aunque la ganes, la banca siempre gana, la tradición siempre gana, la testosterona gana todas las manos. ¿Tienes suficiente de todo esto? ¿Seguro que no quieres volver a tu casa? Una retirada a tiempo es siempre la mejor decisión.

—He dicho que quiero cartas —me reafirmo.

Soy joven, creo que puedo conseguirlo todo. Estoy segura de que voy a cambiar las cosas.

—En ese caso, llama al hombre que llevas dentro para que las recoja —sentencia la profesora, el telediario, la directora de recursos humanos, el director de la fundación que reparte las becas, mi jefe, mi madre, mi hijo, João.

La mayoría de las veces llevo el sonido tan metido dentro de los huesos que resulta inaudible. Es como olvidar que he encendido el extractor de la cocina y apagarlo dos horas después, dos siglos después, dos mil años después. Es esa sensación de placer indescriptible cuando por fin aprieto el interruptor. Justo lo que siento cuando consigo matar a mi hombre blanco, las pocas veces que lo consigo. Esos instantes en que le digo adiós. Porque yo sé que debo decirle adiós. Sé que debo aniquilar todo eso que palpita dentro de mí y que está mal.

El problema es que no soy solo uno de ellos, soy la peor de todos ellos. ¿Cómo demonios podría haber llegado hasta aquí si no?

En los despachos donde se toman las decisiones, nadie escucha a las mujeres que gritan en la calle. Por eso no habrá turno de preguntas para ellas en ningún consejo de administración: por muy paritaria que llegue a ser la representación femenina, por mucho que mejoren las estadísticas, al final no basta con eso. No es tan sencillo, porque aquí arriba, al otro lado del techo de cristal, en la cumbre donde vivimos los que conseguimos pasar al otro lado, resulta que solo hay tíos. Es verdad que vamos llegando algunas mujeres, pero, si tienes una vulva entre las piernas, entonces habrás trabajado más que el resto para llegar aquí, habrás tenido que ser más fuerte que la mayoría, más agresiva y más hombre que cualquiera de los que nacieron con el privilegio.

La última ola del feminismo ya pasó, fue un tsunami precioso. Y mira ahora: en el año 2021, el 35 por ciento de las consejeras en España son tías, un cambio imparable y en ascenso. Pero, de hecho, es solo un recambio. La realidad no cambiará por más veces que contemos a las mujeres que consiguieron llegar a la cima. No mientras sigamos escalando su montaña. Después de todo, la idea de contar a las tías por un lado y a los tíos por otro nace de una mente cuantificadora y progresista que necesita resultados. Lo primero es siempre que salgan los números, pero a veces resulta que las cosas no cambian por mucho que contabilices. Así que cuando la cuota femenina está a punto de cumplirse en algunas de las empresas más importantes del mundo, resulta que el poder sigue siendo masculino. Una cosa es cambiar a los jugadores y otra las reglas del juego, y las reglas, también las de hoy, las inventaron ellos. Y esa es la razón por la que el futuro no puede empezar.

Muy pronto los fondos de inversión empezarán a pedir sangre fresca. La paridad de género ya es un asunto anticuado, la brecha de género es un asunto anticuado. Hace tiempo que la igualdad salió a cazar nuevas presas. Tienen que llegar las negras, los indios, los transexuales, las cojas, los neurodiversos, los inmigrantes de tercera generación, los sordos... Nada ni nadie podrá quedarse fuera. Hay que convertir a todo el mundo en un maldito hombre blanco, todos latiendo con el mismo corazón como guerreros de la tribu capitalista. Todos dispuestos a conducir los coches más rápidos, a consumir las mismas ideas, a hablar el mismo idioma y a romperse las piernas en los mismos gimnasios, todos preparados para saltar sobre el fuego y gritar: «¡Por fin soy uno de ellos! ¡He triunfado! ¡Soy un caso de éxito!». ¿Y quién inventó el éxito? Ellos. ¿Y quién lo reparte? Ah, sí, también ellos. En ese caso, ya puedes vestirte con tu colorido traje de indígena y firmar los correos de empresa con género neutro. Bienvenido a la vieja modernidad.

Plas, plas. En pie. Necesito ponerme de pie para aplaudir. ¡Bravo! Plas, plas. Tengo que ponerme en pie. No basta con que me ardan las manos. Necesito levantarme. ¡Hurra! ¡Bravo! Estoy aplaudiendo a la igualdad y a la vida. Estoy aplaudiendo a todos mis años de estudio, de horarios, de trabajar veinticuatro/siete, aplaudo por condensar la libertad de décadas en varias docenas de días «libres» y por todas las cosas que acepté sin protestar ni pensar con tal de convertirme en uno de ellos. Estoy aplaudiendo por el trabajo, claro está, esa bendición para las mujeres, la promesa de la verdadera igualdad.

Creí que solo era trabajo, pero al trabajo se va con el cuerpo.

Creí que solo era dinero, pero el dinero sirve para someter a las personas.

Creí que solo era un amor, un matrimonio, una hipoteca, un coche, una familia, pero todas esas cosas escondían una trampa por cada posibilidad que prometían.

Creí que había que cambiar las cosas, me esforcé, hice lo correcto y lo conseguí.

Gané, pero también me equivoqué.

El día de mi primera comunión yo quería que me tocara una monja para la ceremonia; me hacía ilusión que fuera una mujer porque no me gustaba la voz del cura al cantar «Cordero de Dios»: su voz teñía las vidrieras del color del sacrificio, y yo prefería la caricia de una nana, esa clase de luz atravesando las ventanas. Pero me explicaron que el cuerpo de Cristo no podía consagrarse en las manos de una monja, ya que la gracia divina solo consagra a las mujeres en sentido gestacional, como a la Virgen María. Las mujeres llevamos dentro un milagro, un auténtico soplo de vida. El cura, en cambio, se tiene que conformar con transustanciar el pan y el vino en el cuerpo y la sangre de Cristo: eso es un soplo de poder. Después solo hay que recoger su fruto en la boca, sentir su tacto sutil sobre la lengua húmeda y tragar.

Y ahí está ahora mismo. Justo delante de mí: un hombre calvo y bajito vestido con una casulla púrpura y dorada, pesada y suntuosa como la túnica de un rey. En el colegio nos contaron aquella historia de Andersen sobre un rey que va desnudo, pero en la vida real los reyes y los hombres siempre van vestidos. Desnuda me siento yo dentro de mi vestido blanco de primera comunión mientras observo cómo el poder levanta la hostia hacia la cúpula estrellada de la iglesia, ese firmamento hecho a golpes de martillo, un martillo capaz de separar el cielo de la tierra. Dios hizo al hombre a su imagen y semejanza, dice el cura, dice el gesto, dice el cáliz sagrado. Los hombres somos dioses, corean la ciencia y la universidad, cantan Darwin y Newton, cada uno desde una estrella. Y es precisamente en ese instante sagrado cuando comprendo que he nacido en el bando equivocado. La idea roza mis labios como el sorbo de sangre de Cristo que alcanzaré a beber después, pero no se hace carne, aún no. En realidad, me olvidaré de ella igual que me olvidaré de volver a misa el resto de mi vida.

Y viviré muchos más años desnuda, siempre con el cuerpo demasiado expuesto y rodeada de hombres lejanos y buenos amigos que se visten y revisten para la vida. Y mucho después tendré conciencia de esa fragilidad, incluso ahora. Como cuando muestro los dedos de mis pies desnudos bajo la fina tira de piel de una sandalia en una reunión de dirección. O cada vez que una blusa de tirantes deja mis axilas y su sudor al aire en medio de un despacho. O aquellas primeras veces, cuando mis muslos quedaban al descubierto más de lo que yo quería por esa forma que tienen las faldas elegantes de hacerse pequeñas cada vez que te sientas. Mientras tanto, ellos siempre protegidos por el uniforme que los reviste. Ellos con sus túnicas, sus monos azules, sus calcetines de ejecutivo, sus zapatos de cordones, sus camisas abotonadas hasta la nuez incluso en verano. Ellos y sus condecoraciones pegadas al pecho, una insignia o incluso las iniciales de su propio nombre cosidas en el mismo tono que las finísimas rayas de sus camisas. Es que los hombres se visten para ser alguien. Yo, en cambio, pasaré días enteros de mi adolescencia preparándome para salir, arreglándome en mi habitación como si estuviera rota, vistiéndome para parecer otra en vez de para recordar quién soy. Por suerte, no es algo que me pase solo a mí, y años después quedaré con mis amigas para arreglarnos unas a otras. Es común entre las mujeres quedar para vestirnos, pintarnos las uñas, peinarnos, maquillarnos, concedernos una legítima reparación que en realidad nunca es física. Podemos llegar a perdonarnos nuestros errores corporales, pero la sensación de desnudez nunca se va. Puede ser el hilo morado de una variz a la altura del gemelo, un poro demasiado abierto en la mejilla, un pelo enquistado en la pantorrilla, la pelusa en la axila como vergüenza o el mismo vello como reivindicación, lo importante es no dejar de sentirte expuesta. Si naces mujer, lo que los otros leen de ti siempre está escrito en tu cuerpo y no en la ropa que lo cubre. Por eso, a mis nueve años no me creo el cuento de Andersen. Es imposible que el protagonista vaya desnudo, salvo que sea una mujer, aunque la historia no lo diga. Porque si algo tienen en común todos los reyes del mundo es que van bien vestidos, y si alguna vez se quitan la ropa es para convertir el cuerpo en uniforme; nadie puede ver más de lo que ellos quieren, nunca.

En mi caso, por ejemplo, el hecho de ser un hombre no es algo que haya podido elegir. A las niñas de mi generación nos educaron para ser iguales a los chicos en todo, en eso consistía la igualdad, en ser como los hombres, en hacer todo lo que ellos hacían y como ellos lo hacían. La igualdad, después de todo, era otra forma de obedecer.

Así que la masculinidad llegó a mi vida como cualquier otro prejuicio, sin pedir permiso para invadirme. Y supongo que tiene sentido. Las mujeres son las que se pasan la vida dando explicaciones acerca de todo, pero ser tío es otra cosa: yo no tuve que pensarlo siquiera. Porque nosotros somos así, específicos y sintéticos. No nos hacemos demasiadas preguntas sobre nada, menos aún sobre nosotros mismos. Y cuanto más dinero ganamos, más sintéticos nos volvemos.

Ahora gano cerca de trescientos mil al año y vivo en un mundo donde la síntesis es considerada la cumbre de la inteligencia. Por eso nunca doy demasiadas explicaciones a nadie y tampoco me las suelo pedir a mí mismo.

Lo que intento decir es que me convertí en un hombre de repente, sin haber pensado demasiado sobre ello, a pesar de que me costó un enorme esfuerzo. Porque un hombre de verdad no está realizado hasta que tiene suficiente éxito o poder. Y ese camino, si bien no tiene por qué ser elegido, sí debe ser recorrido, palmo a palmo. Es el viacrucis contemporáneo, o lo que comúnmente llamamos «carrera profesional».

Y una vez allí, una vez pisé los suelos limpios y resbaladizos por donde se deslizan el poder y el dinero, solo tuve que levantar la cabeza y mirar alrededor. Porque allí solo existen los hombres blancos: sujetos tan internacionales y predecibles como una American Express. Se puede tocar el poder siendo uno de ellos o convirtiéndote en uno de ellos, esa es la única diferencia entre herencia y mérito, entre hombre y mujer.

Las reglas de los hombres ni se cambian ni se piensan, porque si algo tiene el varón es que es dócil y obediente ante la ley. Después de todo, los hombres llevan encima siglos de honor y sumisión, y no están dispuestos a cambiar porque ni siquiera se atreven a pensar sobre ello. A diferencia de las mujeres, a ellos les falta valor para pensar en sí mismos como víctimas, la mayoría ni siquiera es capaz de pensarse como tal. Pero todos son víctimas de su masculinidad, pues todos llevan dentro una mujer muerta. Han aniquilado su parte femenina sin oponer resistencia ni decir adiós.

Así que le dices a un tío que vaya a una guerra a que lo maten y se pone el primero en la fila, siempre que haya honor en la batalla, siempre que le parezca lo correcto o vaya a proteger una ley, que para muchos viene a ser lo mismo. Al menos, así ha sido durante siglos, desde la batalla de las Termópilas hasta dos guerras mundiales que aún exudan pólvora caliente. Hasta hoy, hasta mañana mismo.

En la cabeza histórica de la masculinidad, las reglas no sirven para cumplirlas, sino para distinguir lo correcto de lo que no lo es. Por eso, la mayoría hemos tenido un padre convencido de que sus viejas normas eran una forma de verdad y una madre dispuesta a escuchar una nueva versión de los hechos.

Pero ahora las cosas están cambiando, y las mujeres estamos entrando hasta el fondo de su guarida. Y ellos, generosos, nos han explicado lo que hay que hacer a unas pocas, a las que conseguimos llegar hasta el fondo de la caverna: se trata de remover las malas ideas de siempre con la mejor cuchara que podamos ofrecer, una de acero inoxidable de la marca alemana WMF, por ejemplo. Las mujeres podemos corregir el punto de sal de un guiso milenario. Pero no cambiar los ingredientes, ni la hora en que se come —es propio del varón estar obsesionado por decidir a qué hora se come en su casa—, y tampoco el número de comensales o qué animales muertos nos llevaremos a la boca. Podemos quedarnos un ratito, aunque no seamos bienvenidas, pero debe quedar claro que el juego es suyo.

Por eso, para que nadie rompa su juguete, es importante que las reglas estén muy lejos, en un espacio sagrado donde nadie pueda tocarlas y mucho menos pensarlas. Ese altar se guarda dentro de una sola palabra, que es el vértice de nuestra cultura y recibe el nombre de Trabajo. Dices Trabajo y todo el mundo se arrodilla: el Gobierno, la oposición, los periódicos y tu familia. Escribes por WhatsApp «Me han dado el Trabajo» y tus amigos saltan de alegría. Cuentas que has perdido el Trabajo y es casi como si hubieras perdido la vida. Porque en el Trabajo es donde reside lo indiscutible, la religión del talento y la prosperidad. El Trabajo es lo intocable, es siempre bueno para un país y es la ideología de nuestro siglo. El Trabajo es un milagro civil, hasta el punto de que es capaz de convertir a los buenos trabajadores —sean cuales sean sus actos o ideas— en buenas personas.

Por eso, el espacio público ya no es una plaza, sino un mercado, un centro comercial o un e-commerce, lo que cada uno prefiera. Y la democracia ya no es ese sistema que nos pregunta cómo deberían ser las cosas, sino que nos explica por qué son como son. Y el Trabajo es como las cosas son. Con montañas de dinero o con billetes arrugados en los bolsillos del vaquero, y con relaciones articuladas siempre en torno a determinados intereses. No hay escapatoria. Las reglas se conservan allí donde no se discuten; ¿dónde si no? Ni en el Congreso ni en las manifestaciones ni en los libros ni en la calle ni en la cama. Las reglas se escriben trabajando, porque es a lo que la humanidad dedica su maldita vida: a ganar el pan con el sudor de su frente. O con el sudor de otras frentes. Este es el juego y estas son sus reglas.

¿Y ahora qué decís, queridas niñas?, ¿os atrevéis a jugar?, pregunta el mercado. Venid, mujeres, al Trabajo, que aquí os vamos a desbravar, aquí es donde hasta la más tozuda dará su brazo a torcer, el Trabajo es donde vais a pagar el precio de los privilegios del varón y donde os convertiremos en uno más de la pandilla patriarcal. ¿Queréis igualdad? Pues ya os podéis ir despidiendo de vuestros nombres: es hora de desaparecer.

Para mí, el Trabajo ha sido una experiencia *queer* radical. Arrancó en el colegio y consistió en convertirme en uno de ellos a golpe de ideología, obediencia y cincel. El proceso fue tan sofisticado y profundo que no precisó tratamiento hormonal ni cirugía. No hizo falta someterme a ninguna reasignación ni superar exámenes clínicos sobre disforia de género, porque la idea misma de Trabajo se limitó a pulir mi identidad, a hacerme desaparecer poco a poco, empezando por obligarme a convertir mi biografía en el currículum de una desconocida con mi nombre y DNI. Una vida resumida en diez o doce fechas y el mismo número de líneas. ¿Quién es esta persona?, pensé al terminar el primer borrador. Después, cada vez que lo enviaba, sentía que decía una mentira.

La buena noticia es que no hace falta anestesia para iniciar la transición, la mala es que la recuperación es larga y dolorosa. De hecho, el proceso no se completa hasta que te jubilas, edad que se aproxima cada vez más al día mismo de la muerte. Y, a diferencia de una transición sexual convencional, no hay marcha atrás. La vida laboral, igual que el tiempo, no es reversible. Yo, por ejemplo, no estoy segura de poder ser algo distinto de lo que ya soy. A veces, para consolarme, me miento pensando que una cosa es lo que hago y otra muy distinta quién soy, pero lo cierto es que esta idea no resiste ningún juicio.

Adolf Eichmann, el líder nazi juzgado en 1961 en Jerusalén y condenado a la pena capital por diseñar la Solución Final en distintos campos de exterminio, también creía que era un buen hombre, a pesar de lo bien que hacía su trabajo. Él era un triste burócrata, un hombre normal y corriente convertido en un asesino brutal por motivos laborales. La filósofa judía Hannah Arendt asistió al juicio y definió a Eichmann como una persona «terrible y temiblemente normal». Es posible que Eichmann no fuera de entrada un maníaco antisemita sino un hombre como tantos, un disciplinado, aplicado y ambicioso empleado. La clase de persona que cumple las normas todos los días, que siempre llega puntual, que termina lo que empieza, que hace lo que le dicen, que trata de ascender en su empresa. Él nos demuestra que, tanto si nos gusta como si no, antes o después nos convertimos en aquello que hacemos. Y que hacerlo bien no nos convierte en buenas personas, sino en monstruos perfectos.

«Voy a matar a una mujer», oigo susurrar a un hombre a lo lejos. Creo que lo dice desde alguna red social.

«Yo es que no puedo más. Como sigas así, te juro que te mato», tiembla la voz angustiada de otro. Me parece que es mi vecino en la universidad, el del bajo. Viven juntos en un apartamento muy pequeño y ella no para de hablar a gritos por teléfono.

«He matado a sus hijos. Me volvió loco. Y ya al final, solo quería hacerle daño. Pobres niños». Esto lo he visto por la televisión. Lo que no recuerdo es si era una serie o un informativo.

«Pero si matamos a las mujeres, ¿con quién vamos a follar?», susurra una voz joven y ebria en algún parque rodeado de vasos y botellas. Luego, entre las risas, me parece oír también la mía.

«Yo jamás humillaría a una mujer. Por respeto y por educación. Y aquí está Marisa, que después de veinticinco años te lo puede confirmar», dice un amigo de mis padres tras una larga sobremesa. Marisa, su mujer, asiente, silenciosa. A veces, cuando él habla, me parece que ella mueve los labios. Como si quisiera repetir todo lo que dice.

«A mí, después de oír según qué cosas, me da vergüenza decir que soy un hombre. Mi pareja es mi compañera y mi cómplice por encima de todo. Respeto su decisión de quedarse en casa para cuidar de nuestros hijos. Y la admiro por ello. Es una madre excelente». Ahora habla uno de mis mejores amigos, en una terraza de Madrid, mientras mira a la que ha llamado «madre de sus hijos». Ella asegura que está viviendo la vida que le apetece y que siente, además, que no podría desear ninguna otra cosa. Es una privilegiada, asegura.

«Necesitamos hombres buenos, basta ya de abusar de las mujeres —sentencia la voz más arrugada de todas—. Yo voy a ser su jefe, su amigo y su aliado. Yo daré poder a todas las mujeres que pasen por mi despacho y les permitiré convertirse en uno de nosotros. Porque, si lo piensas bien, si de verdad se esfuerzan, si se dejan la piel (y estoy hablando en sentido literal, que es el único sentido que conozco), podrían llegar a ser hasta uno de los nuestros. Incluso más obedientes».

«Estoy agotado». El que habla ahora soy yo. Nótese la voz viril que se me ha puesto. Cero hormonas, puro poder. Dura pero tierna, esa forma de arbitrariedad consentida que he admirado tantas veces y que por fin es mía. Y quiero gritar que no soy el único que está harto de ellas, aunque nadie se atreva a decirlo en voz alta. Pero es que tenemos miedo. Nos hemos quedado con el monopolio de la violencia pero les hemos concedido el de tener siempre la razón. ¿Quién aceptaría un trato así? ¿Quién podría relacionarse así?

Creo que en algún momento pensé que sería más rápido cambiar a las mujeres que cambiar las cosas. Y eso fue lo que hice conmigo, un poco sin querer pero otro poco a propósito. No fue muy difícil, porque, en el fondo, todos llevamos dentro un hombre blanco. Por eso la palabra «igualdad» solo habla de poder y privilegio. Nadie quiere ser como las mujeres en nada.

—¿Que si entiendo a las mujeres? —murmuran aquí y allá los bienintencionados.

—¡Por supuesto que sí! —dice uno, el más alto.

—Mi madre es la persona más inteligente que he conocido —asegura otro—. Y eso a pesar de que no fue a la escuela, ni siquiera sabía leer. Pero era muy lista mi madre, una mujer realmente inteligente.

—Yo tengo dos hijas —añade un tercero levantando un poco las manos, como si llevara encima una bandera blanca.

Las hijas son como el amigo gay de los noventa, una buena coartada para cualquier hombre.

Yo, en cambio, tengo un hijo varón. Pero creo que no me servirá como excusa, no es culpa suya que su madre haya deseado tantas veces ser un tío. Y mucho menos que lo haya conseguido.

Lo único malo ahora es que estoy muerta. No en un sentido literal, afortunadamente. La mía es una muerte simbólica, sin sangre ni cuerpo. Y sé que ocupo una posición de privilegio en este sentido, porque todos los días hay hombres que asesinan a mujeres inocentes por no entender que, a estas alturas, el genocidio femenino solo puede ser simbólico y perfectamente legal. Al fin y al cabo, el siglo xx ya dejó escrito que matar a millones de manera simultánea solo sirve para reforzar su identidad: sucedió con los judíos y volverá a pasar una y mil veces. Las ideas no se exterminan matando personas. Parece algo evidente, pero es un hecho que a demasiados hombres les sigue costando entender. Por eso la mayoría de las veces es imposible hacer las cosas de un modo civilizado. Y seguimos contando muertas, sacando cadáveres de los ríos de todos los pueblos del mundo, de todas las series de detectives, de todos los periódicos. Todas esas pobres jóvenes muertas, tantas niñas, tantas madres asesinadas. Víctimas de hombres que se lo han tomado literalmente y han decidido exterminar a las mujeres en vez de su sentido. Es lo que tienen las metáforas, que siempre hay quien no consigue entenderlas. Creo que deberían prohibirse. Eso salvaría muchas vidas.

Lo que está claro es que no es fácil hacer entender a muchos hombres, a Estados enteros, que matar es mucho más caro que educar. Solo nosotras entendemos. Por eso nos esforzamos desde niñas en ser como ellos en todo, una forma de supervivencia como otra cualquiera.

Y debo decir que cada día lo hacemos mejor y nos pagan más, cada vez ocupamos una parte mayor de su espacio. Porque, en realidad, la mejor forma de medir si por fin eres uno de ellos es comprobar si te pagan como si lo fueras. Por eso el Trabajo es el lugar donde la transformación es posible, y por eso la primera persona que vio Gregorio Samsa tras su transformación fue a su jefe.

Al principio es solo un flirteo, un contrato, un intercambio. Pero cuando empiezas a ganar pasta de verdad, cuando entiendes de qué está hecho el poder y sientes que puedes hacer lo que te dé la gana con la vida de otras personas y permanecer impune, entonces, lo sepas o no, eres uno de ellos.

Sucedió, sin más. Es muy difícil para mí saber cómo ocurrió exactamente, cuándo empezó el proceso o qué lo desató. De alguna manera, esta clase de cosas suceden sin pedir permiso, como cualquier sentimiento capaz de atravesar el cuerpo, como el amor o la tristeza. Lo que sí recuerdo es el preciso instante en que crucé de verdad la frontera, el día de la clase de matronatación, hace más de seis años.

Esa tarde mi marido lleva puesto uno de esos ridículos gorros de piscina. Las orejas se le escapan por los lados y la goma las aplasta un poco hacia abajo. Supongo que tiene un aspecto ridículo, pero a mí me parece simplemente frágil. La piel blanca y expuesta a la luz violácea de los fluorescentes. Aparte del gorro, solo lleva un bañador a rayas rojas y anaranjadas que sumergido en el agua azul de la piscina me parece un grito de socorro.

Menos mal que aparezco yo, justo ahora, recorriendo el pasillo acristalado que separa la pileta de la zona de padres. Llego muy tarde, pero estoy aquí. ¿Puedes verme, amor mío? Estoy aquí por ti. Te prometí que sería puntual, pero al menos he venido.

Aparezco vestida de negro de arriba abajo, no sabría decir cuándo he empezado a uniformarme con los colores del poder, que son siempre los de la tristeza. Llevo también un maletín de piel para el portátil y una gabardina amplia y luminosa del mismo tono que los asientos de cuero de mi coche, *seashell,* según el concesionario.

Uno setenta y cinco de estatura, ojos marrones, treinta y ocho años y los dientes blancos y previsibles de una buena ortodoncia, la que pagué cuando empecé a trabajar porque, de niña, mis padres no tenían dinero suficiente para arreglarme la sonrisa. Licenciada en Ciencias Políticas, MBA por la London Business School gracias a la beca de un banco español y el sueldo más alto del polideportivo galopando al encuentro de los suyos. ¿Me ves ahora, mi vida? No tengas miedo, voy a sacaros de aquí.

Diría que soy una mujer guapa, pero nadie me mira nunca con esos ojos. Soy demasiado fuerte y segura de mí misma para gozar de la fragilidad que caracteriza a la belleza femenina. Los pantalones con el largo a la altura exacta del tobillo, los zapatos brillantes, las mangas de la gabardina dos centímetros por encima de los puños de la camisa. Cada prenda se ajusta a la perfección a mi figura, de tal modo que da la impresión de que mi cuerpo está bien hecho. Siempre uso la opción *tailored* que ofrecen la mayoría de las marcas, incluidas las *low cost*. Ser un hombre es elegir cambiar las costuras de la ropa en vez de las del cuerpo. Es esa manera de doblegar la naturaleza que nos caracteriza en todo lo que hacemos.

Dentro del agua, João sostiene en las manos a nuestro único hijo, que aún tiene solo siete meses. Las otras madres los acompañan y juntos forman un gran círculo. João, cinco años menor que yo, me parece otro niño entre los pechos de las demás. Al mismo tiempo, los bebés sostenidos en los brazos de sus madres crean una circunferencia más pequeña, y en el centro la profesora les da instrucciones. Siento que esas mujeres dibujan un cordón de seguridad sobre mi propia vida, como si quisieran proteger a mis chicos de mí.

Todas miran a sus criaturas con la misma cara de pez que João, como si los niños fueran espejos capaces de devolverles un reflejo mejor de sí mismas. Tienen los pechos hinchados y prietos, los pezones empitonados como solo se disparan en las madres lactantes, como antes los míos. Absolutamente apetecibles, salvo porque han concedido a sus bebés el monopolio legítimo de sus cuerpos. Pienso en sus parejas. ¿Qué estarán haciendo ahora? Yo, al menos, estoy aquí. No hay más personas en este pasillo, así que quizá deban considerar la posibilidad de que yo sea mejor padre que todos sus hombres juntos. ¿Se puede saber qué están mirando? Siento que su juicio cae sobre mí igual que un cuchillo afilado corta la culpa.

Llegar tarde se ha convertido para mí en un gatillazo cotidiano que él perdona con tanta generosidad como decepción. Lo peor de todo es, sin duda, su generosidad. Mientras tanto, las madres no me quitan ojo, parecen hambrientas, como quien contempla un cuerpo desnudo justo después de arrancarle la ropa. La diferencia entre la revelación y la vergüenza es que en el primer caso un velo cae ante tus ojos y en el segundo son otros quienes retiran brutalmente la tela.

Es justo ahora cuando comprendo que debo huir. Entiendo que necesito salir corriendo de este cuerpo y de esta vida y de este calor nauseabundo que nos cocinará a todas en una amarga sopa de bebés y familias. Es increíble el calor que puede llegar a hacer en una piscina de matronatación. Así que me veo a mí misma sumergiéndome en el agua con la ropa puesta. Ni siquiera me quito la gabardina. Me veo lanzándome a la piscina con el portátil aún dentro del maletín para abrazarlos mientras el disco duro se sumerge en el abismo. Me veo sacando a mis dos niños en brazos, padre e hijo chorreando sobre mí. Y me contemplo a cámara lenta saliendo juntos a la calle, empapados los tres, para decirles que estoy dispuesta a abandonar esta vida para siempre, que ellos son de verdad lo más importante. Me veo prometiéndoles que no volveré a llegar tarde a su lado nunca más. Me veo besándolos sobre el paso de cebra, chorreando agua y amor. Los coches se detienen y el mundo entero se detiene ante nuestro abrazo, y una catarata de agua limpia cae sobre nosotros y nos purifica mientras les juro que estando juntos no necesitamos nada más. Que yo no deseo nada más.

Entonces, de repente, ellos se despiden de mí, cruzan la cortina de agua y me dejan sola en la calle. Se van al vestuario a cambiarse, a seguir con su vida. Y yo comprendo que no voy a seguirles allí adonde van, que es donde los niños lloran y la ropa huele a vestuario, donde las madres se amontonan y hay pieles de plátano que tirar a la basura. No es que todo lo anterior sea mentira, es solo que me he enamorado de mis promesas. No hay nada que desee más en este mundo que preferirlos a ellos. Pero los deseos no siempre se cumplen, y yo les miento cada vez que digo que no necesito más, que no deseo nada más. Porque lo cierto es que sí quiero más. Quiero ser la madre, pero también el padre y el Espíritu Santo.

Así que no salto al agua. En vez de eso, acaricio mi iPhone 6 en el bolsillo trasero del pantalón. Estamos en el año 2016 y no existe un smartphone mejor que llevarse a las manos. Desenfundo mi smartphone y lo muestro ante todas las mujeres con la misma rapidez con que John Wayne era capaz de mostrar un revólver al enemigo.

João me mira desde el agua y me guiña un ojo. Las orejas fuera, el gorro ridículo y el guiño torpe. El niño rico de Río de Janeiro, el brillante joven que siempre lo tuvo todo, hasta la generosidad para enamorarse de la única española becada en la London Business School.

Sus padres le habían pagado sin esfuerzo su formación en la Queen Mary de Londres. Y antes le habían dado a elegir entre cualquiera de las universidades del Russell Group. Le hicieron creer que el futuro de las personas dependía exclusivamente de su esfuerzo, y él se esforzó. Estudió Derecho y consiguió graduarse como *upper second class*, una calificación que solo puede superar un *first class honours degree*. Con todo, es una nota muy valorada en el mercado anglosajón, que considera a «los segundos excelentes» candidatos tan esforzados como los mejores pero quizá menos exigentes y engreídos. A mí me costó entender que João se alegrara tanto con la idea de ser de «los segundos mejores». Pero así fue. Le pareció bien en la universidad y lo aceptó más tarde en nuestra casa, y eso que era quien más posibilidades de éxito tenía de los dos.

Después del Legal Practice Course en la BPP Law School fue directo al *training contract* para abogados en uno de los mejores bufetes de Londres. Solo el 2 por ciento de los aspirantes a estas prácticas consiguen plaza para superar esta formación y poder ejercer como abogados en Inglaterra. El sueldo en prácticas era de sesenta mil libras al año, y João era uno de los favoritos de su bufete. Tenía todas las cartas para llegar muy alto si nos hubiéramos quedado en Londres, pero fue él quien insistió en vivir en España y convertirse en un abogado *in house* especializado en derechos humanos. Mi marido trabaja menos que yo desde siempre, construye un mundo mejor y cuida de nuestro hijo. Mi primer sueldo, en cambio, fue de treinta mil euros, pero hoy gano doscientos mil más que él al año. Yo soy el futuro y él es la respuesta lógica del pasado. Empiezan a nacer los primeros hombres que rechazan los privilegios de sus padres. Es casi imposible no hacerlo cuando has vivido cerca de un hombre poderoso. Si los miras de cerca, dan siempre mucho asco o mucha pena, igual que yo. Creo que por eso mi marido no tiene ningún problema con ser el segundo. Para mí, sin embargo, la única opción fue ser la primera. Como todas las mujeres que he conocido en mi vida, he sentido que tenía que ser la mejor para llegar a ser simplemente uno más.

Así que cuando saco el iPhone del bolsillo solo para que él pueda verlo, lo hago para dejárselo claro. «¡Estoy trabajando ahora mismo! –quiero gritar–. ¡Gano mucho dinero! Soy una *first*, la *first*, la primera de mi nombre. Estás casado con lo más alto de la pirámide. ¡Esa es la razón por la que llego siempre tarde! Todas las mujeres que están en la piscina son peores que yo. ¿Lo entiendes, mi vida? También son peores madres que yo. Porque ganar dinero no es solo una forma de amor, sino que es la mejor forma que existe de amaros. Te lo prometo. Tú eres un *upper second class* porque tus padres, además de amor, te dieron dinero. Lo entiendes, ¿verdad? ¿A que sí? Nuestro hijo necesita que yo pague para que nunca en toda su vida sienta que tiene que ser el mejor en nada. ¿Puedes entender lo que estoy diciendo?». Evidentemente, estoy hablando sola. Así que miro a través de la pantalla del móvil, amplío la imagen borrosa de mi hijo contra la piel de su padre y disparo como un francotirador. «Son míos», me digo.

Desde el agua, João sigue mirándome con la alegría intacta de un perro que recibe a su amo cada día, a pesar de que esta tarde tampoco lo haya sacado a pasear. Él es capaz de eso, de sonreír con una dulzura nueva, recién estrenada cada vez, especialmente cuando no hay nadie más mirando.

Hoy nuestro hijo tiene seis años y maneja su propia tablet, que saca a relucir cada vez que necesita explicarme que tiene algo más importante que hacer en cualquier otra parte. Además, habla dos idiomas y nada ya con la elegancia de quienes aprendieron a hacerlo en una piscina olímpica.

Pero al niño de hoy no lo conocía aquella tarde, solo al bebé, solo el principio de una historia. Aquella fue la tarde en que todo era posible y en la que me retrasé. Pude haber estado con mi bañador de piscina negro en el agua, pero, en vez de eso, estaba allí de pie completamente vestida. Siempre tarde y siempre con la culpa pegada al cuerpo. Una culpa que iría reposando con el paso de los años hasta no saber, algunas noches, si volvía a casa para estar con ellos o para evitar los remordimientos de estar en cualquier otra parte. Me temo que demasiadas veces he agarrado el volante mientras pensaba «Pobrecitos míos, los he abandonado». Cabe mucha culpa en el maletero del coche de una profesional de éxito que intenta ser una buena madre o una compañera atenta al mismo tiempo. Si pudiera volver atrás, no me tiraría vestida a la piscina. En vez de eso, subiría al asiento del copiloto y agarraría mi mano sobre la palanca de cambios. La apretaría hasta hacerme sentir ese calor de otra mano, de la mano de alguien que me pudiera entender. De quien fuera capaz de explicarme que no había otra opción para mí. Porque, en realidad, la mayoría no nacemos con el privilegio de poder conformarnos. Al contrario, estamos obligadas a robar los privilegios que fueron de otros. Nosotras hemos tenido que ser las mejores para conseguir un puesto en la cola de los chicos y después hemos tenido que seguir peleando para ser iguales, para heredarlo todo, hasta lo malo; sobre todo eso.

Las prisiones mentales no solo existen, sino que es muy difícil escapar de ellas, porque nunca ves los barrotes y, por tanto, tampoco la puerta de la jaula. Algunas son femeninas, como la maternidad, otras masculinas, como el poder, y otras mixtas, como el matrimonio. La tarde de la piscina yo estaba encerrada dentro de las tres.

Una prisión mental no es un sitio donde no quieras estar, sino un lugar del que no podrías salir aunque quisieras. Es aquello que, aunque es tuyo, aunque crees que lo elegiste tú, en realidad fue diseñado por otros. Es donde te sientes libre mientras cumples unas normas que nunca podrás cambiar. Es donde la vida se te escapa.

Me enteré de lo que era una chica, de lo que de verdad significa ser una chica, gracias a mi mejor amigo. Fue el mismo día que le dije en el patio del colegio que de mayor iba a ser como Michael Jordan. Que iba a ser la mejor jugadora de baloncesto del mundo. Entonces pasaba todo mi tiempo libre bajo una canasta de minibasket cuyo aro llegaba a tocar de un salto. Tenía catorce años, aún no me había venido la regla y nada me gustaba más que oír el crujido de las cuerdas después de una canasta. Jugaba con los chicos como si no existiera ninguna diferencia entre nosotros. Y entonces, aquella tarde, después de lanzar más de cien triples, César me contó la verdad.

No hay nadie más en todo el colegio, hace horas que cerraron la puerta principal, pero nosotros nos hemos colado por el agujero que hay en una esquina de la verja, escondido detrás de las zarzas. No se puede pasar sin arañarse las piernas hasta hacerse sangre, pero merece la pena. Además, hoy había moras maduras y hemos comido hasta teñirnos la lengua. Aquí tenemos todo lo que podemos desear, nadie nos mira, el patio es nuestro y la tierra huele a lluvia. En este momento, parece justo pensar que nunca nos faltará de nada. Además, voy ganando por tres y la vida me parece perfecta. Pero César se me ha quedado mirando fijamente con sus ojos verdes muy abiertos, como cuando estamos en medio de un partido y me clava la mirada antes de driblarme. Creo que quiere decirme algo importante, pero yo no quiero que lo haga. No quiero que nada cambie en este momento.

El cielo es lo único que puede cambiar, de azul a naranja y después a morado detrás de la verja que rodea la pista, mientras nosotros creemos que aquí el tiempo no pasa. Ahora mismo podría jurar que el tiempo no pasará por nosotros mientras sigamos jugando al baloncesto. Pero César está a punto de decírmelo. Y cuando encesto limpiamente el último triple y las cuerdas escupen mi balón Spalding, la pelota oficial de la NBA, sé que va a hacerlo.

—Nunca vas a llegar a jugar como Michael Jordan, ¿sabes?

Lo dice como sin querer, como si fuera un tiro fácil, solo por ver si cuela.

—Seré la primera Michaela Jordan, ya lo sabes. Nadie se acordará del pobre Michael.

—Ni siquiera conseguirás jugar en un equipo de la NBA —resuelve.

—Si no consigo nada en los Bulls ni en los Lakers, ficharé por los Golden State Warriors. No temas, estoy dispuesta a aceptarlo todo —bromeo insultando a su equipo favorito.

Creo que hace esto porque voy ganando.

—Es por ser chica, ¿entiendes? Ahora eres la mejor de todos, eres mejor que yo. A mí me encanta verte jugar. Pero eres una chica.

—¿Y eso qué quiere decir, según tú? Seré la primera mujer que juegue en la NBA. Hay una primera mujer para todo.

—Es que cuando crezcas no vas a tener la fuerza necesaria, ese es el problema. ¿Tú sabes lo que hay que saltar para hacer un mate a más de tres metros del suelo? No es solo ser alto, y eso que los hombres altos son siempre más altos que las mujeres altas, es que además hacen falta unas condiciones físicas que nunca tendrás. Hace falta ser un hombre —dice.

Y me mira con lealtad. Después de todo, alguien tenía que decírmelo.

El tiempo se acelera tras su sentencia y de pronto el cielo se desploma sobre nosotros como un enorme telón o una pena. Ya no veo nada al otro lado de la verja, solo el velo negro de la noche y la certeza de que nadie va a encender las luces.

Quizá no exista nada más perfecto sobre la tierra que dos amigos jugando juntos. Pero precisamente por eso, porque es mi amigo, César va a llegar hasta el final.

—Es que no hay nada que puedas hacer para evitarlo —sigue—. Te lo digo porque sé cuánto te estás esforzando. Pero no es por ti. Es que no habrá ninguna Michaela en la NBA y no puedes pasar al instituto diciendo cosas así por mucho que lleves unas Nike Jordan. Eres la mejor ahora, pero todos estamos creciendo.

Supongo que aquella tarde César solo intentaba cuidarme. Es verdad que su posición era incómoda: nacer con el privilegio puesto siempre lo es, porque te convierte en culpable antes de tiempo. Pero César, como otros aliados después de él, se atreve a decirme la verdad aunque me haga daño. En mi caso, si algo tienen en común los hombres que me han ayudado es que a ninguno le ha importado hacerme daño. Y César es uno de ellos. Él quería evitar que saliese herida por seguir pensando de espaldas a la realidad. O peor, que hiciera el ridículo. Él me dijo la verdad y yo no me enfadé, al contrario, se lo agradecí. Entendí sus razones. Después de todo, César era un verdadero amigo.

Definitivamente, nunca llegaría a la NBA. Puede que ni siquiera llegara a ver un partido de los Knicks en el Madison Square Garden. Puede, de hecho, que ni siquiera llegara a pisar Nueva York. ¿Quién me creía que era? ¿Quién pensaba que podría llegar a ser? Lloré. Acepté. Acaté. Y acerté: tengo cuarenta y cuatro años y nunca he ido a un partido de los Knicks. En todo lo demás, me equivoqué.

Cuando llegó su decimoquinto cumpleaños, a César le regalaron una camiseta de los Bulls con el número veintitrés en negro, la original. La llevaba casi a diario con verdadero orgullo, a pesar de que, aunque era la talla más pequeña, le quedaba inmensa, justo por debajo de las rodillas, como un vestido que, en la cancha, le hacía parecer aún más bajito. El día que apareció vestido así, a mí no se me ocurrió decirle que ni él, ni yo, ni ninguno de los niños y niñas del patio de mi colegio, llegaría jamás a jugar en la NBA.

La tarde en que mi mejor amigo me expulsó del Paraíso, yo podría haberle dicho que él tampoco podría jugar nunca como Michael Jordan porque no era negro o porque no era alto o porque no era norteamericano o porque no entrenaba lo suficiente. No lo hice porque, a diferencia de mí, César podía permitirse desear lo que quisiera, y sobre ese punto ni él ni yo teníamos la más mínima duda. Desear es el motor de los sueños, y él podía tenerlos todos. Por eso me pareció muy razonable que él pudiera ser lo que quisiera y yo no. Aquel día comprendí lo que significa ser una chica. Y a los catorce años ya iba siendo hora de empezar a imaginar el mundo tal como era.

La mujer se cubre los pechos y el sexo con las manos y arquea un poco la espalda para tratar de esconder lo que queda a la vista, para disculparse por lo que queda a la vista. Esa mujer intenta ocultar su cuerpo porque siente vergüenza de él y porque sabe que allí adonde se dirige no puede acompañarla. Tiene que esconderlo a toda costa. Lo que no puede ocultar ahora es su rostro, una mueca que es grito y aullido, un desgarro con el que clama justicia y compasión y que nadie atenderá jamás. El fresco es de Masaccio, de 1424, y retrata la expulsión del Paraíso. Se supone que la mujer tiene un berrinche porque ha perdido su jardín, pero lo que está pasando es que a esa mujer le están arrancando su cuerpo. Dios, su padre, su amante o su jefe de departamento han empezado a arrancarle la piel a tiras. A su lado camina un hombre que se tapa la cara con las manos y llora de dolor. Él tiene su sexo descubierto y lo único que intenta ocultar es su fracaso. Por eso se tapa los ojos con las manos, para no verlo y para no verse. Ella quiere ser invisible para los demás, él desearía no ver nunca en quién se ha convertido. Ella siente vergüenza de su cuerpo mientras él sabe que ha perdido el suyo para siempre y llora con la vergüenza de quienes se dan por vencidos. No clama justicia, ni siquiera compasión para él o para su compañera. Él no esconde su sexo ni su cuerpo, porque no es capaz de reconocerse en su cuerpo. Él cree que es su pensamiento y sus acciones, y oculta su cabeza porque esa es su genuina vergüenza. Caminan juntos, como si sus destinos estuvieran unidos, pero no se miran ni se tocan, cada uno avanza centrado en su propia tragedia, no tienen ojos para nadie más.

¿Y adónde van así esos dos? ¿Adónde se dirigen hombre y mujer ahora que no conocerán ningún otro paraíso? ¿Cómo y dónde podrán reconocerse los que han perdido su cuerpo y han doblegado su pensamiento? Van al trabajo. En adelante irán vestidos y solo la producción (y la reproducción) diferenciará sus sexos, así sabrán quién es quién. Eso es lo que significa vivir sin paraíso. Su cuerpo ya no será fuente de amor sino de productividad, y su pensamiento no conseguirá rebelarse porque su cabeza se convertirá en su prisión. No lloran solo por su destino, sino por haberlo aceptado. También se duelen por el amor que han perdido. Porque el amor es justo eso que reúne cuerpo y alma para plantar cara al tiempo, el amor es precisamente eso de lo que han quedado escindidos para siempre. Ya no serán compañeros, tendrán que producir y reproducir para encontrarse. Serán siempre extraños en el amor y solo se reconocerán en el trabajo, que es el único lugar donde hombre y mujer pueden caminar uno al lado de la otra, en verdadera igualdad y de la mano.

La expulsión del Paraíso se contó hará unos dos mil setecientos años; el fresco de Masaccio que tengo delante está en la capilla Brancacci de Santa Maria del Carmine, en Florencia, y tiene seiscientos. A mí me expulsaron del Paraíso en el patio de mi colegio cuando tenía catorce años, y creo que, durante todo este tiempo, el mío y el de todas cuantas han existido antes, ha habido demasiado lloros y lamentos, y yo tengo ganas de ir a una fiesta, juraría que hay gente pasándolo muy bien en alguna parte y no es precisamente dentro de un cercado.

Tengo veintitrés años, he terminado Ciencias Políticas y estoy a punto de conseguir una beca de la Fundación Marcelino Botín para estudiar un MBA en la London Business School. Sesenta mil libras de inversión del primer banco español para una chica que los fines de semana trabaja fregando platos. El mercado funciona, el mérito funciona. ¿Quién podría echar de menos el Paraíso?

Durante tres meses recorro Europa con una mochila mientras espero que comience el máster en Londres, y la verdad es que no entiendo por qué lloran, sobre todo Eva, ahora que por fin ha podido poner un pie fuera de la jaula. Parece que las mujeres no hayamos hecho otra cosa en la historia salvo parir, llorar y esperar. Eso es lo que nos representa y esa es, por tanto, nuestra historia, la que nos han contado y la que nos hemos creído.

Pero yo no tengo ganas de llorar. No siento ninguna pérdida ni extraño ningún paraíso, jamás volvería a ese patético lugar donde la vida es como Dios la imaginó. Yo lo que quiero es inventar un mundo nuevo y también quiero ser alguien, existir y respirar.

Es ley de vida: los hombres se ganan la vida trabajando, y las mujeres se ganan la identidad.

«Trabajo» es la única palabra masculina que de verdad nos hará libres a las mujeres de todo el mundo, desde Canadá hasta Ucrania pasando por las tribus recolectoras de los ju/'hoansi o Yemen. El Paraíso era una trampa para nosotras, pero el trabajo promete ser una liberación.

«Nadie ha visto jamás a un perro realizar un intercambio honesto y deliberado de un hueso por otro con otro perro», escribió Adam Smith. Él demostró, gracias a un depurado método científico, que los seres humanos somos, antes que nada, criaturas egoístas, seres cuya humanidad reside precisamente en una sofisticada búsqueda del beneficio personal. El interés y no ninguna otra cosa es lo que, según el padre de la economía moderna, nos distingue de los perros. Smith explicó que la única intención del hombre es su propio beneficio y vaticinó que, si todo el mundo fuera egoísta al mismo tiempo, entonces una «mano invisible» actuaría en beneficio del bien común de una manera más eficaz de lo que podría hacerlo el pensamiento, la gestión o la colaboración humanas. Puede parecer increíble, pero el mundo creyó a Adam Smith y aseguró que su mano invisible suponía, además, el nacimiento de la ciencia económica. A menudo la ciencia no es más que la manera masculina de nombrar a los fantasmas, por eso está llena de manos invisibles y visiones fantásticas. Cuando las visiones son de mujeres se atribuyen a la intuición, la magia o el esoterismo, que son mucho más baratos.

Pero yo aún no sé nada de prejuicios ni fantasmas, como tampoco siento las manos invisibles que me agarran y me retienen. Estoy tan contenta, tengo tantas ganas de empezar, de estudiar, de hablar inglés, de bailar, de ganar dinero… Sobre todo eso. Porque el dinero, a diferencia de las manzanas, no crece en los árboles. El dinero hay que ganárselo, y el trabajo es lo que permite repartirlo con justicia. Es muy emocionante saber que el mercado no se alimenta de cuerpos ni de palabras, que lleva una venda en los ojos, como la justicia, y solo traga dinero. Al menos eso es lo que asegura todo el mundo, que existe un lugar donde la excelencia es lo único que importa y donde las mujeres no hemos estado antes porque no éramos lo suficientemente buenas. Qué ilusión, qué ganas tengo de aprender y de llegar y de demostrar tantas cosas. Ahora sí que seremos las mejores, ahora podemos demostrar que somos tan buenas como ellos, tan brillantes como cualquiera. Es que se me come la impaciencia, puedo sentirlo en el aire, en mis ojos encendidos, puedo leerlo en las estrellas que he pegado en el techo de mi habitación: la fiesta de las mujeres está a punto de empezar.

Regla de oro: *The market is never wrong, only opinions are.* Primera, fundamental y casi única conclusión del mejor MBA del mundo. Es una frase buenísima porque sirve para explicarlo todo. Sirve incluso para explicar lo inexplicable, incluso a mí. Yo no debería estar aquí, pero un banco bueno me ha dado el dinero, y así es más fácil sentir que es verdad, que el mercado nunca se equivoca, especialmente conmigo.

En el campus, rodeada de edificios neoclásicos y de césped siempre recién cortado, me siento, al principio, fuera de lugar. Formo parte del uno por ciento de alumnos que no tienen dinero para pagar la matrícula, y eso me hace sentir en inferioridad de condiciones. Acabamos de estrenar el año 2000, tengo veinticuatro años y el billete de metro sencillo cuesta en Londres cinco veces más que uno en Madrid. Aquí todo es tan caro que el dinero se convierte en una necesidad fisiológica, casi como respirar, y se pega al cuerpo como cualquier otro rasgo físico, como tener el pelo rojo, los ojos verdes o una enorme nariz. Para colmo, mi inglés no es tan bueno como debería y siento que llamo la atención de todo el mundo. Pero, al mismo tiempo, la vida me parece más diversa y abierta que nunca, capaz de integrar todas las ideas e individuos, infinita y generosa como una jungla donde aún no han talado los árboles. No en vano estudio rodeada por personas de todas las razas y países y en apenas dos meses me siento tan internacional y adaptada como una chaqueta rosa fucsia en un anuncio de Benetton.

The market is never wrong, only opinions are. La frase, como casi toda la teoría económica, está inspirada en el evolucionismo de Darwin, en esa idea de progreso infinito donde solo los más fuertes se adaptan y sobreviven. Por eso el capitalismo es cada día más salvaje, porque, en el fondo, esa es su naturaleza. Es verdad que a veces puede resultar aterrador, que gracias a esta idea se han pintado millones de paredes doradas con sangre de inocentes en palacios de todo el mundo. Pero no hay que tener miedo, debemos confiar y aceptar que así es como evolucionamos: como animales, naturalmente. Lo que quiere decir que, por mucha sangre que corra, el mundo es cada día mejor. Solo hay que tener paciencia. Después de todo, la naturaleza es sabia, y cuando menos lo esperemos nos favorecerá. Esta idea, que el mundo es cada día mejor, estaba en auge a principios de los 2000, y veinte años después sigue siendo la tesis central de algunas de las TED Talks más visitadas de Youtube, donde los ponentes hablan como mis antiguos profesores del MBA. Después están las personas reactivas a esta idea, las que buscan una arcadia original y aseguran que el pasado era mejor. Estas personas, que casi siempre están más preocupadas por el futuro del planeta que por el presente de otras personas, aseguran que somos nosotros los que debemos mejorar y que solo debemos confiar en el amor. Lo único evidente es que todo el mundo habla todo el tiempo de mejorar y progresar, aunque no se pongan de acuerdo sobre qué dirección tomar. *The market is never wrong, only opinions are.*

Lo que aún no consigo explicarme es por qué João me ha elegido a mí entre todas las chicas del campus. Tiene solo diecinueve años y es el estudiante más brillante de su promoción de Derecho en la Queen Mary University. En cuanto termine se matriculará en el Legal Practice Course y un año después, con solo veinticuatro, ya podrá empezar con las prácticas pagadas en cualquier bufete londinense ganando unas sesenta mil libras al año. Dos años después del *training contract* ya podrá trabajar como abogado en Inglaterra. Entonces su sueldo anual será de al menos cien mil libras, y seguirá subiendo año tras año. Él es alto, tiene la piel lisa como el mármol, los ojos negros y va a todas partes en una bicicleta negra de diseño japonés. Habla brasileño con la dulzura de sus abuelos e inglés con la eficacia de sus padres, y me parece el ser más perfecto que he conocido en mi vida. Lo que no entiendo es qué ha podido ver en una española cinco años mayor que él, con el acento demasiado marcado y sin una libra en el bolsillo. La beca paga la matrícula, pero los fines de semana tengo que poner pintas en un pub de Kensington. Menos mal que el mercado nunca se equivoca, me digo entonces. Y bromeo con la idea de que nuestro amor es la mejor opción posible. Porque nosotros somos, sin lugar a dudas, la evolución natural de las especies.

El niño rico de Río de Janeiro y la chica pobre europea. Mi piel blanca y su cuerpo tostado, los dos tan internacionales y tan dulces como un *latte macchiato* de Starbucks. Entonces yo no sabía lo tremendamente atractivo que podía llegar a resultarle mi origen humilde a una persona de su clase social. Y menos aún a sus padres, que siempre habían sido liberales. Su padre se levantaba todos los días a las cinco de la mañana y nadaba una hora antes de ir a trabajar como *in-house lawyer* en la Britisth American Tobacco. Tenía un sueldo de más de trescientas mil libras al año. Y ella era poeta, una mujer muy culta con dos poemarios publicados hacía ya más de diez años. Para ellos, el hecho de que una chica como yo estuviera estudiando en uno de los mejores campus del mundo era la prueba empírica de que la movilidad social en el sistema de mercado funciona adecuadamente. Tenerme sentada a su mesa era la confirmación de que sus privilegios bien podrían llamarse méritos. Después de todo, los fuertes son los que sobreviven, igual que yo. Por si fuera poco, algunas noches llevaba pollo frito en aceite de oliva español. Yo no lo sabía, pero era realmente irresistible para todos ellos. *The market is never wrong, only opinions are.*

Muy cerca de la casa de mis padres, justo en la frontera entre los bloques grises con ventanas de aluminio y el comienzo del paseo ajardinado con las casas de tres alturas y miradores de madera, había una pared con una pintada en grandes letras negras: «Todos los ricos son ladrones o hijos de ladrones». Recuerdo pensar en si la frase era cierta o no mientras, de vuelta a casa, cargaba con el peso de la educación pública en la mochila. Entonces no conocía a nadie que llegara a fin de mes sin pensar en el dinero a diario y tenía claro que el único camino posible para tener dinero era poder ganarlo. Tardaría años en conocer los prejuicios de la gente que juega con la herencia a su favor: todos los pobres son vagos o hijos de vagos, piensan muchos de ellos, aunque no vayan por ahí haciendo pintadas. La buena noticia es que el trabajo puede cambiar la herencia recibida, por eso es siempre una forma de libertad y de fraternidad. Al trabajo no le importa el origen, sino la productividad. De este modo, los vagos pueden ser ricos ociosos o pobres que no hicieron lo suficiente para dejar de serlo: así es como la ideología del esfuerzo iguala cualquier herencia y hace que la vieja idea de clase social resulte tan anticuada como un pantalón de chándal usado en mi nueva vida universitaria. *The market is never wrong, only opinions are.*

Cuando conozco a la familia de João me digo que no voy a escribir poemas ni a quedarme metida en ninguna casa, por muy bonita que sea y por mucho dinero que João sea capaz de ganar. Incluso aunque tenga a la puerta un jardín con el césped siempre recién cortado, como la de sus padres. Su madre hace yoga allí de lunes a viernes con un maestro de rāja-yoga que cobra cincuenta libras a la hora. Eso quiere decir que invierte más de mil libras al mes en saludar al sol, más dinero del que yo dispongo para pagar mi alquiler y mis gastos básicos. Forma parte de la división de género del trabajo, eso también nos lo han explicado en el MBA, que hay dos tipos de trabajadores y de carreras profesionales, la de los *hunters* y la de los *farmers*. Los primeros son vigorosos y hambrientos cazadores. Son los que tienen el cortisol por las nubes, los machos estresados, los que generan dinero y se manchan las manos de vida y de sangre. Ellos cazan solos y son los líderes de sus manadas, pero necesitan siempre el trabajo de los *farmers*, esa clase de empleado más aburrido y predecible, funcionarios y maestros, por ejemplo; la clase de talento que no es más que un número sustituible en la seguridad social. Años después, cuando empiece a trabajar con Alberto, llamaremos S28 a los empleados sustituibles, porque así es precisamente como empiezan los números del servicio de salud pública español. Un S28 es un *farmer* de manual, un empleado del montón. Son los de las tareas rutinarias y repetitivas, los que van pegados al ciclo de la vida y están siempre pensando adónde irán a comer el fin de semana. Y en lo más bajo de la división sexual del trabajo están las mujeres que se quedan en sus casas, las criadoras de niños y de futuros cazadores, igual que mi madre o la de João, las dos cuidadoras para su tribu. La buena noticia es que los nuevos *hunters* no tienen género. La división del trabajo ha dejado de depender de los roles de género. ¿Quiere triunfar? Sea fuerte, señorita. Porque solo los fuertes sobreviven. Compórtese como un hombre. Salga de caza, adáptese al medio. *Be a hunter, my girl.* Y si eso es demasiado para usted, busque un hombre rico y quédese a escribir poemas en su casa. *The market is never wrong, only opinions are.*

Decido que saldré a cazar sin pensar siquiera en las diferencias entre la caza y la agricultura, tampoco en que la agricultura la inventaron las mujeres en el Neolítico. Solo sé que ser *hunter* es mucho mejor, que eso significa ser valiente, arriesgar la vida y traer la alegría a casa. Como hemos evolucionado, no traeré búfalos muertos al recibidor de nuestro apartamento, ni siquiera llegaré con dinero que podamos contar con las manos. Simplemente, me limitaré a recibir una notificación en el móvil, eso es lo que cazamos hoy en día: mensajes de texto. Las diferencias entre los fuertes y los demás son cada día más sutiles, las presas y los bienes son invisibles pero el poder es cada día más real, más imponente.

Las presas, los víveres o el alimento ya no son un símbolo de distinción, salvo quizás en las familias más pobres, donde no existe celebración que no esté asociada a la comida, a menudo incluyendo el sacrificio de algún mamífero, como corderos, lechones o cochinillos. En casa de la familia de João en Londres no hay sartenes, y él, hasta que me conoció, todo lo había comido hervido, asado o crudo. La carne solo se come un día a la semana y solo en filetes, jamás meterían en su nevera la cabeza, el hígado o la pezuña de un animal. Su madre, de hecho, es vegetariana. La comida frita o hipercalórica está literalmente prohibida, y en general el placer de comer ha sido sustituido por la función básica de alimentarse. Creo que, si hubiera una pastilla con el suficiente aporte energético, dejarían de ir al supermercado. Por fortuna, el mercado siempre encuentra mecanismos compensatorios para cualquier desajuste, como el McDonald's o como yo misma. João aprendió a saborear la vida a mi lado, aunque muchas noches cenáramos *fast food* y yo fuera la chica menos cool de cuantas había conocido. La hamburguesa, igual que yo, era un mecanismo compensatorio en su vida, puede que obra de la generosa mano invisible de Adam Smith. *The market is never wrong, only opinions are.*

Pero lo más importante de mis dos años en Londres, lo que cambiará mi vida para siempre, será la interiorización de la idea misma del trabajo, la ilusión de que vivimos en el epicentro mismo de la posibilidad, en el lugar y en el momento donde todo parece posible y comprensible. Como si de verdad existiera un sistema basado en la justicia, la transparencia y el mérito, un sistema por el que vale la pena esforzarse. En la London Business School cada estudiante es responsable de labrarse su futuro, con independencia de su raza, su clase social —aunque el 90 por ciento de los estudiantes sean de clase alta—, su género, su identidad sexual o su religión. Por eso, aunque João y yo estudiamos materias distintas, a los dos nos convencen de las mismas ideas: que nuestros mejores esfuerzos nos llevarán a las mejores notas y después a los mejores sueldos y, en consecuencia, a las mejores vidas. La confianza que se nos pide es total, y es mucho lo que debemos estudiar hasta interiorizar esta visión del mundo. Es realmente importante hacerlo, pues es la diferencia entre ser un fracasado (es decir, un resentido social) o una persona de éxito (un empleado bien adaptado).

El primer año que vivimos juntos, João va a todas partes con el *Butterworths Company Law Handbook*, una especie de biblia del derecho mercantil inglés. Tres mil cuatrocientas páginas finas como el papel de fumar que había llenado de subrayados con marcadores de colores. Un código complejo que le permite manejar el libro por medio de categorías, subcategorías y un escrupuloso orden mental. Ordena nuestra casa con la misma minuciosidad con la que separa conceptos con etiquetas de colores en su libro de leyes. Los calcetines en los armarios, los bolígrafos en el estuche o el frigorífico con sus pilas de yogures perfectas y su balda de latas de cerveza cuidadosamente alineadas. No es capaz de reconocerlo, pero cuando vamos a la compra prefiere que las latas sean todas de la misma marca y color. Y no solo ordena nuestros armarios: también el tiempo, sobre todo el futuro.

A su lado, el mundo me parece un lugar tan seguro como sus dos grandes certezas: que vamos a casarnos y que seremos felices. Como si estas ideas pudieran convertirse en dos grandes montañas de calcetines, una para los azules y otra para los blancos, perfectamente doblados sobre nuestra futura cama de matrimonio. *The market is never wrong, only opinions are.* La frase es de Jesse Livermore, uno de los primeros operadores de Bolsa norteamericanos y uno de los hombres más ricos del mundo a principios del siglo xx. Arruinado, se suicidó en 1940. Debió de darse cuenta de que su opinión sobre el mercado estaba tan equivocada como su propia vida.

Creo que lo supe desde el primer día. Desde el primer empleo donde tuve que llevar chaqueta. En Londres había lavado platos, y servido copas y montañas de *fish and chips*. Pero nada más llegar a España conseguí mi primer trabajo de verdad, lo entendí todo y elegí no hacer nada. Por eso, si pudiera volver atrás, creo que sería exactamente al momento en que miré a los ojos a la mujer que clavó el tenedor en la carne y tomó dos decisiones: no inmutarse y tragar.

De camino a casa, en el supermercado, no puedo mirar las bandejas de lomo adobado en rodajas. Tengo veintiséis años y he pasado las últimas ocho horas enfrentada a las pupilas hambrientas de los formuladores de pienso para cerdos. Sé que hay algo perverso en la idea de alimentar a los lechones con la sangre de sus padres y hermanos. Pero no pienso en ello, no tengo que juzgar la idea en sí, sino su eficacia. Sin embargo, no puedo dejar de mirar con extrañeza la carne picada en las bandejas de poliestireno o las chuletas rosadas, del color de los labios de una muchacha, en la cámara frigorífica. No pienso en maltrato animal ni nada de eso, soy tan joven que los restaurantes aún no conocen la palabra «vegano». Es solo que no puedo evitar sentir lo cerca que está la carne muerta de la viva, esa inquietud. Sin embargo, me limito a echar los filetes al carro y seguir mi camino. Después de todo ¿qué otra cosa podría hacer? Es mi primer empleo, no conozco a nadie en Barcelona, gano treinta mil euros al año y he tenido que pagar tres meses de fianza antes de cobrar mi primer sueldo. Necesito ahorrar para ir a ver a João, no sé cocinar y me muero de hambre. No puedo permitirme compasión hacia los cerdos, no gano lo suficiente para pagarla.

—La empresa se llama Aprocat —anuncia, como si estuviera a punto de hacerme un regalo, el analista senior de la típica consultora de marketing. Y sigue—: Es una empresa pública dependiente de la Generalitat de Catalunya y se dedica al tratamiento de residuos biológicos. Nuestra misión es estudiar la viabilidad comercial de un proyecto nuevo.

—Entendido —digo.

Aunque en realidad me he quedado pensando en la palabra «misión»: parece como si fuéramos espías. Me hace sentir importante.

—Aprocat pretende reutilizar la sangre desechada por los grandes mataderos porcinos catalanes para alimentar a los lechones que aún están creciendo.

—Pero ¿eso se puede hacer? Quiero decir: ¿es legal? —es todo lo que alcanzo a decir.

—Por supuesto que lo es. De hecho, sería un gran avance ecológico, pues, como sabes, en Cataluña se encuentran las mayores empresas ganaderas de España y el volumen de sangre generada es descomunal, además de altamente contaminante cuando no se procesa adecuadamente.

Cada vez que alguien te dice en el trabajo la expresión «pues, como sabes» o «como sabemos» quiere decir que te lo explica porque no lo sabes como deberías. Pero yo no percibo estos matices.

—Y alimentar a otros cerdos sería una buena manera de reciclar esa sangre —alcanzo a decir.

No sé nada sobre cerdos ni mataderos, pero me comporto como si me hubieran interesado desde siempre, porque estoy trabajando.

—Por eso a los de Aprocat se les ha ocurrido crear un proceso circular por el cual la sangre de los animales sacrificados pueda ser reutilizada en la alimentación de los lechones. Y nuestra casa se ha comprometido a realizar un estudio sobre la viabilidad del producto. Hemos pensado que tú lideres el proyecto.

Dentro de las empresas sabes si estás hablando con alguien ambicioso cuando llama «casa» a la empresa donde trabaja y cuando habla de las decisiones de la compañía en primera persona del plural. Aquel consultor senior hacía las dos cosas.

—¿En serio? Gracias por pensar en mí. ¿Quién estará en el equipo?

—Solo tú —sentencia con evidente placer.

En esta conversación él es el más poderoso de los dos, y le gusta hacérmelo saber.

—Entiendo —añado.

Y los dos sabemos que no me refiero solo a los cerdos.

—El proyecto se llama Protecid. Es un poco sangriento y porcino, pero es una oportunidad para cualquier consultor junior. Enhorabuena.

Todavía no sé que la palabra «oportunidad» es sinónimo de problema en el trabajo y, a pesar de la evidencia, hasta me creo afortunada o elegida. Por otro lado, el consultor ambicioso se ha referido a mí en masculino: «consultor junior», ha dicho. Y eso es una buena señal, creo que es un tipo con el que podré hacer equipo.

Lo importante, en todo caso, es que para incorporar un componente nuevo a la formulación de un pienso —sangre de cerdo muerto o cualquier otro— primero hay que convencer a los formuladores, que resultan ser una combinación de nutricionistas y brokers acelerados que cada día ajustan los componentes de los piensos en función de la evolución de los precios de los cereales en los mercados internacionales. Los formuladores son siempre hombres: no conoceré a ninguna formuladora en los tres meses que duran mis entrevistas. El objetivo es conseguir el resultado nutricional comprometido con los componentes más baratos en cada momento. Al final, descubro que una docena de varones (puede incluso que menos) mueven un negocio descomunal.

Por lo demás, el hecho de alimentar a mamíferos con restos de su misma especie no es algo que parezca inquietar a nadie y carece de relevancia analítica dentro de mi estudio. La sangre reciclada es saludable para los lechones, el único problema es su precio.

Para llegar a esta conclusión, haré muchas entrevistas en distintos mataderos, con el olor de la sangre y la lejía pegado a los pasillos alicatados con azulejos blancos que conducen a profilácticas salas de reuniones. Allí me daré cuenta de que no disfruto con mi trabajo. Llevo solo tres meses cobrando una nómina cuando por primera vez pienso que he estudiado para otra cosa. Aunque no sé responder para cuál. Claro que tampoco es un asunto tan relevante en este momento de mi vida. Me importan bastante más el sexo y las fiestas y la sensación de que un mundo mucho más grande me espera al otro lado de alguna puerta. Estoy convencida de que voy a hacer cosas mucho más importantes que dar de comer a los cerdos. Y, sin embargo, aquel trabajo fue tan siniestro como profético.

Porque lo peor no es lo que haces en el trabajo; lo que tarde o temprano te destruye es lo que haces con lo que sabes. A mis veintiséis años no podía decidir el futuro de Protecid, pero podría haber elegido no comer cerdo. No se puede pensar en las palabras «madre» y «mamífero» y después llenarte el plato.

Sin embargo, eso fue exactamente lo que hice cuando la mujer señaló mi presa.

Estoy en el comedor de la típica consultora de marketing cuando me enfrento a la carne desnuda, ordenada como en un desfile militar, sobre la bandeja de aluminio del catering.

—¿Cómo lo quieres? —pregunta una cocinera vestida con un uniforme grasiento y una redecilla higiénica en la cabeza mientras clava un tenedor en uno de los filetes crudos señalando la plancha.

—Poco hecho —respondo después de un silencio que está a punto de incomodar a la mujer.

Ella, como todos, quiere hacer bien su trabajo.

La elección está hecha, la carne se abrasa sobre el acero caliente y, aunque en este momento no lo sé, lo cierto es que acabo de resumir en una sola frase los próximos veinte años de mi vida.

Con el tiempo entenderé que en eso consiste exactamente mi trabajo. En sentir la desconexión entre lo que piensas y lo que de verdad vas a hacer y tragar. Al principio fue difícil, reconozco que se me hizo un nudo en la garganta. Después he aprendido a paladear el jamón de bellota con auténtico placer y sin atisbo de culpa. La carne, cuando es cara, parece un poco más justa.

Todos los trabajos tienen una cosa en común: nos enseñan a cumplir normas con las que no estamos de acuerdo. Y cuanto más las cumplimos, mayor es la distancia que nos separa de nosotros mismos. Yo, por ejemplo, no logro doblegar al monstruo en que me he convertido. No puedo ser algo distinto de esta mujer de éxito, de esta directiva desorientada, de esta madre ausente, de esta amante libidinosa y exigente, de esta fuerza brutal de la naturaleza, de este motor, esta capacidad de producir y generar y ordenarlo todo a mi alrededor. Me refiero a que no tengo elección. Y, sin embargo, desearía destruirlo todo.

Pero es realmente complicado. Porque hasta quienes juran no cumplir las normas se convierten en el calco negativo de las mismas palabras con las que se enfrentan. En el fondo, nadie está libre de las reglas del trabajo, incluso aunque jamás haya tenido un empleo. Aunque sea artista, aunque sea niño o un rico heredero o ama de casa o reciba el ingreso mínimo vital o sea escritora o bailarín o *nini* o trabajadora sexual o campeón olímpico o camello o estrella de rock. Incluso aunque estés jubilado. No se puede escapar de las normas que llevamos dentro, porque nos las colocaron en el centro del alma justo antes de enseñarnos a pensar, como quien inserta una tarjeta SIM en la ranura de un smartphone. No se puede escapar del Trabajo como no se puede escapar del colegio, de la alfabetización, de la familia, del deseo de una vivienda en propiedad, del amor institucionalizado, de sentir que hace falta una playa para descansar o de las expectativas sociales. Tampoco del deseo de ser alguien, de la realización personal, del currículum, del éxito, de los muebles de Ikea o de las redes sociales.

—¿Qué haces, mujer? ¿Acaso quieres acabar con la educación? ¿Con la democracia? ¿Con la prosperidad? —grita el mercado, el jefe, el más reciente presidente del Gobierno.

—No, solo me gustaría pensar un poco sobre ello —responde una voz casi inaudible. Es llamativo lo bajito que hablan las mujeres en cualquier reunión—. Creo que hace mucho que dejamos de pensar.

—Si quieres pensar, vete a un rincón. O mejor: vete a tu casa. Métete en una cocina y no vuelvas por aquí —truena el Dios del Trabajo.

—Pero es que yo quiero quedarme, he venido a trabajar y no pienso rendirme.

—En ese caso, agacha la cabeza, produce y calla.

—Papá, ¿tú eres el jefe de todos? —pregunta el niño de nueve años con el tazón de cereales lleno hasta el borde.

—Yo soy el jefe de mucha gente —responde el hombre con una taza de café en la mano y un teléfono móvil en la otra.

—Pero tú no tienes jefe —insiste el niño.

—Todo el mundo tiene un jefe —aclara el padre.

—¿Y quién es el jefe del jefe? ¿Quién es tu jefe, papá?

—Dios —responde el patriarca—. Mi jefe es Dios.

La mañana en que Mi Primer CEO me cuenta la divina escena, lleva el casco brillante de la moto enhebrado en el brazo como si fuera el yelmo de un guerrero, y las protecciones de la chupa motera abultan su espalda y su pecho como en los disfraces de Batman que los niños lucen en carnaval. Yo llevo gafas y brackets y soy tan ingenua que descifro la palabra «Montblanc» en los gemelos de su camisa como si fuera una contraseña, el nombre de una cumbre reservada para muy pocos. En este momento aún no lo sé, pero a los hombres de empresa les encanta disfrazarse de superhéroes y conducir vehículos a motor. Primero se compran sus juguetes preferidos y después ejercen el poder con soberbia infantil.

Me hace ilusión trabajar con Mi Primer CEO. Me estreno en la empresa para cubrir una baja de maternidad como executive assistant y, aunque desde el primer día sé que no duraré mucho aquí, creo que puedo aprender a la sombra de un puesto de dirección. Además, la sede está en Madrid, João está a punto de mudarse definitivamente y esta oferta me permite decir adiós a los cerdos y a la consultoría. Llevo menos de un año en el mercado y ya sé que la peor empresa es preferible a la mejor consultora. Con los cerdos me sentí como un mercenario obligado a trabajar a destajo para el mejor postor, mientras que ahora estoy sometida a una sola voz que, además, promete tener más sentido.

Las siglas CEO significan «Chief Executive Officer» y equivaldrían a un director ejecutivo de toda la vida. Sin embargo, su significado real es, tal y como detecta el hijo de mi jefe, Dios. Existen empresas de dos o tres miembros que tienen un CEO, no porque haya nada que dirigir, sino porque esas siglas definen antes a la persona que el puesto que ocupa. Por eso su labor no es solo mandar, sino también escenificar su poder.

Mi Primer CEO tiene un coche capaz de escalar una montaña de hielo con toda su familia (numerosa) dentro y pilota aviones entre una y otra reunión. Al principio, lo de los aviones me parece una excentricidad, pero con el tiempo entenderé que no es más que la consecuencia lógica de su posición y del mundo en el que vive.

Una o dos veces por semana, Mi Primer CEO cabalga su BMW de 1.200 caballos hacia la clase de vuelo, sube en su avioneta con su profesor particular, planea hasta Ávila o Segovia y regresa a su agenda de Madrid sobrepasando el límite de velocidad permitido.

Su despacho está en la quinta planta de un edificio anexo al mío, y cada vez que me convoca debo dejar mi mesa, cruzar la calle y tomar el ascensor más pequeño de todo el parque empresarial. Creo que nunca hago el trayecto sin reprocharme algo de mi aspecto ante el espejo del cubículo. Disfruto cuando no entra nadie más en el ascensor, pero a menudo coincido con hombres con carpetas muy ordenadas y trajes rígidos o con mujeres con tanta responsabilidad que se muestran igual de rígidas. En este momento de mi vida, siempre llevo varias libretas encima, imprimo las hojas Excel que otros guardan en sus carpetas y mordisqueo los bolígrafos. Mi prenda favorita son las camisetas de algodón, pero acudo al trabajo en camisa y chaqueta, un uniforme que nadie me ha pedido que me ponga pero que he asumido con la rigidez de lo que no está escrito.

Mi Primer CEO tiene una frase favorita, que es la misma de todos los jefes que tendré después; son solo cuatro palabras que lo significan todo para él: «Sube a mi despacho». Me las manda por email o me llama por teléfono solo para pronunciar la frase en voz alta, y cuando sucede sé que debo teletransportarme, no importa lo que esté haciendo o con quién. Cuando un CEO dice «Sube a mi despacho», sus subordinados se aparecen como genios atrapados en una lámpara. Un CEO es por definición alguien que no sabe hacer nada, a menudo un trabajador que ha alcanzado su máximo nivel de incompetencia, que ya no hace otra cosa que hablar por teléfono y cuyo único talento consiste en rodearse de genios esclavos.

Cuando por fin llego a la quinta planta, observo cómo el suelo cambia bajo mis pies y ya no camino sobre el sucio linóleo de la oficina, sino sobre la madera de roble que pisan los pies de los jefes. Hay flores frescas en la sala de espera junto a su despacho y no se oye nada, ni una voz, solo la caricia suave de las dos secretarias de dirección siseando como serpientes sobre los teclados. Los hombres gastan mucho dinero en escenificar su éxito, pero las empresas invierten mucho más. Por eso todas tienen lo que llaman una planta noble, que está siempre en lo más alto y donde hasta los directivos tienen miedo de hablar. Allí se aplica el arbitrario juicio de Dios, que es siempre el del CEO.

A lo largo de mi carrera he visto de todo en esa clase de despachos. Sofás con mantas de cuadros para aparentar cierta familiaridad, música clásica, whisky en un armario, luces apagadas en espacios lúgubres como cavernas o ventanas clausuradas para que a todo el mundo le falte aire que respirar. De una u otra manera, un jefe necesita someter físicamente a sus subordinados. Debe legitimar su superioridad con cada pequeño gesto; de otra manera, su sueldo estaría en peligro.

Mi Primer CEO tiene el aire acondicionado puesto todo el año, y en su despacho hace tanto frío que todos sus subordinados usamos ropa interior térmica.

–Pero ¿él no tendrá frío? –pregunta el director de desarrollo de negocio–. Yo he empezado a tomarme un paracetamol antes de las reuniones más largas. Vivo en un permanente resfriado.

–Me han contado que lo hace porque suda mucho. Por lo visto, antes se ponía unas hombreras, pero de esta manera evita cualquier cerco –aclara en un corrillo el director de marketing.

–Él nunca tiene frío, no siente nada, él es el CEO –aclaro yo.

–¡Mi padre es Dios! –grita su hijo a lo lejos, desde la cocina de su casa, para quien quiera oírle.

Mi Primer CEO no es una persona especialmente capaz; sin embargo, tiene una visión del mundo clara y convencional, que sin duda habrá sido de gran ayuda para ocupar una posición como la suya. Tiene cuarenta y ocho años y está convencido de dos cosas: la jerarquía solo puede ser vertical y quienes llegan a lo más alto son superiores al resto.

Por eso él se esmera en pilotar una avioneta, para que quede bien claro quién es. Claro que, si fuera realmente poderoso y no un directivo del montón, volaría por encima de los 13.500 metros de altitud, allí donde el tráfico aéreo casi no existe, apenas algunos Dassault Falcon 8X o Bombardier Global. Pero él sabe mejor que nadie que nunca subirá en un jet privado, y aun así intenta ganárselo, paga sus clases, con tal de mirar al resto por encima del hombro. No es excéntrico ni infantil, solo un hombre con los pies en la tierra. Y la tierra de los hombres siempre ha estado en lo alto de una montaña, desde Zeus hasta Yaveh pasando por el monte Kailāsh, que es, según la tradición, el falo del gran Shiva. Los chicos llevan milenios creyendo en una montaña, y es demasiado tarde para dejar de escalar. Por eso no importa lo alto que uno llegue en la vida: siempre quieren más. Y siempre están midiendo y comparando las marcas de unos y otros sobre la piedra. Y cuanto más modernos son sus medios, más arcaico resulta su pensamiento. Como cuando Jeff Bezos lanza cohetes al espacio para demostrar a todo el mundo que él es el hombre que más alto ha llegado en la historia de la humanidad. Es verdad que da pena verlo, no por él, sino por todos nosotros. Pero así estamos, con cientos de altos ejecutivos practicando deportes de alto riesgo relacionados con la altura por todo el mundo: escalada, parapente, vuelo sin motor, salto base o *wingfly*. Necesitan ascender incluso los fines de semana, no pueden parar ni un segundo. Y cuanto más trabajan, más adrenalina segregan y mayor es su necesidad de sobrepasar sus límites.

El día que firmé mi primer contrato laboral puse el pie sobre un peldaño de piedra. Y desde entonces no he dejado de subir ni un solo día. La escalera desapareció hace unos años y la montaña es más árida cuanto más arriba estés; últimamente me agarro a las rocas desnudas y hace tiempo que no veo vegetación, solo algunos arbustos en primavera. El clima de alta montaña es muy hostil. Pero llega un momento en que no puedes parar de subir, aunque te falte el aire por encima de los tres mil metros, aunque la vida sea imposible, aunque sientas que puedes morir: la fe en la montaña está siempre por encima de todo eso. En el mercado internacional la montaña se llama «Trabajo» y consigue que nadie esté nunca tranquilo y que todos nos sintamos juzgados y culpables, además de cansados y perfectamente sustituibles. Nadie escapa a su juicio, ni Mi Primer CEO ni yo. Tampoco el repartidor de Glovo ni el multimillonario Bill Gates: todos nos vamos a pasar la vida pedaleando sin saber con certeza a dónde nos dirigimos ni por qué.

Llegué a Madrid en 2004, cuando la ciudad aún no tenía skyline, y cinco años después la torre Price Waterhouse Cooper ya estaba terminada. Las torres de esa área no eran necesarias ni respondían a ninguna regla arquitectónica previa en una ciudad que no tenía rascacielos. Quizá por eso tardaron tanto en construirse y estuvieron vacías más tiempo del esperado. No es lo mismo una ciudad con skyline que una rodeada de murallas. Es la diferencia entre el pasado y el futuro, entre vivir marcando diferencias entre los de dentro y los de fuera o construir una frontera entre los de arriba y los de abajo. Aquellos edificios de hierro y cristal representaban el poder de un nuevo Madrid, su fortaleza y, a juzgar por varios escándalos muy comentados, también su corrupción. En todo caso, prometían convertir a todos sus ciudadanos en personas más poderosas. Si crees que vives en una ciudad importante, mira al cielo. Si no hay edificios allá arriba, es que te equivocaste de ciudad.

La primera vez que mis jefes me invitan a comer en Espacio 33, el restaurante de la última planta de la torre Espacio, tengo treinta y un años y llevo solo unos meses trabajando en una telco. El ascensor es rápido, y la ascensión, una metáfora que funciona para todos. Este año he alcanzado los cincuenta mil euros anuales, trabajo entre ocho y doce horas diarias, tengo tres personas a mi cargo y estar aquí es un buen augurio.

Los ocho comensales vestimos con los mismos colores, como si lleváramos un uniforme de élite. Gris antracita, azul marino y negro para las chaquetas. Blanco y azul cielo en las camisas. Solo hay una excepción: la blusa rosa de la otra mujer de la mesa, Directiva Decepcionada, probablemente estancada desde hace demasiados años en un sueldo Over100. Yo soy la más joven de todos, y eso me da alguna ventaja. Visto camisa y americana negras, voy estricta pero también distinta. Es decir: zapatos planos y pantalones anchos.

Antes de sentarnos, los más jóvenes jugamos a hacernos fotos con los teléfonos móviles mientras nuestros jefes nos observan como si nuestros cuerpos fueran pequeños trofeos y la pared de cristal del edificio una enorme vitrina cuya llave solo ellos poseen. A todos nos impresionan las vistas y comprendo que nos han traído justo para eso, para impresionarnos, para imaginar que podemos tenerlo todo, hasta el cielo. Todos sabemos que no podemos publicar estas fotos en las redes sociales y que no debemos compartirlas con nadie que no esté aquí, de modo que al hacerlas estamos capturando un secreto. Estoy aquí para entender que las mismas personas que me invitan amablemente a comer —mi jefe directo, un Over200 y el director general, el primer Over500 con quien comparto mesa— son las que en adelante juzgarán mi trabajo sin piedad, como si lo ejecutura una máquina.

Después están mis compañeros, jóvenes algo mayores que yo, todos en la treintena: nosotros somos los llamados *key people,* todos Over50 con aspiraciones, todos a punto de ascender. Y todos listos para colaborar y competir conmigo: ellos formarán mi círculo de confianza. La competencia y el dinero son las dos razones por las que ninguna persona mínimamente ambiciosa tiene amigos en el trabajo, solo personas «de confianza», y eso en realidad significa personas con los mismos intereses que tú, es decir, personas que son tus «competidores», pero el trabajo está plagado de eufemismos.

Una vez sentados, los interesados hablamos en un tono que nadie pueda oír en las mesas vecinas, bebemos agua además de vino —máximo una copa y siempre despacio— y nadie se quita su chaqueta. El aire está frío a pesar de que las paredes de cristal arden por el sol. Tal es la virtualidad del dinero.

¿Se puede tener frío bajo un sol abrasador? «Podemos ajustar la temperatura como deseen», tintinea la voz del maître.

Antes de pedir, Directiva Decepcionada y yo vamos juntas al baño. Ella debe rozar ya los cincuenta años, una edad que su cuerpo atlético y bronceado no puede negar justo ahora, con una treintañera ante el mismo espejo. Su boca lleva una pizca no demasiado molesta de bótox, pero las pestañas postizas hacen que las palabras «muñeca» y «vieja» se peguen a su tez al mismo tiempo. No existe ninguna competencia entre nosotras, ya que las dos sabemos que no habrá más ascensos para ella. Lo más probable es que se jubile en esta empresa, salvo que la despidan antes. Por su forma de hablarme cuando estamos a solas, creo que le produzco cierta ternura y también cierto rechazo. Me mira como si yo no supiera todo lo que le debo. Y, de hecho, no lo sé.

Directiva Decepcionada me pregunta si estoy nerviosa. Le digo que no. Quiere saber qué voy a pedir. Respondo que no lo sé. Me aconseja que lo piense. Me explica que ella nunca pide nada que pueda meterse entre los dientes, como la lechuga de las ensaladas. Jamás espinas o huesos, para no llevarse la mano a la boca en ningún caso. Tampoco salsas, porque gotean y manchan. Espaguetis o tallarines, mejor disfrutarlos en el propio domicilio. Los fritos en general no están bien vistos, pues proyectan un temperamento ansioso y una alimentación descuidada. Y ninguna legumbre, por cuestiones estrictamente digestivas. Eso reduce su dieta en las comidas de trabajo a cremas de verduras y carne o pescado a la plancha. Es decir, la obliga a comer como si fuera un bebé o una niña. Mientras nos lavamos las manos ante el espejo, le doy las gracias por su ayuda. Creo que mi agradecimiento significa mucho para Directiva Decepcionada. Antes de salir, quiero decirle que comprendo su sacrificio, más allá del menú. Las dos sabemos que esta clase de intimidad sería impensable en el baño de los chicos. Su relación con la comida es otra y el control del cuerpo que el trabajo exige de ellos también es otro, siempre a salvo bajo sus camisas de manga larga, sus chaquetas abrochadas y sus zapatos ingleses. En toda mi vida profesional, jamás he visto los dedos de los pies de ningún hombre en el trabajo. Nuestro cuerpo, en cambio, está siempre expuesto. Y no lo digo solo por las sandalias. Un buen cuerpo en una mujer que va al trabajo sigue siendo lo mismo que un traje caro en el cuerpo de un hombre.

En todo caso, ni Directiva Decepcionada ni yo estamos dispuestas a mostrar el menor atisbo de debilidad y menos aún de victimismo. Así que tiramos el papel de manos al cesto de mimbre que hay bajo el lavabo y salimos como si nada. Ella pegada a sus pestañas y yo a mi determinación. Porque yo, ya lo he decidido, voy a ser aceptada en el bando de los chicos.

De todas formas, aunque pensaba pedir una hamburguesa de buey, cambio de parecer después de sus indicaciones y me inclino por el steak tartare con pan de cristal y patata rejilla. Los remilgos de Directiva Decepcionada me parecen excesivos, pero comprendo que me conviene ser más aséptica con la comida. De primer plato, el señor Over500 pide espárragos blancos tibios con vinagreta de tomates y cuando llegan se los come con la mano. Se cuelga del cuello una servilleta desplegada a modo de babero y permite que el aceite se deslice suavemente por cada pieza. Me doy cuenta de que el espárrago en su mano entrando, tierno, en su boca es una forma de poder. Los dos hombres más jóvenes de la mesa, mi competencia directa, pedirán hamburguesa de buey y tataki de atún rojo, respectivamente. Me digo que el del tataki puede ser un rival. El otro ha pedido kétchup, así que parece un niño malcriado. Diría que está perdido, salvo que sea el hijo mimado de alguien que importe.

Estamos en la misma torre de la primera vez, en la misma mesa, pero han pasado cuatro años. Las servilletas son de algodón blanco y, después de cada plato, una camarera retira las migas de pan con un recogedor de acero inoxidable. La mujer llama a mi jefe por su nombre y él conoce también el suyo: así parece nuestra amiga además de nuestra sirvienta. Comprendo que, a partir de cierto estatus, conseguir que el personal de servicio parezca formar parte de tu grupo de amigos es un síntoma de buena educación. Nunca me dirijo a ellos, porque es un lujo reservado a los jefes, pero yo también conozco los nombres de pila de los camareros.

—La cuestión es reunir al equipo apropiado, y luego tu vida puede cambiar —dice Over500 cuando levanta la copa para brindar con nosotros. Y sigue—: La frase es una de las que ha puesto de moda Jordan Belfort, el protagonista de *El lobo de Wall Street*. Y la cito hoy aquí para deciros que sois el equipo apropiado y que vamos a facturar como cabrones.

Creo que es la primera vez que le oigo decir un taco desde que entré en la compañía. Me sorprende un poco y me divierte también, así que recojo el chiste como todos los demás. Es el momento perfecto para reír y brindar.

Estamos en 2013, me he convertido en una profesional Over100 y Martin Scorsese acaba de estrenar su película sobre Wall Street. En el trabajo todo el mundo la ha visto y todos aseguran que es genial; yo también lo digo, aunque no entiendo bien qué tiene que ver con nosotros ni por qué nos gusta tanto. En todo caso, más allá de las inclinaciones de mis compañeros, tiene cinco nominaciones a los Oscars y la crítica internacional asegura que Leonardo di Caprio está inmenso en el papel de Jordan Belfort, el broker multimillonario de origen humilde en quien se inspira la cinta. La historia maneja dos tesis fundamentales: que la acumulación de dinero es un deseo íntimo de todas las personas del mundo, y que a todos nos encantaría triunfar como Belfort, aunque sea estafando, porque el dinero es en realidad una forma de alquimia contemporánea: lo único capaz de convertir el mal en bien. Por eso resulta que ganar dinero es siempre admirable y bueno, incluso estafando, porque entonces es también síntoma de inteligencia. Siempre que no te pillen. Como si lo mejor para uno no tuviera nada que ver con lo mejor para la mayoría. Como si todos deseáramos llevar los trajes carísimos que viste Belfort, esnifar sus drogas, subir en su yate, vivir en su ático, acostarnos con su mujer y follarnos a sus putas. La película retrata el capitalismo salvaje de los noventa, pero despierta una increíble empatía entre la audiencia masculina de los dos mil. Como si trabajáramos rodeados de gente así. O rodeadas de tíos así.

Por fortuna, ninguno de nosotros formamos parte de una cultura empresarial de este tipo. Nosotros no estafamos ni mentimos, y juraría que nadie en esta mesa ha esnifado jamás una raya de cocaína en el culo de una prostituta, como sucede en la película. Sin embargo, también sé que algo de nuestra cultura echa raíces en ese mismo semillero. Pienso en las nalgas blancas atravesadas por la línea de polvo mientras observo a mi jefe y trato de descifrar qué es lo que puede admirar o envidiar un hombre como él de alguien como Jordan Belfort. No creo que sea el dinero, ni la casa, ni los vehículos a motor. Todo eso ya lo tiene, aunque su yate es en realidad un velero porque creo que se considera socialdemócrata. Así que, definitivamente, lo que envidia de Belfort deben de ser las putas, las mujeres y las drogas, los excesos en general, la promesa de que el dinero sirva realmente para algo, pero sobre todo que, de vez en cuando, sirva para saltarse las propias reglas. Me resulta inconcebible que Over500 desee cometer exceso alguno. Al señor Over500 siempre lo he visto perfectamente afeitado y peinado. Quiero decir que Over500 se molesta cada mañana en dibujarse una finísima raya al lado en el pelo, como si todos los días fuera a hacer la primera comunión. Pero en este momento acaba de brindar y todos estamos riendo. Y comprendo que necesita ganar más y más dinero para saltarse aunque sea un solo día, si hay suerte, una de sus reglas.

Pienso qué envidiaría yo de un tipo así, y me digo que no quiero ser el hombre que esnifa, ni la mujer que ofrece su culo depilado para plantar la raya. En realidad, quiero ser la cocaína. O el director. En ese momento, no pienso que lo que de verdad quiero es otra película. Esa opción ni siquiera se me ocurre. La imaginación, como ya he dicho, no es gratis.

Por un momento, mientras observo la ciudad anaranjada y seca tras los cristales, me quedo dudando entre mis dos opciones. Aquí arriba, la luz es tan intensa que parece capaz de quemarlo todo y cegarnos a todos. Ver Madrid desde el cielo siempre me ha dado muchísima sed. Es tan roja y tan áspera como si no hubiera oasis en su desierto. En cambio, siempre que me asomo a sus alturas por la noche me siento parte de un océano refrescante y deseo beber cualquier cosa que no sea agua, a poder ser con burbujas. Esta ciudad, como todas aquellas donde la posibilidad se articula con dinero, es solo una cuestión de perspectiva. Supongo que por eso, cuando Scorsese tuvo que elegir una casa para DiCaprio, lo instaló en uno de los áticos más impresionantes de Manhattan. Después de todo, él quería siempre lo mejor. Dicho en sus palabras, buscaba «la suite presidencial, el Ferrari, una casa en la playa, la rubia más despampanante, el vino más caro, un yate... quería ser el rico de Wall Street definitivo». Y mis compañeros y yo, tan distintos a él, tan políticamente correctos y tan productos de nuestros MBA de los dos mil, nosotros que hemos dejado tan atrás los noventa que nunca llegaremos a fumar en una comida de trabajo, estamos brindando en la última planta del edificio más alto de la ciudad. Y acabamos de celebrar a un hombre que esnifa rayas en el culo de putas. Esta tarde no vamos a drogarnos juntos, pero estamos aquí para entender, cuanto antes, que vamos a escalar juntos la misma montaña. Puede que el equipo técnico sea distinto al de hace unos años, pero se trata de la misma cima. Y para eso exactamente sirve esta comida, para explicarnos que estamos en el último tramo, que nos va a faltar el aire y que la ascensión a partir de este momento depende de cada uno. Habrá bajas, algunos morirán por el camino, pero somos afortunados por haber llegado hasta aquí.

El drama del trabajador contemporáneo es comparable a cualquier tragedia griega: el trabajo nos arranca el carácter y nos convierte en personajes con un destino. Cada uno cumplirá con el suyo, aun cuando crea que está tomando decisiones personales. Sin embargo, estas decisiones serán siempre las mismas para los futuros empleados. Ir a la universidad, terminar un máster, hablar bien inglés, vivir en el extranjero, enamorarse, casarse, comprarse una casa (y después una segunda), tener un hijo, tener un coche más grande o más caro, tener más hijos, plantar un árbol... Y, en todo momento, ganar suficiente dinero para disfrutar *realmente* de todo lo anterior. Es decir: desear un trabajo, después un sueldo Over30, Over50, Over100, Over150, Over200... Como si el bienestar económico o laboral tuvieran relación, no con las necesidades básicas del individuo, sino con el goce de la vida. Como si el dinero pudiera pagar precisamente lo que no se puede comprar.

Aquella tarde, mientras bebía vino blanco muy frío en el restaurante más alto de la ciudad no sabía, porque no lo podía saber, que iba a pasarme el resto de mi vida cumpliendo con el destino del trabajo. Que hasta la forma en que haría el amor estaría relacionada con lo que el mercado esperaba de mí. Aquella tarde tomé la última copa pensando que llegaría a casa un poco borracha, que João me estaría esperando y que me llenaría de sentido una vez más. Y justo eso fue lo que pasó.

Nada más llegar a casa busco en internet las mejores frases de la película *El lobo de Wall Street*. «El dinero habla y las tonterías desaparecen», «No importa lo que te haya ocurrido en tu pasado, no eres tu pasado, eres los recuerdos y las capacidades que hayas recogido de él», «El dinero no solo compra una vida mejor, también te convierte en una persona mejor». Estoy tumbada en el sofá con el portátil apoyado en la pelvis cuando João empieza a mirarme con ese gesto suyo que quiere decir que está a punto de pasar, que falta poco para que no pueda contener su erección. Llevamos trece años juntos, no tenemos hijos, vivimos en un ático en la calle Zurbano valorado en dos millones de euros —que compramos por ochocientos mil, más cien mil de reforma, hace tres años— y nuestra manera de hacer el amor cumple, la mayoría de las veces, con el mismo mandato proferido por su boca o su sexo: Te necesito ahora. Me refiero a que el sexo sigue siendo algo que João inicia la mayoría de las veces y que me hace. Su cuerpo es una acción sobre el mío, y muchas veces, cuando tiene ganas de acostarse conmigo, me informa de la situación: «Voy a hacerte el amor», dice. Porque es algo que él puede hacer sobre mí, frente a mí o por detrás de mí. Y porque en este momento yo lo deseo precisamente así, como lo he visto en las películas y en las series de los noventa, como cualquier representación hegemónica del erotismo, en realidad. Él pone su cara de no aguanto más y yo ensayo la mía de qué sorpresa, no me lo esperaba para nada. De alguna manera, mi metamorfosis ya ha comenzado, pero en la intimidad sigo cumpliendo el dictado de mi rol de género. Todavía creo que puedo disfrazarme de varón para ir al trabajo y conservar mi cuerpo de mujer en la alcoba. Mi sexo llegará a ser una pieza clave para completar mi transición. Con los años entenderé que no basta con cambiar lo que todos ven, que la renuncia debe ser íntima y total. Incluso aprenderé a follar como un hombre, pero es pronto todavía.

De momento recibo el calor del portátil en el centro de mi cuerpo mientras googleo nuevas frases de la película. «Lo único que se interpone entre tu meta y tú es la historia que te sigues contando a ti mismo sobre por qué no puedes alcanzarla». No me ha gustado la comida, no he entendido los chistes ni las referencias, no sé qué se espera de mí. Por primera vez me he puesto a pensar en las mujeres que he conocido con posiciones parecidas a la mía en este momento, e inmediatamente he recordado las pestañas falsas de Directiva Decepcionada en el baño del mismo restaurante hace ya algunos años. He sentido el golpetazo de tres palabras: «mujer», «mentira» y «pestaña». Y a continuación me he puesto triste. No sabría decir si he llorado por aquella mujer o por mí misma, pero ha sido por culpa de las pestañas, eso seguro. Tampoco sé si es una tristeza que viene del pasado y de la que intento huir o si es un arranque de melancolía del futuro que me alcanza antes de tiempo.

Nuestro ático tiene dos habitaciones, pero hacemos casi toda nuestra vida en el salón comedor, que es también zona de trabajo y de disfrute sexual. El sofá, las sillas del comedor o mi mesa son, sin duda, los espacios más versátiles. Ahora estoy en el sofá mirando la pared que tengo enfrente, donde hemos colgado dos pósters. Uno amarillo, enorme, con las letras «À bout the souffle» en rojo y Jean-Paul Belmondo y Jean Seberg paseando, en blanco y negro, en la parte inferior izquierda. Y otro de Marilyn Monroe posando en una cama y mirando a los ojos de cualquiera que pase por delante de una manera que consigue traspasar nuestra pared y su época. Siempre que me cruzo con ella creo que intenta decirme algo importante. Está tumbada, semidesnuda y perezosa, llena de esa sexualidad femenina irresistible que no es otra cosa que pura disponibilidad. Y tiene esa eterna cara de sorpresa, como diciendo: «¿Qué estás mirando? ¿Acaso no puedes ver lo que de verdad tienes delante?». Me doy cuenta de que sus pestañas también son postizas. «Deja de mirarme y ven aquí», me interpela la imagen. Yo no tengo a dónde ir, así que me tumbo igual que ella en el sofá con chaise longue, justo así, como sin ganas de nada pero abierta las veinticuatro horas. Hasta me pinto los labios de color rojo igual que ella, y cuando João me mira la boca hambrienta sé poner ese gesto irresistible de estupor. Siempre que observo a Marilyn recuerdo que se suicidó. Y entonces comprendo que su pena venía de un pasado muy profundo, muy viejo, y que un día sencillamente la atrapó. Al futuro no se llega dejando pasar el tiempo, al futuro hay que dejarlo empezar.

Ahora João ha dejado de mirarme y se aproxima, pero cuando está sobre mí aparto su cuerpo suavemente, como si aún tuviera la posibilidad de rechazarlo. O como si estuviera fingiendo cierta indiferencia; ni siquiera yo estoy segura de poder distinguirlo. Él retira el ordenador de la zona más caliente de mi cuerpo y coloca su mano en su lugar, va a tocarme hasta que mi deseo esté a su gusto. Yo le miro con el estupor que he aprendido y él espera hasta que estoy lista para bajarme los pantalones hasta las rodillas, después las bragas; ni siquiera se molesta en desvestirme del todo, solo las partes que vamos a utilizar. Y entonces sí, me penetra de esa manera tierna y violenta de otras tantas veces. Tierna hasta que me corro yo y violenta hasta que se corre él. Cuando termina me sube la ropa y vuelve a colocarme el ordenador en su sitio, como quien ordena su escritorio. A João siempre le ha gustado el orden, y durante muchos años yo seré una de las cosas que él coloque y almacene. Y le estaré realmente agradecida por ello. Todos necesitamos un orden, normas, un relato, aunque estén equivocados.

«¡Diviértanse hasta que se les caiga el pito!». Es la siguiente frase que aparece en Google sobre la película, otra de las máximas de Wall Street. Y un consejo de Jordan Belfort como incitación a la venta y al éxito profesional: «¡Agarra tu traje, tu pito y mueve el culo!». Cada vez me parece una cinta más desfasada, pero es imposible no detectar que existe una relación entre sexo y éxito profesional que mis compañeros entienden mejor que yo. Lo que no soporto es reconocer que todavía no sé cual es.

«Le voy a decir una cosa: la mayoría de los idiotas de Wall Street que arresto son de cuna privilegiada. Sus padres son unos hijos de puta, igual que sus abuelos. Pero usted, Jordan, se volvió así sin ayuda». Yo no soy una privilegiada, igual que Belford vengo de una familia que no fue a la universidad, que jamás pensó en tener éxito profesional o en hacerse rica, gente normal. Supongo que por eso la película me parece realmente tramposa por elegir a una persona humilde para encarnar todos los males del capitalismo. Como si el dinero fuera un peligro en las manos equivocadas y como si esas manos fueran siempre las de los más pobres.

De repente siento algo parecido al odio, un resentimiento que se vuelve también hacia mí, una decepción que viene corriendo en mi busca desde hace mucho tiempo, puede que sea una decepción que lleva décadas, generaciones, incluso siglos, persiguiéndome. Y me digo que no, que, pase lo que pase, yo jamás seré como uno de ellos. De hecho, quisiera que desapareciesen de la faz de la tierra, quisiera exterminar a todos los hombres que siguen siendo así, a todos los que siguen pensando así. ¿Por qué siguen aquí? ¿Es que no hay forma de acabar con ellos? Siento asco, siento pena por mí e ira por todas nosotras. Y deseo estrangular al maldito lobo de Wall Street con mis propias manos, quiero acabar con todos los lobos y comerme las tripas de todos los tíos que aplauden la película y se agarran a las viejas estructuras como parásitos. Quisiera tener su sangre en la boca y escupirles trozos de carne en la cara. Podéis llamarme señora Loba, les diría entonces. Antes de, por fin, aullar.

¿Qué fue primero, la gallina o el huevo? ¿El kétchup o la mayonesa? ¿El pan o la cerveza? ¿La agricultura o la cueva? ¿El patriarcado o el abuso? ¿Puede el efecto anteceder a la causa? ¿O existe un primer motor inmóvil? Aristóteles dijo que el hombre fue antes que el esperma, porque lo actual es siempre anterior a lo potencial. Pero después nadie ha estado de acuerdo con él y todo el mundo asegura que antes tuvo que ser el huevo. ¿De dónde, si no, iba a nacer la gallina? Lo único que no genera discusión es que existe una relación causa-efecto entre todas las cosas, lo cual es falso. Porque la verdad, como la vida, es siempre ambivalente. O, lo que es lo mismo, el huevo y la gallina pudieron suceder al mismo tiempo.

¿Vives para trabajar o trabajas para vivir? Pues las dos cosas.

¿Me quieres porque me necesitas o me necesitas porque me quieres? Ambas.

¿Bebes para pasártelo bien o te lo pasas bien porque estás bebida? Es que sucede todo al mismo tiempo.

¿Tan difícil es de entender? El hecho es que sí, que está terminantemente prohibido ser dos cosas a la vez.

¿Eres hombre o mujer? Elige o muere. Una cosa está siempre antes que otra, y lo que no es causa tiene forzosamente que ser consecuencia.

Sin embargo, nacer mujer significa precisamente negar la causalidad como principio rector del pensamiento. Si naces mujer debes desconfiar de todos los antecedentes, porque la causalidad es forzosamente tu enemiga. De hecho, lo último que tiene que hacer una mujer es preguntarse por el origen de nada, y mucho menos tratar de entenderlo. Lo mejor es no relacionarse con las causas. No atender a ellas, no sentirlas, negarlas siempre y en todos los casos. En definitiva, huir.

Porque eres mujer, trabajarás más. Porque eres mujer, te pagarán menos. Porque eres mujer, hay menos posibilidades de que dirijas una empresa. Porque eres mujer, no serás la presidenta de Estados Unidos. Porque eres mujer, los demás mirarán tu cuerpo como si estuviera desnudo. Porque eres mujer, las bragas se te meterán por el culo. Porque eres mujer, leerás con extrañeza todos los textos donde la palabra «hombre» sea sinónimo de «humanidad». Porque eres mujer, sangras. Porque eres mujer, hay muchos países en el mundo donde no puedes ir a la escuela, donde eres propiedad de un hombre, donde no puedes conducir, donde no puedes llevar el rostro descubierto. Porque eres mujer, deberías cubrirte los pechos, no provocar a los hombres. Porque eres mujer, deberás ser cuidadosa para que no te miren, para que no te toquen, para que no te violen. Porque eres mujer, vas a tener que corregir tu destino a fuerza de voluntad. De hecho, si lo pienso bien, en eso ha consistido para mí la feminidad, en estar en contra de toda la historia del pensamiento y en tener que pensar como si no existieran las causas. Porque eres mujer, deberás alejarte del pensamiento, negarlo todo, no mirar nunca atrás. Ser mujer solo puede ser una forma de esclavitud o de revolución. Lo malo es que cuando empiezas a mirar hacia delante no sabes dónde acabarán estallando las bombas. Puede que yo llevara algunas pegadas a mi cuerpo y en algún momento me reventaran. Supongo que era inevitable, tenía que acabar con todo, borrar los principios, empezando por mí y por todas las mías. Empezando por mi madre, claro está, porque la madre es lo primero que debe matar una mujer que quiera escribir un mundo nuevo. Las madres son esas mujeres a las que todo el mundo dice admirar profundamente y a quienes nadie se quiere parecer.

Puedes acabar con los privilegios, puedes acabar con los reyes, con las leyes y hasta con el cuerpo. Pero no puedes acabar con el principio de causalidad. Si haces que las mujeres cambien, entonces se convertirán en la consecuencia lógica de ese cambio. Si la consecuencia tiene dinero, poder y va al trabajo, entonces a ese cambio lo llamamos Hombre.

Aún no he nacido, pero ya soy una posibilidad en el cuerpo de mi madre. Quizá por eso puedo sentir el agua fría en sus pies. Está en la playa después del trabajo. Su padre le ha dado permiso para bañarse. No tiene bañador ni toalla, tampoco ropa para cambiarse. Hace frío y ni siquiera es verano, pero el sol brilla y el mar es ahora solo para ella. Su madre, que es mi abuela, se va a enfadar por esto, por la ropa empapada, la arena en los zapatos y el resfriado. Mi abuela necesita que su hija esté sana para trabajar al día siguiente. Pero ahora eso da igual. Porque la niña camina vestida hacia las olas y siente esa sensación de libertad y justicia que experimentan quienes han trabajado más allá de sus fuerzas antes del merecido descanso. Tiene diez años, y hace dos que empezó a trabajar. Va a la escuela, pero diría que dejó de estudiar casi al mismo tiempo que sus padres la convirtieron en mano de obra. Al colegio se va para conseguir un buen trabajo. Pero ella se sentó a su pupitre con tres hermanos pequeños que cuidar. Una monja se empeñó en que aprendiera a escribir su nombre. Y ella se esforzó en no hacerlo. Acabó confinada a causa de la escritura, quince días de ejercicios espirituales en una habitación que las hermanas llamaban «celda», lejos de sus padres y cada día un poco más lejos de los libros, ya que después de aquello sería para siempre una prófuga de la letra impresa.

A mi madre le sobró trabajo desde que es capaz de recordar. Supongo que por eso nunca quiso aprender, que es una forma de decir que una no puede aceptar más tareas. Ella no quería adelantar puestos ni ascender, sino huir, escapar como fuera de su vida. Se casó con diecinueve años y no volvió a cobrar por su trabajo nunca más.

Hay niños que vienen con el trabajo puesto, otros muchos saben que lo heredarán de sus padres y unos pocos quieren huir o estudiar para conseguir una vida distinta de la que han visto en casa. Es difícil saber qué tipo de infancia será la mía ahora que aún no he nacido. Sin embargo, ya soy una posibilidad que se abre paso en el cuerpo de mi madre. Y ella es una niña trabajadora que sonríe, muerta de frío frente al mar. En este momento, es poderosa y feliz y su padre la mira orgulloso. Sabe que es pequeña para trabajar, pero sabe también que su hija aprenderá todo lo necesario para la vida. Ella será uno de esos seres elegidos capaces de reconocerse igual bajo unos harapos que bajo una túnica de oro. No necesitará la mirada de los otros para ser feliz; simplemente una playa o una piedra o una mano junto a la suya. Y mi abuelo se da cuenta mientras la observa correr, delgada y hambrienta. Así que la espera en la pradera que hay junto a la playa, tumbado al sol, alegre. Y cuando la niña aparece chorreando agua salada le anuncia que puede comer patatas fritas mientras la ropa se seca. Le informa también de que la jornada ha terminado, y ella se queda en bragas y ofrece los brazos al cielo. Entonces yo reposo mi cabeza en su hombro. Y siento orgullo al pensar que un día llegaré a nacer de este cuerpo y de esta fuerza.

Mi madre desciende de una familia de vendedores ambulantes. Mi abuelo compra productos perecederos para venderlos rápidamente por más dinero de lo que haya pagado por ellos. Si se pudren o se deprecian, la familia está perdida. Hoy, a las cuatro de la mañana, han comprado una montaña de barras de pan y las han vendido en un pequeño tenderete a la salida de una iglesia. Se celebra el día de la Virgen de Fátima, y a la gente le gusta comprar el pan después de misa. Mi madre y mi abuelo han rezado en la puerta para que no lloviera, como si eso fuera lo único que necesitan de Dios en esta vida. O en este día, que para ellos es lo mismo. Están casi seguros de que la tarde que la tormenta humedeció la corteza de todas las barras fue porque se olvidaron de rezar. Para ellos, el pan es puro capital riesgo. Igual que los pinos con olor a bosque que mi abuelo carga en la furgoneta cuando llega la Navidad o los campos de lechugas que él mismo recoge para aumentar el margen de venta. En su casa el dinero nunca ha sido predecible. Por eso la vida tampoco se lo parece, lo cual es una indudable ventaja si tenemos en cuenta que la vida nunca lo es.

Mis padres estaban recién casados y vivían en Logroño cuando el invierno se cerró y la nieve lo cubrió todo durante meses. Mi padre salía de casa con un buzo azul encima de la ropa, botas de goma hasta la cadera y una pala para abrirse paso hacia el trabajo. Ella me ha hablado tantas veces del frío que pasamos en la habitación con derecho a cocina donde vivíamos que a veces siento que puedo recordarlo. Yo tenía nueve meses aquel invierno blanco, mi cabeza sudada entre sus pechos, en el hueco de su codo, en su abrazo apretado.

Por lo visto, febrero no había terminado cuando mi padre llegó a casa con la nómina de aquel mes.

—Esto está mal. Te han pagado lo mismo que en enero —sentenció ella.

—Y lo mismo que me pagarán en marzo. ¿Necesitas más?

—No puede ser. Ha estado nevando todo el tiempo. Ni siquiera has podido llegar al trabajo algunos días.

—No es culpa mía si nieva.

—Ya, pero no pueden pagarte lo mismo.

—Pues ya ves que me pagan igual.

—¿El mismo dinero aunque nieve?

—Ni más ni menos.

—Pero ¿cómo vamos a cobrar igual con este frío?

—Voy a cobrar lo mismo aunque tengamos que encender una hoguera en el salón.

—Pregunta en el trabajo, porque no creo que pueda ser así —fue todo lo que ella supo contestar. Y añadió—: No he conocido a nadie que gane lo mismo cuando llueve o nieva. Y ahora resulta que tú vas a ser el primero.

Diez años después de aquella nómina, yo soy la niña y ella la mujer que me mira. Pero, en vez de abrir los brazos al cielo, yo cruzo las manos sobre los libros de texto de mi pupitre. Y lo que siento ahora es vergüenza cuando el profesor pregunta por la profesión de nuestras madres y me toca decir en voz alta la de la mía, delante de todos: ama de casa. Y siento que es como decir «fracasada y rendida» y que todos van a darse cuenta. Siento muchísima vergüenza por ella, pero sobre todo por mí. Preferiría poder decir camarera, cajera, dependienta, hasta limpiadora preferiría. En cambio, el hecho de que a mi madre nadie le pague por su trabajo me parece que es como decir en voz alta que ella no vale nada. Sé que hay mujeres muy ricas que no trabajan, pero lo hacen porque tienen dinero de sobra para comprarse su propio tiempo. He visto por la tele que existen señoras con herencia suficiente como para sentirse dueñas de sus vidas sin necesidad de trabajar un solo día, pero la mayoría de las señoras que no trabajan no me parecen tan distintas a mi madre, casadas todas con un hombre que administra el dinero y que es quien de verdad está pagando por su tiempo. Me gustaría decir en voz alta que mi madre no tiene tiempo libre en todo el día, así que no hay nada en ella que esté a la venta por mucho que no tenga trabajo. Ella se pasa el día arreglando esto y aquello, cortándome las uñas de los pies o eligiendo suavizante para que mi cama huela a lavanda. La recuerdo siempre trabajando, pero nunca he pensado que lo hiciera por vocación ni por dinero, creo que lo hace por mi padre y por mí y que no se hace demasiadas preguntas al respecto. Ni se da importancia ni la reclama, y nosotros, por supuesto, jamás se la damos. Pero lo peor de todo, lo realmente irritante para mí, es que a ella parece darle exactamente igual.

Porque eres mujer, te quedarás en casa. Porque eres mujer, criarás a tus hijos. Porque eres mujer, no irás a la universidad.

Porque eres mujer, no podrás abrir una cuenta en el banco. Porque eres mujer, no publicarás tus textos. Porque eres mujer, no serás una de las pintoras del reino. Porque eres mujer, fregarás arrodillada el suelo que los demás pisan. Porque eres mujer, llegarás al mundo llena de reproches hacia tu madre. Porque naciste mujer, negarás todos los antecedentes, la historia y los poemas. Porque eres mujer, has venido para superar a todas las mujeres, para ser distinta en todo. Porque naciste mujer, tienes un reproche pegado a los labios.

Porque soy mujer, seré lo otro, cruzaré la frontera, llamaré a todas las puertas. Y tarde o temprano me abrirán.

Antes o después, todas las mujeres trabajadoras que han tenido éxito en su carrera se convierten en personas resentidas o furiosas. Es un enfado del que ninguna de ellas es dueña, es más bien como un viento que las atrapa. No es un huracán que hayan desatado, es solo que están justo en medio de la peor tormenta. Yo empecé a sentir la brisa que anticipa la tragedia uno o dos años después de convertirme en una Over100. Al principio era un silbido lejano que oía solo algunas veces, después de algunas reuniones. Me asaltaban pequeñas ventoleras de injusticia o de ira en cualquier parte; en el coche, por ejemplo. Algunas noches me despertaba de madrugada. Y así hasta que se metió en mi cabeza y lo oía todo el tiempo, pegado a cualquier otra conversación, siempre esa ventolera infernal, esa amenaza. Ahora, cuando miro alrededor, me resulta fácil observar cómo ese ruido se ha convertido en ciclón en la cabeza de algunas mujeres, un huracán que lo arrasa todo a su paso, empezando por ellas mismas. El viento, como se sabe, es invisible, y por eso sus víctimas parecen enajenadas. ¿Acaso están locas las mujeres? ¿No es evidente que se quejan por asuntos que solo unas pocas dicen distinguir? Siempre es igual, el éxito que acumulan es proporcional a su inseguridad y, al mismo tiempo, el eco de la injusticia sopla sin cesar.

Sabemos que el viento es un atenuante legal en muchos países del mundo: si en Canadá, Austria, Alemania y algunas zonas de Argentina cometes un crimen cuando sopla el foehn, es muy posible que rebajen tu condena. Del mismo modo, ser mujer debería ser también un atenuante legal en situaciones de violencia laboral. Después de todo, ser una mujer trabajadora es avanzar contra el mismo viento que ayuda a despegar a los hombres. ¿Quién no se volvería loca?

No sé qué hubiera hecho de no poder parar ese viento, supongo que me habría echado a las calles a luchar o a matar. Por suerte, un hombre bueno me enseñará cómo pararlo. Es tan sencillo como colocarse detrás de un muro, el mismo que resguarda a todos los hombres desde el principio de los tiempos. Hay sitio para nosotras, siempre que estemos dispuestas a encerrar nuestro enfado en una caja y no abrirla nunca más. Encerrar la ira sirve para no oír el insoportable aullido, pero me obligará también a dejar de saberme mujer. Un poco como Pandora, pero matando cualquier atisbo de curiosidad. Sucede la misma mañana en que subo al coche de Botones Dorados, un director de operaciones de pelo blanco y ropa tan de los noventa que, en pleno 2013, todavía lleva americanas de hombros anchos y botones dorados al final de las mangas. El coche es negro y tiene todos los extras que vienen de serie en cualquier edición premium. Para su desgracia, es un Hyundai, lo que da una idea de su triste lugar en la compañía; le mantienen el reconocimiento y el vehículo, pero ya sin ningún prestigio. Los asientos son de cuero, pero eso no evita que se parezca más a un coche familiar que a uno de empresa.

Botones Dorados me sugiere que hojee la documentación de la reunión, y a mí me cuesta alcanzar la carpeta en el asiento de atrás. El vehículo es realmente profundo y está sucio y desordenado. Para atrapar el iPad y el dossier, tengo que apartar las raquetas de tenis de sus hijos, dos bolsas de gusanitos abiertas y un jersey infantil, como si estuviéramos en la ruta escolar. Con todo, no me molestan los rastros de paternidad. Al contrario: lo que en el coche de una mujer me hubiera parecido doméstico, aquí me parece tierno. Mi hijo todavía no ha nacido.

—Hoy vamos a enfrentarnos a la Fiera. Es muy exigente, pero el proyecto es nuestro —dice al arrancar—. A estas alturas, le resultaría más difícil cambiar de proveedor que avanzar con nosotros. Así que va a ser fácil.

A mí me importa bien poco cómo vaya la reunión, porque no he estado dentro del proyecto y ni siquiera entiendo por qué estoy aquí. Puede que sea solo una tierna cachorra que ofrecer a la Fiera, una muestra de cómplice feminidad. A las mujeres que mandan no les gusta estar rodeadas solo de hombres en las reuniones. Y supongo que Botones Dorados pretende ablandarla con mi presencia.

Cuando tomamos asiento hay diez personas en la sala, seis de mi empresa —en efecto, yo soy la única mujer— y cuatro del lado de la tecnológica que nos toca visitar, todos varones. La Fiera, de apellido portugués, llega cinco minutos tarde hablando perfecto francés por teléfono. La falda, los tacones y la blusa se ajustan a su cuerpo con la fuerza de una ceñida y brillante armadura griega. Perfilador de labios, lápiz de ojos de precisión, pañuelo de seda rozando el cuello. Definitivamente, una mujer vestida para exhibir su poder, no su cuerpo.

La reunión arranca cuando ella se sienta, y entonces, durante más de media hora, escuchamos en silencio la presentación de Botones Dorados. La Fiera no interrumpe, no toma notas, no se pone su chaqueta a pesar de que el aire acondicionado hace ondear su fina blusa ante la hilera de trajes azul marino.

Botones Dorados avanza en una presentación llena de datos, curvas y explicaciones, como si todo lo que muestra fuera solo una larguísima excusa. Es evidente que algo va mal. La Fiera sigue callada. En la diapositiva número cuarenta y siete se lee por fin «Gracias», y ahí es cuando ella toma la palabra.

—Ha habido un problema grave en la consecución de objetivos. Hoy esperaba recibir una explicación y una reparación —sentencia. Luego concentra su mirada en el entrecejo de Botones Dorados, como si estuviera a punto de dispararle. La forma en que lo mira es realmente violenta, como si de verdad quisiera matarlo. Entonces sigue—: No se han cumplido objetivos, y debe reflejarse en la facturación.

—Es verdad que ha habido un valle en los meses centrales, pero los resultados del último trimestre superan nuestras previsiones —responde él, titubeante.

Bebe agua dos veces antes de acabar la frase, como si necesitara algo más que oxígeno para respirar. Los botones de las mangas de su americana parecen ahora los de su primera comunión.

—Eso demuestra que los objetivos se cumplen cuando se trabaja. Y que vosotros solo habéis trabajado un trimestre aunque hayáis facturado el año completo. Creo que no hace falta recordar que hablamos de cinco millones de inversión.

—Y más de seis años de relación —intenta él con una excusa personal y lamentable—. Ha habido ejercicios donde las expectativas se han superado cada trimestre.

—Llevo solo un año en esta compañía, y quizás eso me ayude a no confundir confianza con arbitrariedad —escupe la Fiera, como si quisiera vaciarse la boca antes de meterse toda su carne en la boca y devorarlo—. Tenemos quince días para establecer las compensaciones pertinentes y preparar una propuesta para el nuevo año con un treinta por ciento de ahorro.

En la conversación cuerpo a cuerpo entre la Fiera y Botones Dorados, los brazos fibrosos de ella hacen parecer viejo y gastado el cuerpo de él, incluso un poco encorvado. Su corbata parece ahora una cadena de la que tirar y el grueso nudo a la altura de la nuez un enorme punto final para muchas vidas como la suya. La Fiera es el futuro, es la energía y el poder. Tengo ganas de jalearla. Me gustaría formar parte de su equipo.

Antes de que recojamos nuestras cosas, ella atiende una llamada de teléfono. Contesta en inglés británico y hace callar a Botones Dorados con un gesto de la mano mientras alguien ha empezado a hablar al otro lado. El gesto sirve para subrayar su superioridad. Juraría que la sala huele a sangre. Botones Dorados tiene cincuenta y cinco años y acaba de ser humillado delante de su equipo, está muerto. Es hora de volver a nuestras oficinas en su coche.

—Sí que es una Fiera —le espeto, incapaz de reprimir mi admiración—. Solo ha hablado cinco minutos y ha apretado más tuercas que muchos directivos en una vida. ¿Crees que cerraremos el próximo año? ¿Iba en serio lo de bajar el budget un treinta por ciento? ¿Puede hacerlo? ¿Cuántos idiomas crees que habla?

—Es imposible trabajar así —responde con resignación Botones Dorados—. Te digo, en confianza, que este me parece el verdadero problema de las mujeres.

—¿La exigencia?

—No, no es la exigencia. Es la agresividad. ¿Tú la has visto?

—A mí me ha parecido impresionante. Nos ha machacado sin despeinarse.

—No puedes llegar a ser realmente buena si estás siempre enfadada. Llevamos más de un año trabajando, y desde el principio se ha comportado igual. Cuanto más poderosas son las mujeres, más desconfiadas se vuelven, es agotador.

—Pero parece que es cierto que hemos gestionado mal su inversión.

—Yo lo único que digo es que las mujeres debéis entender que los hombres no somos vuestros enemigos.

—¿Qué cambiaría si ella hubiera sido varón?

—La pataleta la tienes que aguantar igual cuando las cosas no salen bien, porque no siempre salen como nos gustaría. Pero siempre hay una broma al cierre, un partido de fútbol que comentar, una comida después de la reunión. Al final todos nos convertimos en lo que hacemos, y eso también la atrapará a ella. Llegará un día en que la Fiera no sea otra cosa que su propio enfado.

—¿Te parece que todas las mujeres estamos resentidas o enfadadas?

—Los hombres que más he admirado a lo largo de mi carrera profesional parecían blandos, no eran agresivos, eran tíos educados y tranquilos. No hace falta ser tan suspicaz cuando tienes la sartén por el mango. Pero nunca he conocido a una mujer poderosa que no esté midiendo a los demás todo el tiempo. En el fondo, lo estáis volviendo todo más difícil. La mayoría de las mujeres no saben siquiera lo que es el sentido del humor.

—A lo mejor es porque la mayoría de los chistes son a su costa —bromeo.

—Yo solo te digo que seréis las primeras víctimas de vuestro resentimiento. Pero tú eres joven. Estás a tiempo de hacer las cosas de otro modo.

Botones Dorados sigue conduciendo tranquilamente su coche de cien mil euros pagado por la empresa, con las raquetas de tenis de los niños detrás y conmigo en el asiento del copiloto, como un paquete bomba a punto de estallar.

Botones Dorados tiene razón al decir que la Fiera estaba rabiosa, pero en el fondo yo la entiendo. Y, de alguna manera, la admiro por su ira y por ser capaz de expresarla en tres idiomas. Ella está frustrada, está harta de tenerlo más difícil que el resto, de tener que hablar más alto para que alguien la escuche. Todavía no he oído a ninguna mujer, por poderosa que sea, hablar bajito en una reunión. En cambio, ellos murmuran al cuello de su camisa y todo el mundo se calla para ver qué dicen. Claro que es más difícil explicar su enfado ahora que tiene poder, precisamente ahora que el mundo la ha reconocido, ahora que la igualdad es un hecho y ella es un caso de éxito. Botones Dorados no entiende que eso la cabree aún más. Porque, aunque consiga devorar a sus presas, la Fiera sabe que está cazando en un coto privado, donde las reglas y la tradición pertenecen a otros. En el fondo, se siente como una pequeña zorra en una cacería inglesa, una cacería donde todos los demás van a caballo y no se están jugando nada, salvo su propio entretenimiento. No es ira lo que siente, solo prisa y miedo. Podría salir disparada en cualquier dirección.

La Fiera está desorientada, le falta información: no tiene ni idea, por ejemplo, de quién impuso los horarios que ella cumple, de por qué ha parado dos horas para comer durante más de diez años de su vida, de quién decidió que conciliar consiste en llevar cada vez más dinero a casa para pagar a otra mujer que cuidará de sus hijos. La Fiera que esta mañana ha aterrorizado a Botones Dorados no parecía tan rabiosa el día que abrió las piernas en la camilla de la clínica privada donde extrajeron sus óvulos a cargo de la compañía, que le ayudó a anteponer su desarrollo profesional a su cuerpo y a su tiempo: en ese momento era como una hoja temblorosa, ese día ni siquiera hablaba idiomas. La Fiera sabe que no tiene motivo de queja, hasta le han dado una tarjeta de crédito para que invite a comer a quien quiera a cargo de la compañía. El trabajo es una fiesta para ti, le han dicho en Recursos Humanos, bienvenida. Sin embargo, hace unas semanas leyó en el código ético de la empresa que, en las comidas que vaya a pasar a cargo de la empresa, no tiene derecho a invitar a nadie a vino o a cualquier otra bebida alcohólica. Al parecer, la norma existe para evitar excesos alcohólicos del pasado, y eso le hace sentirse un poco perdida. Porque ella jamás ha bebido en el trabajo, y desconoce quién agitó la última botella de champán y qué estaba celebrando. El trabajo es una fiesta, pero tiene la sensación de no estar invitada al *after,* donde suceden las cosas realmente importantes. Por ejemplo, la Fiera no ha visto nunca a una puta de alto standing, pero sabe que todos los hombres a los que ha tenido que reportar en su vida han estado cerca de las tetas de alguna. No quiere decir que sean puteros; quiere decir que son hombres, nada más. Eso significa que Monica Lewinsky les pareció una auténtica pirada cuando, en 1998, tuvo que explicar al mundo entero que existe el sexo sin penetración. Una becaria guardando restos de semen del presidente de Estados Unidos en un vestido barato: ¿acaso no están locas las mujeres?

La Fiera no ha hecho nunca un chiste sobre el cuerpo de los jóvenes becarios con los que trabaja ni sobre el tamaño de sus testículos o sus bíceps, menos aún sobre la forma de sus bocas húmedas y las aptitudes de cada uno a la hora de hacer un cunnilingus. La Fiera sabe que ningún directivo puede meter a una mujer en su despacho y cerrar la puerta cuando están a solas, porque así lo explicita el código ético de la compañía. Ella, en cambio, no ha recibido esa orden ni ninguna parecida respecto a sus subordinados (sean hombres o mujeres), y sabe que algunos directivos consideran muy injusta esta diferencia. Ella no sabe qué pensar; de hecho, le gustaría saber quién se inventó la llave para cerrar los despachos; y hasta quién se inventó los despachos. Mucha gente tiene miedo de la Fiera, pero lo cierto es que jamás cierra con llave: cree que no se puede trabajar en un entorno donde no existe la confianza. Claro que a ella le resulta difícil confiar en nadie. Ni siquiera entiende por qué las secretarias de dirección son siempre mujeres, ni por qué están tan a menudo enamoradas platónicamente de los hombres cuyas agendas organizan. Tampoco comprende —y esto creo que le duele— por qué ha oído a la suya decir en un corrillo de la oficina que prefiere mil veces trabajar para un hombre. La Fiera ignora por qué desde que nació su primera hija ha sido convocada a tantas reuniones importantes a las siete de la tarde, reuniones donde no se ha resuelto nada. No sabe qué decir cuando la invitan a un *after work* que empieza de noche y coincide con la hora del baño. En realidad, la Fiera está muy cansada. El pasado Halloween, ni siquiera se enfadó cuando cruzó el pasillo vacío de un bazar chino a las diez de la noche en busca de un disfraz que llevar a la guardería al día siguiente. Su marido lo había olvidado y ya estaba en pijama cuando ella se lo recordó de regreso a casa, desde el manos libres del coche. La Fiera es en realidad una persona muy insegura, alguien plenamente consciente de cuándo se le marca el borde de las bragas en el pantalón, alguien que necesita tener lavada su ropa interior con corte láser y sin costuras cuando decide ponerse según qué trajes, una mujer que nunca lleva ropa clara cuando tiene la menstruación. Alguien que jamás pediría a su secretaria que llevara a la tintorería un pantalón manchado de sangre, a pesar de haber visto cómo las camisas de los directivos —cuando se derraman un poco de grasa en alguna comida— llegan, inmaculadas, en fundas de plástico. Los hombres, ya se sabe, son como niños. La Fiera, en cambio, sabe que ella es un monstruo.

Llevo suficiente tiempo trabajando como para entender a la Fiera. En cierto modo, solo quiero pedir a Botones Dorados que dé la vuelta inmediatamente para que pueda correr a abrazarla. Quiero volver a la sede central, entrar en su despacho y decirle que es una mujer increíble, que tiene razón y que nadie se la va a dar jamás. Quiero decirle que vamos a destruirlo todo juntas, que vamos a gritar, que, por una vez, vamos a decir la verdad en una sala de reuniones. Que esta no es la única forma de hacer las cosas, que esta no es la mejor forma posible. Y que no me refiero a que ganemos más o menos dinero. Que no estoy hablando siquiera de la diferencia insignificante que supone el hecho de haber nacido hombre o mujer. Me refiero a cuando la experiencia de género está cosida a la injusticia todos los días de tu vida. Estoy hablando de sus ganas de arañar y de morder.

Pero no digo ni hago nada. En realidad, ella lo negaría todo. La Fiera tiene bastante con defender sus propios intereses, y aunque yo puedo entender cuáles son sus debilidades, sé que la compasión no es una de ellas. No puede permitírsela, ni para sí misma ni para las demás. La compasión es para los cazadores, para quienes miran a un animal asustado a los ojos mientras le apuntan con una pistola y dudan antes de disparar. Pero ella es, en realidad, otra presa, y solo puede ser implacable.

Botones Dorados no ha sido capaz de entender lo que tenía delante y solo está intentando ayudarme. Es lo que se dice un aliado, pero está intentando ayudar en una guerra que no es la suya. Típico de los tíos. Son capaces de ofrecer polvorones caseros a alguien que agoniza de sed en el desierto mientras encienden el autorriego de su jardín con absoluta indiferencia.

Miro por la ventanilla del coche y observo que el cielo ya ha empezado a cambiar de color. La tarde tiñe el horizonte de la M40 de naranja y rosa. Me gusta mucho el cielo de Madrid a la hora en que todas las reuniones han terminado. Durante los próximos diez años voy a ver muchas veces estos colores, muchas gasolineras, mucho asfalto, muchos carteles en el arcén donde se anuncian grandes supermercados o restaurantes de lujo en las afueras. Antes de llegar a nuestras oficinas pasamos siempre por el enorme cartel de un mesón que se anuncia con la fotografía de un cochinillo asado en primer plano. Visto desde el coche no parece comida, solo un enorme animal muerto. Siempre me pregunto quién ha podido elegir una foto así. Quién ha podido pensar que una cría de mamífero muerto es un buen reclamo para abrir el apetito de los hombres de negocios. El cartel se ha mantenido en pie hasta hoy, supongo que porque todavía funciona.

Yo no quiero estar enfadada. No quiero ver fantasmas ni cadáveres, no quiero devorar a nadie ni tampoco arrancarle el corazón. Puedo entender por lo que está pasando la Fiera y hasta el desconsuelo de Botones Dorados al verse derrotado ante un enemigo que no tendrá piedad. Él ha fracasado, y sin embargo el éxito de ella me duele más. Definitivamente, me niego a ser cualquiera de ellos.

Así que bajo la ventanilla y sonrío. Elijo el camino fácil, el que dibuja este coche en el asfalto. Siento el viento en la cara y me digo que no quiero volver a oír su aullido en mi cabeza.

ANTÍTESIS. CUERPO

Sentencia de pasillo: «Si algo corre, vuela, navega o folla, la mejor inversión es alquilar, nunca comprar». Esta máxima la escucho muchas veces en la oficina, siempre a los chicos, siempre cuando no hay tías a la vista. Y después me río con ellos, como uno más.

He aprendido a reírme de los chistes preferidos de mis compañeros y de algunos jefes porque me gusta estar de buen humor y porque no quiero ser una amargada ni tener cara de Fiera. Al contrario: soy tan divertida y tan cómplice que formo parte del grupo de WhatsApp de directivos y mandos intermedios, donde no participa ninguna otra mujer. Es el grupo adonde llegan los comentarios jugosos sobre las reuniones importantes, y también ofertas de buenos vinos, rumores sobre ascensos, despidos anunciados en primicia, infidelidades y fichajes sexualmente interesantes, con especial atención a las becarias. Se comparten también muchas noticias de prensa deportiva y algunas económicas relativas a fusiones, adquisiciones y posibilidades laborales. Se compara la Cialis con la Viagra porque hay muchos tíos mayores que quieren follar como si fueran jóvenes, y en general abundan los chistes sobre putas (tienen una verdadera fijación con ellas, aunque creo que más de la mitad de ellos no se ha atrevido nunca a pagar por sexo). En cambio, todos consumen porno gratis en internet y bromean sobre Pornhub con la naturalidad con que un niño lo hace sobre TikTok. PornHub es el sexto portal más visitado del mundo, con 42.000 millones de visitas al año y una media de 115 millones diarias. El perfil sociodemográfico de los usuarios es casi idéntico en cualquier rincón del planeta y el 70 por ciento son varones, así que el producto está hecho para sus gustos sexuales, que, por otro lado, se formaron viendo esta clase de porno.

Hace poco mis colegas compartieron un clip en el grupo. Se titulaba «Diecisiete corridas sobre la cara de una adolescente». Di al play como uno más, y así me sumé al 30 por ciento femenino de la plataforma, que se jacta de perseguir la igualdad en todos los balances anuales. La chica protagonista era una niña; parecía menor de edad, pero nunca lo son: tendría al menos dieciocho años, para que el vídeo, además de gratis, fuera legal. Era un contenido breve, poco más de tres minutos de plano fijo sobre la cara de sorpresa de la muchacha donde iban explotando, una tras otras, distintas secreciones. Nunca una sobre otra, sino en cortes diferentes, montados después uno tras otro, una edición digital con mucho ritmo, como si fuera un videoclip.

Para mí fue un honor que me añadieran al WhatsApp de los chicos, porque empecé a tener acceso a información privilegiada, a fotos privadas y memes que los jefes comparten con los chicos. No todo es sexo, también hay bicicletas y suplementos alimenticios.

Tenía razón Botones Dorados cuando me dijo que nadie quiere trabajar con una persona que no entiende sus bromas. El humor es, en realidad, algo muy íntimo. Por eso hemos visto decir a tantas mujeres en tantas películas que lo único que quieren es un hombre que las haga reír. Ellos, en cambio, buscan una mujer que se ría de sus chistes, lo cual es muy diferente. Por eso el amor romántico ha dejado de ser divertido.

A ese mismo grupo llega el chiste sobre el divorcio de Paul McCartney, que se hace viral en el mundo empresarial español unos años después de la ruptura y sirve para explicar los beneficios de *leasing* frente a la compra. Es una broma tan sofisticada que en vez de ser un meme entra en el grupo en formato PDF. Hay que abrir el documento desde el iPhone y después ampliarlo para leerlo bien. Ocupa más de una página y es la versión culta del clásico «The 3 F rule: if it floats, flip o fucks, it is cheaper to rent». Dice así:

EJEMPLO DE COMPRA

Después de cinco años de matrimonio, Paul McCartney ha pagado a su exmujer, Heather Mills, nada más y nada menos que cuarenta y nueve millones de dólares. Suponiendo que hubiesen tenido sexo TODAS las noches durante esos cinco años (cosa muy improbable), la relación le habría costado a McCartney 28.849 dólares por noche.

A continuación se añaden tres palabras: «Esta es Heather». E inmediatamente después, una fotografía. En la imagen parece la señora Mills con cuarenta años, la edad que tenía en el momento del divorcio. Tiene una mueca extraña en la boca y los ojos entornados, pues se trata de un fotograma extraído del vídeo de alguna entrevista televisiva. Es evidente que se ha seleccionado esta imagen y no otra para que parezca más fea de lo que es. Además, tiene una mueca histérica que le hace parecer un poco desorientada. En resumen: fea y loca.

EJEMPLO DE *LEASING*

Por otro lado, Kristen, la prostituta con la que pillaron al exgobernador de Nueva York, Elliot Spitzer, cobra la extravagancia de 4.000 dólares por noche. Si Paul McCartney hubiera contratado a Kristen durante cinco años, le habría pagado 7,3 millones de dólares por tener sexo TODAS las noches (cosa bastante probable) con un ahorro total de 41,7 millones de dólares.

A continuación se añaden tres palabras: «Esta es Kristen». Y aparece una fotografía de Kristen con ligueros de cuero negro, medias de rejilla, pechos al aire hasta el pezón y el gesto complaciente y asustado que corresponde a toda mujer lista para usar en el imaginario del porno masculino.

El chiste sigue con una breve aclaración:

Tengan en cuenta el valor añadido de la operación:
*Kristen tiene 22 años
*Nunca tiene dolor de cabeza
*Accede a todo lo que le pides
*No se queja
*No te hace nada que no quieras
Todo esto a una séptima parte del coste total, sin cargos adicionales.

Como veis, la lógica financiera es aplastante: el *leasing* es mucho mejor que la compra.

Fin del chiste.

Además de una lección magistral sobre la rentabilidad de la compra y el leasing, este ejemplo explica con precisión cómo calcular la rentabilidad del cuerpo de una mujer en el matrimonio, a través de una sencilla ecuación que valora su rentabilidad en función de cuánto cuesta y cuánto folla. Es evidente que la fórmula no incluye a todas las mujeres; desde luego, no sirve para mí, que puedo reírme de la broma porque soy la que más gana de mi casa, y por eso me he ganado el honor de recibirlo en mi WhappsApp.

Después de leer esta broma, todos mis colegas calculan cuánto les cuesta el sexo que practican en sus casas. Lo hacen dividiendo su sueldo íntegro entre el número de polvos que echan al mes. Luego comparan el de unos y otros y se parten de risa porque siempre se cumple la misma regla: cuanto más gana el hombre que hace la ecuación, mayor es el precio que paga por el sexo conyugal. Calculamos también —y esto es lo más divertido— el precio de los polvos de quienes más ganan en la compañía. Casualmente, solo uno de ellos está casado con otra directiva; el resto tienen mujeres ociosas y carísimas. La mayoría de ellas no tiene ingresos, salvo las que tienen patrimonio familiar, pero la herencia no entra en la ecuación sexual. Cuando la mujer trabaja a cambio de un sueldo fuera de casa, como es mi caso, entonces hay que restar su sueldo al del varón. Apenas aparecen casos como el mío, que gano más que el hombre de mi casa. En este caso, la que paga por el sexo soy yo: supongo que por eso he acabado en este grupo. De todas formas, cuando hago la cuenta celebro descubrir que mis orgasmos son prácticamente gratis, porque aún no gano mucho más que João. Recuerdo pensar que estamos haciendo bien las cosas, que juntos somos la revolución, aunque, con el paso del tiempo, ganaré cada vez más y follaré cada vez menos, como cualquier otro compañero.

De entre todos los chistes que me comparten, los de mujeres que venden su cuerpo a cambio de dinero son los que más se repiten. Pueden ser trabajadoras sexuales o señoras que se enamoran «a primera Visa»; todos tienen mucho miedo de estas últimas. Les parecen tigres cuando están casadas con algún compañero y tiernas gatitas abandonadas cada vez que se enamoran de una mujer a la que poder controlar. Aunque ellos hablan siempre de ayudar: esa es la palabra que más veces dicen mis compañeros cuando hablan de amor.

«Alquilan un yate y se hunde por exceso de prostitutas». Este fake llega al grupo de WhatsApp cada año, siempre cuando se acerca el verano. Es una noticia de un periódico local de Valencia. Todos sabemos que es falsa, pero la risa es fresca como un buen chorro de aire acondicionado. Y, por alguna razón, todos deseamos estar a bordo de ese yate; a mí también me hace ilusión. Cuando hablan de putas, los chicos se ponen tan contentos que comparten su alegría como si fueran los inocentes protagonistas de un anuncio de Coca-Cola, sintiendo todos el burbujeo. No se muestran obscenos, sino realmente felices e infantiles. Como si por fin pudieran ser ellos mismos y divertirse sin que nadie los juzgue. Cuando se muestran así, relajados y sinceros, siento que estoy a salvo, que he dejado de formar parte del bando enemigo. No me siento mal cuando lo hacen, al contrario, me apetece mucho acompañarlos en sus aventuras. Admiran tanto a las putas que yo también tengo ganas de conocer a alguna.

Cuando fantaseamos con la idea del barco siempre termino preguntando a quién voy a follarme yo, siendo como soy una mujer heterosexual, si vamos a gastar todo el dinero en drogas y chicas. Pero mis compañeros me prometen que haremos tríos, que no me dejarán a un lado. Todos para una y una para todos, bromeo yo.

De alguna manera, sé que ellos no me dejarán atrás. Aprendieron el honor mucho antes que la dignidad.

—Enhorabuena. Acabas de entrar en el club de los ciento cincuenta mil —dice Boca Falsa nada más probar el vino que vamos a tomar—. Creo que es buen momento para brindar por ti —concluye.

Llevo meses esperando este momento, y tiene que llegar precisamente la tarde en que no puedo aceptar este brindis. No obstante, levanto mi copa y la choco con los dos hombres que tengo enfrente.

Los dos llevan la raya del pelo perfectamente peinada a la derecha, y Boca Falsa, director de división y jefe directo del otro tipo, me sonríe mirándome fijamente mientras levanta su copa, como si yo fuera la primera persona a la que muestra su sonrisa recién estrenada. Hace solo unas semanas que ha moldeado su dentadura con composite, esa pasta blanca con la que muchos directivos esculpen sus sonrisas para que resulten tan perfectamente alineadas como sus ideas. Boca Falsa se ha esculpido, como muchos directivos, solo la dentadura superior, dejando una hilera desordenada de piezas ligeramente amarillentas en la parte inferior de la boca, que quedan al descubierto cada vez que toma la palabra. Él, como muchos hombres, cree que los dientes de abajo nunca se ven, ya que las sonrisas que les inspiran son las de mujeres que muestran en las revistas sus blanquísimos incisivos, labios rojos y perlas blanquísimas en bocas mudas. Boca Falsa, en cambio, no para de hablar y masticar desde una boca que muestra todos sus secretos y hace que parezca que solo puede decir mentiras. El mote no es mío, y en este momento me suena a premonición.

Antes de que pueda decir nada, se acerca un bocado a las fauces y cierra por fin la boca. En este momento no sé qué decir. O, mejor dicho, no sé cómo decir lo que tengo que decir. Así que, como un grito o una advertencia en mitad de un cuadro en blanco, sigo callada y observo la fuente de pimientos —asados en un horno tradicional— que está en el centro del mantel de algodón. Tienen ajos dorados cortados en láminas por encima, como los que prepara mi madre en casa, como si nosotros también fuéramos una familia.

Cuesta mucho dinero comer en el centro de Madrid los mismos guisos que disfruta la clase media, pero merece la pena gastar dinero para construir cierta intimidad. Todo son imitaciones, no solo sus dientes.

—¿Qué club es ese? —pregunto, tratando de no anticipar nada.

Ni siquiera sé si es una buena noticia.

—El club de los que ganan más de ciento cincuenta mil al año —explica Boca Falsa, y me guiña un ojo.

Él debe de ganar más de seiscientos mil al año, y Su Señora, que es como llamamos al hombre que tiene al lado y cuyo trabajo principal consiste en estar de acuerdo en todo lo que dice Boca Falsa y ser capaz de resumirlo en un Excel o un DAFO, debe de andar por los trescientos mil. En realidad, ninguno forma parte del club al que me están invitando.

—Pero estoy embarazada —murmuro.

Tengo treinta y ocho, no podía posponer mi maternidad por más tiempo. Así que la única hermandad en la que voy a entrar es la de las mujeres que se reproducen en el momento más inoportuno. Sé que no puedo brindar por el imprevisto aumento (en realidad no debería tomar vino, pero eso me parece secundario en este momento), así que aprieto los dientes y me consuelo pensando que al menos tengo mis propios dientes, como si hubiera algún valor genuino en decir la verdad con independencia de sus consecuencias.

—¡Eso es todavía mejor! —exclama Su Señora en un tono

extrañamente festivo–. Nos encanta que la familia crezca. Y además este niño viene con un buen pan debajo del brazo.

Creo que es la primera vez que oigo a Su Señoría manifestar una opinión antes de saber lo que opina Boca Falsa, y menos aún en tono exclamativo. De hecho, su voz suele sonar a metal y es neutra como la de una máquina. Pero el asunto del hijo ha despertado su humanidad, haciendo que el mote le encaje todavía mejor.

–Y hará que necesites aún más este trabajo, créeme, porque los hijos no son baratos –sentencia Boca Falsa.

Y no sé si bromea o amenaza cuando relaciona a mi hijo con el dinero de la compañía, aunque supongo que no lo hace sin querer. En el fondo, no pueden evitarlo. Les encanta nombrar la carne y ponerle un precio. Incluso a los niños, hasta a los bebés. Están dispuestos a comprarme enterita, embrión incluido.

Hace solo cuatro meses que otra crisálida se convirtió en sangre en el baño del trabajo. Cuando tiré de la cadena, en la taza del váter todo era rojo. Entonces sentí alivio, no era el momento. La planificación familiar se ha convertido en un asunto laboral, y muchas mujeres abortan para no perder un trabajo o retrasan sus embarazos para potenciar su carrera profesional. No es una imposición, sino algo que sucede con su consentimiento. La reproducción femenina sigue tan marcada por la presión social como siempre, pero ahora la vergüenza ya no es familiar sino profesional. El mercado ha inventado los mecanismos necesarios para exprimir a las mujeres jóvenes antes de aceptar que se pongan a reproducirse, y eso es una excelente noticia para el desarrollo profesional de las mujeres. Pero ahora que mi cuerpo ha decidido tomar un atajo más accidental que estratégico, resulta que la compañía está dispuesta a comprar mi vida y la de mis hijos. Eso sí, por el mismo precio.

–Las mujeres embarazadas sois mucho más valiosas para la empresa que las que no se deciden. Ahora es más difícil que te vayas a la competencia —bromea Su Señora—. No hay mejor manera de retener el talento que formar una familia.

Cuando me casé con João, nuestras empresas nos obsequiaron con quince días extra de vacaciones para celebrar nuestro amor. Entonces me pareció un exceso, sobre todo porque el permiso por fallecimiento de un familiar dura cuarenta y ocho horas. Pero en España los quince días de asueto son un derecho reconocido en el estatuto de los trabajadores para todos los empleados que se casen o formalicen una pareja de hecho. Más tarde entendería que el duelo no resulta tan productivo como el matrimonio o la natalidad, dos grandes activos de la sociedad.

Así que mis jefes celebran mi descendencia del mismo modo que los reyes exigían hijos varones a sus esposas. Están contentos porque saben que en unos meses pariré a sus herederos. Soy una de ellos y voy a criar a los empleados del mañana, sujetos con confianza en las empresas y las instituciones, individuos predecibles como nosotros, capaces de asumir cargas familiares, hipotecas, gastos fijos y consumos variables. Seres decididos a formar familias y que dedicarán la mayor parte del tiempo de su vida a producir y reproducir para su descendencia el mismo sistema que ya conocen.

Desde este punto de vista, las madres somos un auténtico tesoro para las compañías modernas, no solo porque la crianza puede volvernos algo más dóciles y predecibles, sino porque los hijos aumentan la productividad; por eso las superwoman se representan siempre con cuatro u ocho brazos. Una madre trabajadora es como el Lamborghini de los empleados. Y yo estoy a punto de entrar en una chicane a trescientos por hora.

El mundo cambia, las mujeres están por todas partes y hasta las madres acceden a los mejores puestos de trabajo. Ahora que las hembras ya no nos detenemos ante nada, ni siquiera ante los propios hijos, es hora de integrarlas como a machos proveedores. La revolución de las mujeres pasará, y cuando por fin culmine es importante que todo siga igual.

Como a tantas otras antes que a mí, tener un hijo no me salvará de nada. Captar el sentido de la vida no significa cambiar el sentido de las cosas, del mismo modo que comprender no es sinónimo de poder escoger. En vez de eso, seguiré conduciendo cada día al trabajo, cada día por el mismo camino, año tras año por el mismo trazado del atasco, igual que un tigre marca con surcos en la tierra su recorrido circular en la jaula del zoo mientras los niños contemplan su encierro y sueñan con que un día vuelva a ser salvaje.

La gente cree que los hombres hacen chistes machistas porque tienen algo contra las mujeres. Pero no es por eso. En realidad, es su manera de expresar sus sentimientos y deseos. Porque para ellos, para mí ahora, enamorarse es una forma de poseer y controlar. Y ese es el motivo por el que una alta remuneración termina siendo, antes o después, incompatible con el amor.

En casa sucedió silenciosamente, como todos los grandes desastres. Ocurrió que la misma persona que me proporcionaba sexo de manera continuada dependía de mi dinero para vivir. Y que esa persona debía preguntarme de vez en cuando sobre ciertos aspectos económicos que nos afectaban a ambos por igual, pero sobre los que yo tenía la última palabra. Sencillamente, me convertí en el cabeza de familia, esa metáfora mortal que confunde la inteligencia con el dinero. Y también, como cualquier macho proveedor, me transformé sin pretenderlo en un explotador sexual.

El dinero es así: no se detiene ante nada, y mucho menos ante la carne. Por eso hay tantos hombres convencidos de que el cuerpo de las mujeres les pertenece, puesto que, de una u otra manera, sienten que están pagando por su uso. Lo sé porque, como tantas otras antes que yo, he crecido a la sombra de esa amenaza, la de poner precio a mi cuerpo y echarlo a vivir con cualquier hombre enamorado cuyo salario fuera capaz de cubrir su mantenimiento y el de nuestra prole. Es algo que ha sucedido históricamente así, gracias a la división sexual del trabajo. Ellos ganaban el dinero y compraban la casa, el coche, el cuerpo femenino y hasta el cuerpo de casa, que es como se llamaba, hasta hace bien poco, al servicio doméstico. Ahora ya no. Hoy está mal visto poseer cuerpos ajenos sin su consentimiento. Por eso es habitual que los nuevos propietarios se abstengan de hablar de «sus mujeres» y a menudo utilicen el patriarcal eufemismo «la madre de mis hijos». Sé que es un eufemismo porque a veces me refiero a João como «el padre de mi hijo». Nunca uso los posesivos para hablar de él porque, en el fondo, cada día soy más consciente del dinero que me cuesta.

Debo decir que el embarazo no cambió nada en este sentido. Mi hijo ha ido creciendo, pero mi cuerpo y mi voluntad siguen siendo míos. No son regalos que vaya a ofrecer a cambio de amor, ni romántico ni filial. De alguna manera, creo que eso es lo mejor que como madre puedo ofrecer a mi hijo. Siento que es mi responsabilidad asegurarle un mundo más justo, uno donde ni su padre ni ningún otro hombre esté en condiciones de convertir a su madre en una persona económicamente dependiente, donde nadie pueda pujar por el tiempo de mi cuerpo, ya sea en sentido sexual, romántico o familiar. En realidad, si mi carrera sigue como hasta ahora, es posible que sea yo quien pueda pagar por el cuerpo de João. Y si eso llega a suceder, no será el mismo perro con distinto collar, sino todo lo contrario: una nueva perra con la misma correa. O incluso con un collar nuevo, ahora que por fin pago yo. En realidad, cambiar al perro significa, en un mundo como el nuestro, cambiarlo todo.

Años más tarde estaré ganando más del doble que João, y debo reconocer que entonces no me parecerá tan inteligente como cuando nos conocimos en Londres, ni mucho menos. De hecho, cuando su carrera era la de un prometedor joven de clase alta y sus padres me parecían las personas más sofisticadas que había visto en mi vida, João me parecía el ser más brillante de la Tierra. Claro que todo estaba un poco más oscuro para mí y cualquier luz me resultaba deslumbrante. Y aunque me sigue admirando que tuviera la valentía de elegir trabajar para una ONG y se mantuviera fiel a sus ideales, lo cierto es que lleva años concentrado en asuntos irrelevantes, como lavar bien las acelgas, buscar recetas en internet, escuchar música que bailamos hace quince años o estudiar cada uno de los movimientos de nuestro hijo. A veces me parece que los ideales de las personas como mi marido son un lujo que siempre termina pagando un tercero. Igual que nuestro hijo: él lo imaginó y lo pensó primero y yo tuve que parirlo y alimentarlo. Sin embargo, João se comporta como si tuviera el monopolio de los progresos del niño. Celebra cada pequeño logro o miniavance, por ridículo que pueda parecer: lo bien que dibuja un círculo, la maestría con que escribe su nombre o su talento innato para la música. Y lo graba todo en el móvil, en un millón de vídeos que nadie volverá a ver jamás.

Diego cumplirá dos, tres, cuatro y cinco años y su padre lo seguirá mirando con la misma veneración maternal que la primera vez que lo sostuvo en sus brazos. Todas las tardes, en la aplicación que la escuela ha puesto al servicio de las familias, revisa los progresos que ha hecho en el colegio. Yo ni siquiera la he descargado en mi móvil, porque creo que no es necesario monitorizar de ese modo el desarrollo de un niño tan pequeño. Pero João me comenta las novedades con un interés que siempre me parece nuevo.

—¿Has visto? Esta semana están trabajando un diario de las emociones —puede soltarme a última hora, cuando más cansada estoy.

—No, no lo he visto.

—Es muy interesante la pedagogía que están desarrollando las maestras alrededor del pez arcoíris, ¿no te parece? —pregunta subrayando la interrogación, como si le hablara a alguien que no entiende su idioma.

—No conozco a ese pez —respondo desafiante.

Creo que me suelta lo de las emociones para reprocharme que presto poca atención a nuestro hijo.

—Creo que voy a comprarlo en Amazon para que se lo leas mañana por la noche. ¿Te apetece? A Diego le va a encantar.

Hay algo obsceno en nuestra forma de vivir: pasamos por encima de nuestros sentimientos con la misma indiferencia con que João saca brillo al Silestone cada noche. Nuestras emociones, como nuestra cocina, son profilácticas como un quirófano.

Nadie me advirtió de que el éxito profesional destruye todas las relaciones que toca. Pero es así. Muchos de los problemas afectivos de nuestro tiempo no son más que accidentes laborales que deberían estar retribuidos. Al fin y al cabo, el amor está hecho de palabras, y un directivo es alguien que las ha perdido por el camino. No sabes cómo sucede, pero un día estás construyendo oraciones del tipo «Este negocio es un win-win», «Nuestro objetivo es subir la tasa de conversión», «Necesitamos una idea disruptiva», «Al equipo no le falta tiempo, le sobran distracciones», «Construyamos una propuesta de valor», «Urge poner el foco en lo importante» o «No puedes permitir que la agenda te controle». Cada una de esas frases es como una campanada cuyo eco retumba en hueco, como si diera las horas en un pueblo fantasma, un pueblo donde ninguno de sus habitantes tiene corazón. Ya no recuerdo cuándo empecé a hablar de ese modo, a decir «literalmente» en demasiadas expresiones, a ofrecer «ayuda» a quien sé que nunca se la voy a prestar o a decir «en mi humilde opinión» antes de exigir que alguien haga exactamente lo que yo digo. Y después de eso, después de días, meses y años vaciando el lenguaje de sentido como quien rebaña un yogur antes de tirar el envase a la basura, hay que volver a casa y ser capaz de pronunciar dos o tres palabras de amor. El único problema es que resulta imposible.

«No me quieres como prometiste porque te has enamorado de tu trabajo», me grita João desde cada uno de sus silencios para reprocharme que me haya convertido en la persona que soy. Conozco perfectamente el modo en que aprieta los dientes para esconder su decepción cuando me mira.

—Sabes que me dejo la vida en el trabajo por nosotros tres, ¿verdad? —digo algunas noches.

Y oigo el eco mudo de mis palabras.

João no contesta. No lo necesita.

—No te entiendo. Tienes todo lo que quieres, no puedo darte más.

Y él se va de la habitación o me sugiere que hablemos despacio, como si alguna vez él hiciera algo deprisa. Entonces sé que muchos de mis compañeros están representando la misma escena en otras casas, en cualquier otro salón con un chaise longue en tonos tierra. Así que a la mañana siguiente es probable que me ría de alguna de sus bromas sobre el matrimonio. Antes o después, un hombre con ingresos altos y una familia a su cargo se convierte en un fraude en su propia casa. Es como si fuéramos perdiendo valor cuanto más cerca estamos de nuestra intimidad o como si nadie pudiera amarnos desnudos, dentro de una alcoba, como se ama a alguien que no tiene dinero ni poder.

«Lejos, muy lejos, en alta mar, vivía un pez», empiezo. Y Diego me mira con los ojos tan abiertos que parece que vaya a detener el tiempo.

Pero no era un pez cualquiera. Era el pez más hermoso de todo el océano. Lo llamaban pez arcoíris porque estaba cubierto de escamas irisadas que brillaban con todos los colores del arcoíris. En realidad, resulta evidente que mi hijo es capaz de detener el tiempo. De hecho, no importa cuántas veces le lea el cuento de Marcus Pfister –diez, cien, mil o un millón–, él siempre lo escucha por primera vez.

Y eso hace que la historia se vuelva nueva también para mí. Incluso ahora que sé todo lo que va a pasar. Que un día un pez azul le pide al arcoíris que le regale una de sus preciosas escamas y que el iridiscente se niega y le trata fatal y le pide al azul que se largue. Y que el azul se lo cuenta a los demás y después ya nadie quiere jugar con el pez arcoíris. Hasta que un pulpo sabio le recomienda que regale sus escamas a los demás peces para que vuelvan a aceptarle. Y por fin el pez arcoíris termina cediendo y así comprueba que, efectivamente, cuantas más escamas se deja arrancar, mejor se siente (y más se parece al resto). Entonces, cuando solo le queda una escama brillante y todo el mundo tiene ya la suya, el resto le llama: «¡Ven, pez arcoíris! ¡Ven a jugar con nosotros!». Fin del cuento.

A João le fascina esta historia, y por lo visto la moraleja es preciosa. Yo, en cambio, no entiendo por qué tienen que arrancarle sus preciosas escamas una a una para que pueda ser aceptado como todos los demás. No sé por qué el pez no puede ser distinto y brillar y tratar bien a los demás peces sin la necesidad de ser igual que todos ellos.

—Mamá, ¿tú tienes escamas? —pregunta Diego cuando termino.

—Yo tengo una enorme cola de sirena llena de escamas brillantes con todos los colores del arcoíris. Pero solo aparece cuando entro en el mar.

—¿Y los peces te piden que les regales una?

—Claro que sí. ¡Siempre que me ven!

—¿Y tú qué les dices?

—Que jamás arranquen una escama de un cuerpo que no es suyo.

—La profe dice que el pez arcoíris hizo muy bien en dejarse arrancar las suyas.

—Eso es porque a tu profe nunca le han arrancado nada.

—Ya. Eso es porque mi profe es humana y no tiene cola de sirena para compartir.

—Así es. Y a los humanos siempre les ha gustado compartir lo que no es suyo.

Me han invitado a una de las fiestas en la mansión Playboy de Hugh Hefner en California. Año 1972. Justo ahora, mi amigo Hugh y yo estamos charlando animadamente recostados en una de las colchonetas de la Gruta del Amor, la cueva que custodia una gran piscina de agua caliente donde no pienso bañarme. Prefiero observar al puñado de conejitas que chapotean semidesnudas, justo en el centro óptico del espacio. Una piscina de agua caliente dentro de la casa para que los hombres podamos calentarnos alrededor. Y el espacio salpicado de mujeres tan ligeras como la pisada de un ánade y que se mueven por aquí y por allá mientras otras nadan en el acuario. Observo sus cuerpos blancos, casi translúcidos, mientras saco un cigarrillo de mi pitillera de piel negra y continúo hablando con mi amigo.

No puedo prometer que esto sea un sueño, pero ojalá lo sea, porque así será más libre. Lo que es seguro es que estoy en una época donde el sexo y el dinero mantienen relaciones íntimas a la vista de todos. No cualquier sexo, claro. No me refiero al utilitario amor romántico, a romper la barrera social como quien rasga un himen. Estoy hablando del sexo con poder, el que te pertenece, el sexo que se respira ahora mismo junto al cloro de esta piscina, el que se puede pagar con dinero.

No sé qué hago aquí, estoy seguro de que no he venido a esta fiesta en busca de sexo o mujeres, por más que haya observado que en todos los baños de la casa hay vaselina, aceite Johnson's y kleenex. Lo que ocurre es que para un hombre de mi posición el sexo no es un objetivo, es solo algo que ocurrirá dulce y fácilmente, con la misma naturalidad con que visto un traje que cuesta más dinero que el sueldo de un mes de las camareras que me sirven dry martinis en bañador, las mismas que, llegado el momento, sabrán cómo usar el aceite de los baños. No me resulta ridículo, sino muy natural, que lleven en la cabeza diademas con orejas de conejo: hace que los cazadores podamos ser mucho más espontáneos. Es todo libre y transparente, como el mercado.

Ahora que me fijo, la mujer que ha agitado mi cóctel luce también un pompón blanco en el culo, es su cola de conejita. Todo esto ya es sexo y está pasando ahora. No es algo que vaya a suceder, sino algo que ocurre sin ningún esfuerzo. Todo ha sido diseñado para mi placer, para mi conveniencia y, en definitiva, para mi hombría. Estoy tan cómodo en esta posición que quisiera pasarme la vida justo donde estoy ahora. Soy como un niño, felizmente excitado y, al mismo tiempo, libre de toda presión sexual. Puede que esté un poco borracho, pero sé que el placer caerá en mis brazos de un momento a otro, con la misma gravedad con que la aceituna verde se hunde sin remedio en mi ginebra. Y eso me excita y me libera aún más. Porque el sexo no es algo que tenga que pedir ni que pactar, es algo que simplemente me pertenece por ser quien soy.

Llegar aquí y pagar este traje no ha sido fácil: llevo muchas horas de despacho encima, conversaciones infinitas y un millón de cenas junto a una mujer que siempre me espera en casa con ganas de hablar de insípidos problemas domésticos. Estoy realmente cansado, necesito liberarme de la culpa y de la responsabilidad que supone proveer de todo lo material. Yo también tengo sentimientos, necesito un espacio para mí; uno como este, quiero decir. No se trata de sexo ni de poder, sino de un instinto tan básico y tan humano como la libertad.

Pero lo mejor de esta noche, lo que la vuelve incomparable, es que me permite follármelo todo. Me refiero a que no se trata de acabar metiéndosela a una chica (o dos), mujeres perfectamente intercambiables en esta historia. Lo realmente excitante es metérsela hasta dentro a la mansión, metérsela a la abundancia, correrse sobre el brillo de todas las promesas y gemir de placer al sentir que no hay límites, que el cuerpo es para siempre una llave y no una puerta. Que mi sexo está hecho para transgredir las normas, para atravesar el deseo, el tiempo y la vida.

Soy un varón blanco heterosexual que conduce un Chevrolet Camaro en Manhattan, soy el vértice de un sistema diseñado para cumplir con mis deseos y expectativas. Soy el abuelo de los nietos de América, el jefe de la manada, soy la herencia, soy la tradición, soy el tío en que se inspiran los hombres que conoces, soy lo más normal del mundo, soy lo normativo. Soy el que pensó que todas las mujeres están deseando que las posea, el que creyó en el mito erótico de la vecina de la puerta de al lado. Todas están buenas y todas están tumbadas en alguna cama, con esa carita suya de sorpresa, esperando que un hombre haga lo que tiene que hacer. Y aunque estoy viejo, tengo en mis caderas la fuerza de la inercia, así que, si nadie lo remedia, voy a repetirme una y otra vez hasta el infinito. Soy también el que no tiene remedio. Por eso es tan difícil pararme.

Es muy complicado diseñar carreteras, horadar montañas, agujerear la tierra en busca de un túnel, asfaltar después la carretera, colocar las señales, dibujar líneas paralelas capaces de avanzar hasta el infinito sin rozarse, crear un código que compartan todos los conductores, sancionar a los que se propasan, diseñar un arcén donde puedan frenar los vehículos más pesados cuando están a punto de derrapar… Es muy difícil construir un sistema que permita la circulación de vehículos, igual que es muy complejo gestionar un flujo que ordene el deseo sexual humano. Y, sin embargo, lo conseguimos. Diseñamos autopistas para que los coches puedan correr igual que diseñamos el sexo para que los hombres puedan correrse. Mil años después, con toda una compleja obra de ingeniería ya en marcha, es muy difícil inventar caminos nuevos.

Es imposible cuando existen calzadas romanas en uso, cuando nadie conoce otra manera de transitar la vida.

No basta con cerrar las viejas carreteras, ningún desvío será suficiente… Solo queda esperar a que las flores se abran paso en el asfalto, a que la vida abra grietas y todos los caminos se llenen de maleza. Y bla, bla, bla… Pero ¿sabes lo que pasa cuando todo se llena de zarzas? Que llega un príncipe a caballo y encuentra, dormida en una torre, a una mujer con la que tendrá relaciones sexuales sin su consentimiento. Hay cuentos cuyo final ya conocemos.

Me he despertado demasiado tarde, en la primera década del siglo XXI. Y todo lo malo que podía pasar ha sucedido. Hefner murió oliendo la orina reseca de sus perros en las alfombras de su paraíso. Se acabaron las fiestas y el champán, pero no fue porque el mundo cambiara, sino porque internet transformó la industria del porno, democratizó la explotación del cuerpo de las mujeres. Ya no hace falta llenar una piscina de conejitas; es mucho más económico y transversal hacerlo a través de una webcam y que sean ellas mismas las que se lancen a navegar por internet. Lo bueno de las mujeres liberadas es que ni siquiera hay que pagarles para que se quiten la ropa. En adelante se desnudarán para nosotros gratis, y lo harán porque les apetece. En eso consiste la nueva educación. En que cada uno puede hacer lo que le dé la gana. A nadie parece importarle de qué están hechos los sueños. A mí tampoco. Es por la mañana y tengo que irme a trabajar.

—¿De dónde sacarán en las noticias esa idea de que las mujeres ganan menos por el mismo trabajo que los hombres? ¿En qué clase de compañía suceden cosas así? —pregunta el director general de la Unidad de Negocio de Empresas.

Es la clase de hombre que se llama Andrés Vicente, Luis Jaime o José Manuel y se hace el nudo de la corbata muy gordo. La clase de tipo que aún lleva corbatas de rayas azules y blancas, sobrepasa los sesenta años y se hace el tonto cada vez que la verdad sale a la luz, como si no diera crédito. La clase de hombre que tiene el pelo gris pero aún frondoso, como si nunca se fuera a jubilar. En los puestos más altos de cualquier organigrama, son todos muy parecidos. Se llaman igual, comen igual, visten igual, se peinan igual y piensan muy parecido unos a otros.

Estamos preparando la memoria anual de su área y en la mesa hay cinco hombres más con traje oscuro y solo otra mujer, la dircom de la compañía. A mí me ha invitado ella para repasar algunos esquemas de mi área de negocio y me ha sentado a su derecha, como si necesitara que le hiciera compañía. Los perfiles como el mío —jóvenes, técnicos, bilingües y femeninos— somos un bonito adorno en cualquier mesa, una nueva versión de la mujer florero.

Aprovechando que tiene a dos subordinadas sentadas muy cerca, Fernando Juan o Vicente Andrés o David Domingo lanza la pregunta del millón —como cada mes de marzo, el tema ha sido noticia en varios telediarios— y confía en que le aportaremos información privilegiada que niegue la realidad. Nosotras somos la corrección cualitativa, las que estamos muy contentas, las que marcamos el camino, las que le damos las gracias y le explicamos que los bochornosos datos tienen una evolución positiva gracias a la complicidad de hombres como ellos. Según parece, las mujeres ganamos más de un veinte por ciento menos por hacer trabajos idénticos o comparables a los hombres en cualquier área profesional, pero vamos mejorando, y cuando el cualitativo es positivo, el balance final también lo es. Este razonamiento sería inaceptable en cualquier otro balance comercial, pero en este caso se prefiere atender a criterios subjetivos.

—A nosotras puedes subirnos los sueldos siempre que quieras —responde la dircom—. No vamos a hacerlos públicos, pero servirán al menos para subir la media que refleja la EPA.

—Hablo en serio, me gustaría saber si las mujeres de esta compañía se sienten peor pagadas que sus compañeros varones —insiste Juan Sebastián o Carlos Daniel con un tono mucho más cortante.

—Nuestra empresa es un ejemplo de equidad interna. ¿Quizá podríamos hacer una nota de prensa presumiendo de nuestra paridad? —miente la dircom para zanjar la cuestión.

Todo el mundo en la mesa sabe que no tenemos la equidad que acaba de anunciar y que no vamos a publicar esa nota de prensa.

—Buena idea —resuelve Daniel Alejandro o Francisco Javier o Juan Pedro—. Dale una vuelta y lo comentamos.

Hay ciertas mentiras que en las grandes empresas se pueden decir en voz alta sin que nadie las discuta o las saque a la luz. Un poco como el clásico «duermo en casa de una amiga», pero mejor retribuido. En cierto modo, las empresas se parecen a las peores familias: son un extraño lugar donde todo el mundo puede estar sufriendo y mintiendo pero del que nadie se va.

De todas formas, esperaba más. La dircom me parece una cobarde. Solo he hablado tres veces con ella y al menos dos ha usado la expresión «empoderar a las mujeres», así que no me extraña que haya omitido la denuncia o la verdad. Pero la entiendo: cualquier mujer con un buen sueldo sabe que es mejor afrontar esta conversación con José Vicente o Luis Enrique como una amiga antes que como una víctima. Las víctimas —y esto es una verdad universal— nunca son promocionadas.

—A mí me gusta más trabajar con mujeres que con hombres —bromea ahora Rodrigo Andrés o Luis Vicente.

Y a mí me dan ganas de reírme y todo.

Lo que en realidad quiere decir es que no cree que exista la brecha de género, de igual modo que no cree que exista ninguna clase de injusticia social. Para hombres como José María, el género es como una nueva clase social en el mundo del dinero. No importa si un día fuiste pobre, lo importante es que nadie te perciba como tal; los demás no deben saber quién eres, sino conocer a la persona en que te has convertido. En el mundo del dinero todos han bailado las mismas canciones y esquiado en las mismas pistas, todos llaman a sus amigos por apellidos que conjugan en el masculino plural de las buenas familias: los Entrecanales, los Antolín, los Villar-Mir, los Pascual, los Reboredo, los Roig... Y todos abren los brazos a los profesionales hechos a sí mismos, a las becas, al esfuerzo. Nadie es tan partidario de potenciar el mérito ajeno como quien tiene privilegios de nacimiento, pues para ellos es muy importante que al menos uno de cada cien elegidos sea de origen humilde, porque eso legitima la existencia de los otros noventa y nueve. Y lo mismo pasa con las mujeres. Da igual con qué sexo naciste, puedes conseguir lo que te propongas siempre que aceptes las reglas del dinero. Pocas serán las elegidas, pero todas merecen una oportunidad. Y eso es lo que hace ahora José María o Juan Pedro: darnos una oportunidad, ponernos a prueba y pedirnos que nos separemos de las díscolas, de las pedigüeñas, de las perdedoras, de las demás mujeres. El mercado acepta nuevos ricos y nuevos hombres, pero eso no significa que esté dispuesto a aceptarlo todo. Y mucho menos a todas.

Los ricos desconfían de los pobres porque para ellos son una amenaza, igual que los hombres desconfían de las mujeres. Y Vicente Andrés no es una excepción. Él, como todos, tiene una pequeña lista de mujeres importantes en su vida, mujeres que están en deuda con él. Mujeres que le han quitado (o podrían quitarle) algo valioso sin pagar su precio ni pedir permiso. Por este orden: su dinero, sus hijos y su tiempo. Esto no funciona igual a la inversa. Las mujeres poderosas (y las que no lo son) casi siempre se sienten agradecidas a algún hombre que las ayudó en el camino, que fue compañero, que supo ver su talento por encima de su sexo o que simplemente hizo la cena de vez en cuando.

«¿Es que no lo ves, Luis Jaime? —me dan ganas de gritar—. Mira, ahí está la brecha: es roja y profunda. ¿Es que no la ves? La tengo justo en mitad de la cabeza. Y la razón no es mi género, sino que a ti te cuesta más confiar en las mujeres porque sientes que estoy aquí para quitarte algo que es solo tuyo».

Pero no digo nada de eso. En su lugar, me quedo blanca y muda como una servilleta antes del postre.

Entonces siento un golpe seco clavándose en mi cabeza, justo aquí, el verdadero techo de mi ascenso profesional. Me hace mucho daño, es realmente molesto y hace que me agache un poco para evitar la presión. Ahora lo tengo justo encima y puedo observar que no es precisamente de cristal, como dicen en los periódicos. Es una dura masa de sexo y hormigón donde el cuerpo juega un papel importante. Nadie se fiará de nosotras mientras no seamos uno de ellos. Y no me refiero a mentir y complacer como acaba de hacer la dircom aliada.

Estoy hablando de las tetas, los culos y el dinero, que es un poco lo mismo para ellos. Es el *afterwork* viendo el partido de fútbol o los vestuarios del torneo de pádel, es comentar las últimas novedades sobre suplementos de testosterona, lo buena que está la becaria o cuánta pasta te levantó tu primera ex en el divorcio. Es poder decir en voz alta «¿De qué se quejan ahora las feministas?» sin que nadie venga a juzgarte. O aquella vez que una becaria se dejó dar por el culo en el baño del parking en la última cena de Navidad y las tetas de la nueva, que está gorda pero muy follable con ese jersey de lana fucsia, la última *playmate* de la oficina. Por todo a eso a la vez, todo eso batido como un refrescante *smoothy*, al final te pagan más que a una mujer. Nadie pagaría lo mismo a sus cómplices que a sus enemigos. Así que no es el género, sino la confianza, lo que nos separa.

Por eso, si no recibes chistes sexuales en tu WhatsApp, si no has oído ni el silbido de un comentario machista en la puerta de un baño, entonces es que no vas a recibir un ascenso en los próximos meses. O eso o es que trabajas en algún departamento de comunicación, que es un territorio muy particular dentro de los círculos de poder.

En la mesa donde estoy sentada hay un CEO y una dircom. El trabajo de ella sirve para otorgar legitimidad al de él, y casualmente es un puesto que casi siempre ocupan mujeres. Está bien pagado, siempre al servicio de un tercero, y quién lo hace no es relevante. Una es la voz y el otro es el amo.

Ahora que miro a Ángel Luis más de cerca observo que en los últimos años se le ha ido formando una ligera masa de grasa alrededor de la cintura. Creo que si se quitase la camisa podría constatar que sus mamas han engordado también. Tengo veinte años menos que él (que cualquiera de ellos) y la diferencia entre nosotros es que, si bien yo no estoy segura de ver mi mundo empezar, ellos saben que se están despidiendo de todo lo que han conocido. Ángel María, Víctor Andrés, Luis Jaime y José Manuel son el fin de una raza. Y no se sienten a gusto consigo mismos. Sus vidas han dejado de ser honorables, y eso lo hace todo un poco más difícil. Porque, en el fondo, si Vicente Andrés o José María no estuvieran tan tristes, tan mal hechos, si no hubieran renunciado a cualquier forma de deseo, ellos mismos habrían cambiado las cosas.

Cuando el poder se siente amenazado, la confianza se paga cada vez más cara. Y esto no es algo que perjudique solo a las mujeres, también a los tíos realmente buenos. La seguridad es más valiosa que el talento. Porque lo que de verdad necesita el poder es protección, saber que alguien defenderá su nombre, no ser juzgado ante los otros, trabajar cerca de quien sea capaz de compartir tus mismas mentiras en voz alta. Círculos de confianza, círculos de poder, círculos cerrados por paredes de cemento y sexo. Círculos por encima de la moral, pero nunca del cuerpo.

Cada vez que cierro un acuerdo importante siento esa ola de excitación, como si estuviera a punto de iniciar una relación sexual. Es casi como correrse pero sin llegar a hacerlo, es estar solo a punto y saber que habrá una boca dispuesta a tragar. Estoy hablando del sexo que nace de la abundancia, del que no conoce límites ni cálculos o recompensas y es tan poderoso que no se somete ni siquiera al amor.

Esta vez hay cientos de millones de euros encima de la mesa, tres empresas, distintos proyectos. Un posible acuerdo, un cambio significativo en la facturación anual. Está la elección, la victoria, el dinero, el poder. Está la actitud de cada jugador, la templanza, el talento, también la capacidad de persuasión; este último aspecto es fundamental. En el fondo no hay que hacer nada, solo convencer de que serás capaz de hacer lo que dices que vas a hacer. Estoy tratando de adjudicarnos todas las líneas móviles de un banco en una operación que, si cuidamos este servicio, nos dará trabajo durante años porque podría afectar a toda nuestra infraestructura.

Antes de un cierre de este tipo hay poca gente en la mesa y nadie entiende con certeza en qué consisten los detalles del acuerdo que han trabajado los miembros del equipo que ha detallado la propuesta. Porque quienes de verdad van a realizar el trabajo nunca están aquí. Sería un terreno muy duro para ellos: en la arena donde se toman las decisiones no se puede nunca hablar en el lenguaje de los hechos. Por eso la mayoría de los presentes no sabe con precisión de qué está hablando; son personas que nunca bajan al terreno donde las cosas suceden de verdad, los que no saben hacer el trabajo con sus manos, tipos como Boca Falsa, que en el fondo no entienden de qué hablan. Supongo que en este caso él debería haber venido en mi lugar, porque aún me falta peso para un cierre así. Sin embargo, esta operación la estoy trabajando directamente con el equipo técnico, un poco porque nadie termina de creer en ella y otro poco porque quiero brillar sin nadie por encima. Estoy convencida de que seremos capaces de hacerlo. Podría parecer necesaria también la mirada concreta de quien de verdad entienda los detalles, pero en esta clase de reuniones existe un desprecio tácito a las personas que de verdad conocen el trabajo. Ellos solo se ocupan de poner trabas, peros y problemas a cualquier oferta. Ellos solo dicen cosas como «Es imposible hacerlo en tan poco tiempo», «No puede ser que hagamos más y cueste menos», «Es urgente redimensionar los equipos» y un montón de asuntos irrelevantes que ningún cliente aceptaría… Me refiero a que no son capaces de pensar a lo grande, están hechos para pensamientos pequeños y sueldos medios, del mismo modo que las personas que aspiramos a tomar las decisiones no somos buenos gestionando todas las pegas y minucias que la realidad interpone en el día a día. Hay que estar un poco por encima, levantar la cabeza, mirar más allá. Esa mirada microscópica y realista lo echaría todo a perder. Como si lo importante fueran las bombillas, los planos, la ventilación de los despachos, el diseño de la solución o la infraestructura del big data. Cuando, en realidad, lo único importante es el momento en que ganamos y lo tenemos todo y lo podemos todo. Esa sensación es absolutamente necesaria para que todo salga bien. Es, de hecho, el alma de cualquier proyecto. Todas las veces que he dicho (o me he dicho) lo mucho que me gusta mi trabajo estaba hablando de esa sensación tan excitante, de toda esa adrenalina. Es como si de verdad hubiera ganado un premio, como si todos los meses me tocara la lotería (a veces me toca incluso varias semanas seguidas): son todas esas botellas de champán que tengo derecho a beberme. Me refiero a salir de la sala de reuniones con toda la alegría y con toda la suerte. Con la certeza de haber hecho algo bien, de haber ganado, de haber acertado después de decenas de horas de trabajo y de negociación; con la seguridad de que me merezco una celebración a mi altura, la que yo quiera.

Es entonces, justo en ese momento, cuando lo único que quiero es descorchar champán, gastar, drogarme, acelerar, conseguir que todo mi cuerpo sienta lo mismo que está sintiendo mi cabeza, celebrar la vida en su totalidad, jugar. Es en ese instante cuando lo único que quiero es que me coman la polla. Y no es por una cuestión de poder, al contrario: mi deseo nace de la fragilidad más absoluta. Es el momento mismo en que paso de cero a cien. Mucha gente lo daría todo por tener esa sensación, esa libertad, esa forma de estallar y de vivir como si se pudiese tenerlo todo de golpe al menos una vez en la vida, como si, en el instante de mayor plenitud, nada ni nadie importase lo más mínimo. No sé cómo explicarlo, pero resulta tan irresistible como cualquier utopía. Los terroristas islámicos se hacen estallar por tener una vez en la vida una sensación de este tipo, y a todos les prometen que van a llegar a un lugar donde habrá un montón de vírgenes esperándolos. Es importante que sean muchas y que sean vírgenes. Supongo que habrá mucha gente que no sepa de qué estoy hablando. Pero sé que esas personas no son hombres blancos heterosexuales. Ellos, aunque no sientan lo mismo que yo, aunque no se hayan sujetado nunca una bomba al pecho, saben la clase de sexo al que me refiero. Es el sexo que se practica con una polla, el indomable, el de la expansión seminal, el del control y el progreso.

Me refiero, claro está, a la clase de sexo que no se asocia al compromiso ni a la confianza ni al tiempo, y mucho menos al amor. Un sexo que invita a descorchar botellas y a correrse en el aire, a desbordar explícitamente el propio cuerpo y nadar en la abundancia. Me refiero al sexo que consigue ponerte fuera de ti, fuera de control, capaz de hacer cualquier cosa.

Ese es el sexo con el que fantasean muchos varones cuando se agarran el pene para que no camine solo, como si existiera un pulso entre su voluntad y su miembro erecto, un miembro capaz de vencer siempre, de pensar por sí mismo, un pene ingobernable e independiente. Es fácil soñar con algo así, con estar literalmente fuera de nosotros mismos, con liberarnos del cuerpo en pleno éxtasis y, por una vez en la vida, rozar con la punta del sexo el alma indómita de que estamos hechos. Es justo lo contrario al tipo de placer íntimo y cotidiano, tan artificial, que puede practicarse en contextos tan institucionales como el matrimonio.

Reconozco que la primavera vez que acaricié un momento así maldije no tener un pene al que agarrarme. No es que quisiera ningún cambio de sexo ni de vida, solo quería tener una polla con la que salir a jugar. La vida promete ser mucho más divertida con un pene entre las piernas. Y hay personas, mujeres como yo, que se creen lo que les prometen; tal es el valor que le damos a las palabras. Hay mujeres que mueren en nombre de las promesas que un hombre les hizo. Hay muchas mujeres yonquis del amor y la aceptación masculinas, deseosas de dejar de sentirse impostoras, de completar la transición, de romper el maldito techo. Así que cada día hay más personas haciendo cola para conseguir un pedazo de la tarta de los fabulosos hombres blancos, aunque se trate de un pastel envenenado.

Cuando alcanzo una nueva cima profesional, tengo cuarenta y un años y un hijo de tres: doscientos mil al año y una retribución variable que sumará cincuenta mil más si cumplo objetivos. Esto me obligará a trabajar el doble, pero no significa que vaya a ganar el doble. De los doscientos cincuenta mil euros que aspiro a ganar este año, pagaré más de cien mil en impuestos. Así que la subida real no compensa la exigencia laboral. En adelante, me referiré a la compañía como «nuestra casa», a sus beneficios como «nuestra facturación» y a sus normas como «nuestra estrategia». Ganar más dinero implica siempre hacer propias las mentiras ajenas.

Este ascenso no me lo comunican en un bar sino en un despacho, y nadie me habla de ningún club, como si hubiéramos dejado atrás la semántica de bar de carretera.

La mañana siguiente a mi llegada al club de los doscientos cincuenta mil es sábado y cumplo cuarenta y un años. A primera hora, alguien llama al timbre y se presenta en nuestro piso con un ramo de doce rosas rojas. Al principio creo que las manda João, y voy al salón con las flores en brazos como una miss sonriente y agradecida. «No son mías», se disculpa. La tarjeta dice: «Hoy es el primer día de un año de éxitos. ¡Felicidades!». La firma el presidente de la compañía. Un hombre al que, cuando no está presente, todos llamamos por su cargo, y a veces incluso también cuando está delante. «Presidente, ¿usted qué desea?», «¿Qué opina de la evolución de la inflación?».

«Es un poco extraño que haya elegido enviarte rosas rojas, ¿no crees?», dice João. Yo me pregunto qué querrá decir con lo de «un año de éxitos» y cuántos triunfos piensa el presidente que caben en un año. Me dan miedo sus expectativas. También me pregunto si me felicita por mi cumpleaños o por los éxitos que desde ahora le debo.

¿Cuántos ramos de doce rosas rojas se han enviado en la historia de la compañía a los directores de división? En la tarjeta aparece el nombre del presidente, pero no es su letra, sino una escrita en la floristería con pluma y letra gótica. En realidad, estas flores no las ha elegido él sino su secretaria, que manda ramos siempre que el presidente lo pide. Para los funerales, coronas con frases de pésame sacadas de internet; ramos de primavera para celebrar el nacimiento de los hijos de los empleados; para agasajar al poder, centros especiales con fruta fresca, y las clásicas doce rosas, rojas como labios apretados, solo para un puñado de mujeres, las elegidas del jefe.

La buena noticia es que, de entre todos mis compañeros varones, me ha elegido a mí para el ascenso. La mala es que sostengo en mis brazos un ramo que ellos nunca habrían recibido. Unas flores que hacen que me sienta como si fuera otra de las mujeres a las que el jefe se las ha hecho llegar.

João tiene razón. Las rosas son inapropiadas, pero me enfada que me lo diga. Su comentario hace que parezca culpa mía recibirlas, la sombra de la duda cayendo sobre mí en mi propia casa. Así que no respondo. Me limito a cortar los tallos y arrancar las espinas sobre la encimera de la cocina. Cuando termino, alcanzo un jarrón de uno de los armarios más altos y coloco las flores en el centro de la mesa del comedor, donde las veré marchitarse día tras día mientras imagino mi cuerpo completamente cubierto de pétalos de rosas muertas, tendido en el centro de nuestra cocina. La imagen me sobreviene como una alucinación y hace que me sienta como Kevin Spacey en *American Beauty*, solo que sin una joven a la que acosar. Porque en esta película la chica soy yo, me estoy haciendo vieja y las flores están muertas. Siempre pasa lo mismo: cada vez que tenemos la oportunidad de ser uno de ellos, la abundancia se marchita a nuestro alrededor. Igual que estas flores, huelo a muslo tierno, pero algo en mí está podrido.

De repente mi cuerpo me parece sospechoso, amenazante y cuajado de malentendidos. Por eso las flores cambian de significado en mis brazos, igual que las mejores intenciones se convierten en ofensas sobre la fina piel de una mujer que aspira a trabajar como un hombre. Creí que podía ser uno de ellos, pero no es tan sencillo borrar un cuerpo, ni siquiera pasándolo por la horma del éxito profesional.

Me prometieron que la alquimia del trabajo consistía en borrar el peso de los cuerpos. Parecía que el trueque sería posible. Cambiar la carne por tiempo para transformar después el tiempo en dinero: una verdadera liberación. «Be honest, time is money», susurra el mercado de valores londinense. «Le temps, c'est de l'argent», canturrean los brokers en París. «Il tempo è jenaro, cosí il uso investimento di guadañare tempo»... Todo el mundo está de acuerdo en todas partes, y yo me lo he creído. Pensé que el nuevo trabajador sería un tipo humano que carece de género y cuyos únicos contornos serían los del tiempo rectilíneo, facturable y predecible que describe el dinero.

Sin embargo, he leído la tarjeta pegada a las rosas y he sabido que mi cuerpo sigue en venta. Alguien se ha dado cuenta de que lo tengo y ha creído que puede pagar por él.

He recibido las flores de mi ascenso y me he sentido como una puta. Porque, en realidad, el señor presidente me ha mandado el mismo ramo que envía a sus amantes. Las rosas rojas pueden enviarse con un millón de declaraciones de amor y agradecimiento, pero siempre que una mujer las recibe significan lo mismo: «Me has complacido. Estoy satisfecho».

«Cómeme el coño, capullo», quiero responder. Pero en vez de eso envío un WhatsApp escueto y apropiado: «Gracias por acordarse, espero estar a la altura». Lo hago sin entender por qué los hombres pueden seguir siendo unos sanguinarios y yo tengo que ser una persona educada.

Lo peor es que comprendo el malentendido. Porque, en realidad, sé que voy a entregar mi cuerpo durante un tiempo, el que estipula mi contrato. Y los dos sabemos que hay algo sucio en esa forma de intercambio. De hecho, para seguir adelante voy a tener ganas de vomitar muchas veces, voy a tener ganas de parar y de hacer las cosas de otra manera, aunque al final del día volveré a poner el despertador a la misma hora. Voy a tener que entender que quien paga por mi tiempo a menudo quiera más aunque no pueda o no esté dispuesto a pagar más. Tendré que aceptar que quien pone precio a mi tiempo crea que ha comprado mi vida. Y tendré que responder a la pregunta de por qué se la he vendido.

«Elige a quien mejor pague y menos pegue», dicen los chicos en la oficina cuando aparece alguna oferta de trabajo. Y no están hablando de proxenetas, sino de consultoras o de grandes empresas. Por eso, el día que el señor presidente me regala flores yo siento el descarnado golpe de su látigo.

Sabiendo que esta debilidad, aceptar estas flores, va a costarme dinero, me digo que es la última vez que consiento a un tío que me trate como a una mujer en el trabajo. Es como aceptar que me den dos besos en vez de la mano antes de una reunión: es dinero que me están robando o valor que estoy perdiendo. Siempre que en el trabajo te recuerdan que tienes un cuerpo, es porque estás perdiendo pasta. Esa es la razón por la que las mujeres ganan siempre menos. Todo es mucho más limpio si eres un tío. Ellos renunciaron a su cuerpo hace mucho y solo venden su tiempo desnudo, de manera que la transacción sea no solo más profiláctica, sino también mucho más rentable.

¿Tiempo o cuerpo? No se puede tener todo. La elección correcta es siempre el reloj, pues el techo salarial de la carne es realmente bajo y la única cualidad que se le reconoce en el mercado es la de ser fácilmente sustituible. Por eso los trabajadores peor pagados son los que utilizan su cuerpo como herramienta laboral, como las trabajadoras sexuales, los repartidores de Glovo o las empleadas del hogar. Siempre es igual:

si vendes tu cuerpo te pagan en míseras horas; si vendes tu tiempo, en legítimos meses, y si vendes tu alma es posible que llegues a cobrar trimestral o incluso anualmente. Pero en todos los casos la carne se ha convertido en un territorio precario y cortoplacista, igual que la juventud. Y de entre todas las carnes, incluida la de los animales, ninguna es tan barata como la de una mujer. Es así porque el cuerpo femenino se vende también por partes, como el de los animales muertos en la carnicería, solo que estando aún vivas. Hasta sus vientres se alquilan.

Por eso voy a pasarme la vida haciendo algo, siempre produciendo, siempre aumentando el valor y la eficacia y la productividad. Siempre sumando capas y más capas, añadiendo velos sobre mi cuerpo como un gusano de seda que construye su crisálida para por fin un día salir volando, completar la metamorfosis y ser libre como un hombre.

Me han subido el sueldo como a uno de los suyos, pero me han cubierto de flores para que no olvide que tengo alma de florero. Por eso sé que no podré parar jamás, nunca. Ni siquiera cuando descanse: incluso entonces estaré trabajando para librarme de esta piel. Voy a conocer spas rurales a solo una horita de Madrid con el objetivo de llegar más fresca al trabajo el próximo lunes. Voy a tomar daiquiris en el Caribe hasta derrumbarme en una hamaca en nombre de la desconexión laboral. Voy a pagar las mejores vacaciones a mi familia para que mi trabajo nos compense a todos. Voy a atar a la tierna mano de mi hijo una pulsera donde dirá que todo está incluido, que la vida es suya, que se puede pagar por todo, empezando por la felicidad. Voy a hacer todo lo posible para rendir mejor, para tomar solo decisiones sensatas, para quitarle emociones a la vida, y algún día, si todo va realmente bien, para llegar incluso a ser virtual, a completar mi desaparición, a conquistar el éxtasis del trabajador.

Un día seré libre e infinita como internet, dormiré en nombre de la eficacia y no soñaré salvo que resulte productivo.

Porque soy el futuro. Estoy construyendo una nueva idea del yo, una vida sin ego, el alma del trabajador transhumano. El género va a desaparecer, pero no el que afecta a las actividades y atributos que cada sociedad considera apropiados para los hombres y las mujeres. Lo que va a desaparecer es el género humano. Soy un dinosaurio contemplando perplejo su propia extinción a través de un ojo muy negro y asustado. Un dinosaurio con flores muertas en sus brazos llenos de escamas. Cadáveres recién cortados que huelen de maravilla.

Nada más poner el jarrón en la mesa del salón empiezo a llorar y no puedo parar. Hago ruidos, arrugo la cara, moqueo y me sueno la nariz con papel higiénico como una maldita nenaza. Me siento fuera de lugar en mi propia casa, no sé explicar estas lágrimas y detesto a João por mirarme con esa cara de comprensión: él siempre pone cara de estar entendiéndolo todo, y no se da cuenta de que le hace parecer realmente idiota. No veo solución, no encuentro sentido, no tengo consuelo. Odio a João.

—¿Hay algo que quieras decirme? —pregunta él.

Me siento en el sofá y respondo que no lo entendería, que nadie me puede entender, que no quiero las flores, que necesito llorar tranquila. Sé que él ahora solo piensa en la posibilidad de que realmente me haya acostado con mi presidente —porque las flores tienen para él ese sentido—, y entonces mi llanto se convierte en un verdadero desgarro. Grito de dolor y de incomprensión. Su cara de susto me obliga a arrancar las rosas del jarrón y a tirarlas al cubo de la basura de la cocina, sobre unas cáscaras de huevo. Quiero romperlo todo, necesito destruir mi propia casa y llorar toda una vida. Entonces João pone una cara de preocupación tan convencional que me dan ganas de matarlo. En vez de eso, contemplo las flores en la basura. Y la imagen es tan triste que no la puedo soportar. Así que inmediatamente después de tirarlas vuelvo a recogerlas y las devuelvo al jarrón. João me observa ir y venir con los blandos capullos del cubo de la basura al centro del salón. No sé si está preocupado o enfadado, pero ya no importa. Es culpa suya no entender, es culpa suya que siempre tenga que explicárselo todo. A veces me parece que hay algo profundamente despiadado en sus sumisas y positivas ideas. Cuando hay problemas, João se muestra tan compresivo como ineficaz, y nadie necesita la comprensión de un inútil. Su corrección política carece de ira, pero también de piedad. Él es la prueba de que la persona más razonable del mundo puede llegar a ser inhumana. Me gustaría que pegara a mi maldito jefe, que le insultara por WhatsApp, que me besara ahora mismo o que se fuera de nuestra casa pegando un portazo. Que esté vivo o que se equivoque en algo, para variar.

Esta mañana, el sol entra implacable por las ventanas de nuestro apartamento y crea hermosas franjas de luz en el suelo de madera. João me señala uno de esos rectángulos porque sabe que me encanta ver rebotar esa luz. Justo a esta hora se crea un cuadrado de luz blanca sobre el suelo del salón y un rectángulo perfecto sobre el cabecero de nuestra cama, sombras de luz blanca que siempre me parecen ventanas a otro mundo. Uno que es mejor que el nuestro pero que a esta hora es capaz de entrar en nuestra casa. Lo que pasa es que no tengo ganas de asomarme a ninguna ventana.

—¿Quieres que demos un paseo? —pregunta.

—Quiero bajar todas las persianas y ver una película.

—Son las doce del mediodía —informa.

Y lo que quiere decir es que no es razonable ver la televisión a estas horas. Todo el mundo parece decidido a saber lo que puedo y no puedo hacer con el tiempo de mi vida.

—Necesito ver a un hombre de verdad—digo. Y sé que es una provocación que João no se merece, pero sigo—: John Wayne, por ejemplo. ¿Te acuerdas de cuando los hombres no eran todos unos cobardes?

—¿Qué estás diciendo? ¿Qué te pasa? Creo que necesitas que te dé el aire.

—*La legión invencible* —alcanzo a suplicar entre sollozos.

Aunque estoy sentada y hundida, creo que mi voz suena como una terrible amenaza. Y, de hecho, lo es. Siento que, si alguien más intenta explicarme lo que me conviene, voy a escupir fuego y a incendiar nuestras vidas Creo que João se da cuenta, porque descarga la película en silencio, cierra las ventanas y me abraza en el sofá. Sigue siendo mi mejor amigo.

Me tranquiliza contemplar el desierto inmenso por el que cabalgan los valientes hombres de John Ford. Me consuelan su honor y sus pistolas, su mundo infantil y binario: blanco y negro, bueno y malo, hombre y mujer, indios y vaqueros. Ojalá pudiera matar noblemente a los hombres malos como antes hacían los hombres buenos.

—No necesita decirlo, capitán. Sé que yo tengo la culpa de todo esto. Porque quise ver el Oeste. Y porque no he sido lo suficientemente militar para soportarlo —le dice la preciosa boca roja de Joanne Dru a John Wayne al final de la película.

Él es un capitán de carrera intachable que acaba de fracasar en su última misión y ha perdido todo lo que tenía: sus hombres y su dignidad. Ella es la mujer a quien durante la misión ha tenido que custodiar, por orden directa de su superior: un obstáculo a la hora de vencer a los indios cheyenes y arapahoes. La mujer ha sido valiente, pero un estorbo en el campo de batalla. Y por fin se ha dado cuenta.

—Sigue sin ser militar, señorita. Si no, sabría que no debe disculparse: es signo de debilidad —responde Wayne, firme y sereno.

A pesar de que lo ha hecho todo mucho más difícil, no está enfadado con ella. Está en paz, tan seguro de sí mismo como de su derrota. Envidio su serenidad, pero sobre todo ese derecho al fracaso digno que solo tienen los hombres buenos.

—Esta era su última misión, y yo soy la responsable —llora ella, confusa.

Llora sin entender cómo han llegado hasta allí, cómo ha podido ella estropearlo todo. Cómo ha podido desear ver el desierto y no tener miedo. Cómo ha podido pensar que su mera presencia en la guerra de los hombres no bastaba para empeorar las cosas.

—El único responsable es el hombre que tiene el mando. Yo soy el culpable. Misión fracasada —concluye Wayne, sin piedad hacia sí mismo.

Fin de la película, grandes créditos de cierre y João y yo ante el televisor como dos cowboys que miran juntos el horizonte y creen, quizá por primera vez en la historia, que no son responsables de su destino. En cambio, John Wayne sí lo era. En 1949, el privilegio de nacer varón implicaba cierta responsabilidad hacia la vida, e incluso hacia el fracaso y la muerte de los demás. Ahora ya no.

Se supone que el poder se ha repartido entre todos gracias a la igualdad, pero es mentira. Lo único que los tíos se han quitado de encima es la responsabilidad, que ya no es de nadie. El liderazgo sigue siendo vertical, pero la responsabilidad se ha vuelto horizontal. Si la película fuera actual, Joanne Dru llevaría pantalones y a Wayne le hubiera echado la bronca de su vida por no haber sido capaz de conseguir un éxito. Sin lugar a dudas, ella estaría despedida. Y todos pensaríamos que es justo. Qué bien la igualdad, por fin se hace justicia.

Rostro Pálido es el director de Sistemas de Información con quien más proyectos he desarrollado, es quien mantiene todas las infraestructuras de la compañía y supervisa las de todos los clientes externos. Es una de las personas más inteligentes que he conocido. Tiene la piel blanca y tersa como un vampiro y los ojos azules como dos pequeñas llamas de gas butano. Si él pudiera tener esa clase de relaciones, diría que somos amigos, pero supongo que es más correcto decir que somos buenos compañeros, que es a lo más que podemos llegar.

Rostro Pálido es un hombre evolucionado, el futuro mismo de la especie. Tiene treinta y seis años y entrena dos horas cada mañana, de seis a ocho, antes de arrancar la jornada. Lo hace de lunes a viernes en su garaje conectado a Zwift, la aplicación de ciclismo virtual, donde compite con otros hombres que pedalean en habitaciones de todo el mundo. Para poder convertir su garaje en un puerto de montaña, ha comprado una bicicleta diseñada para encajarse sobre un rodillo que, al conectarse a la aplicación, será capaz de simular la inclinación necesaria de todas las cumbres del mundo. El invento completo cuesta más de tres mil euros, pero así puede subir el Tourmalet desde su casa y competir con otros que lo intentan al mismo tiempo. El esfuerzo es idéntico a si de verdad subiera las montañas que finge subir, solo que en su garaje no corre el viento ni huele a lluvia, ni hay coches que manchen el asfalto.

—Estás cada día más pálido y más flaco —le digo—. Deberías entrenar al aire libre, ver la luz del sol y comer más. Cuanto más entrenas, peor aspecto tienes.

—No entreno para adornarme el cuerpo, lo que quiero es borrarlo. Por eso está cada día más blanco —bromea—. Y espero que pronto pueda alimentarlo solo con pastillas. No sé cómo a estas alturas sigue siendo obligatorio perder el tiempo en comer o cocinar.

—Espero que el futuro nunca sea tan profiláctico como tú —termino.

El cuerpo de un hombre es siempre una pérdida. Por eso para muchos tíos, para mí ahora, el cuerpo es algo que solo puedo aspirar a rozar entrando en algún otro. Por eso hay tantas noches que necesito follar para sentir que soy humano, para encontrar mis propios límites, para hallar mi lugar en el mundo. Voy imitando a los que fueron antes que yo, pero Rostro Pálido es la vanguardia. Él sabe que ninguna carne es capaz de coser nuestra herida, porque un cuerpo que se ha perdido duele más allá de la carne, duele en el alma.

Lo que hay que hacer para silenciar el dolor es correr, montar en bicicleta, nadar, o hacer las tres cosas, una detrás de otra si es posible. Correr cuarenta y dos kilómetros y luego ochenta, después cien. Hay que correr el Ultra Trail del Montblanc y sudar todo el día y toda la noche, correr hasta que la realidad se desdibuje y aparezcan por fin las hadas y la magia y el mundo se vuelva sensible de una vez. Antes los hombres marchaban a la guerra para ganar su propia vida, se alejaban de sus hogares y, si había suerte, regresaban dueños de sí mismos y de su tiempo. Los nuevos hombres blancos ya no viajan lejos de sus casas, ahora corren lejos del propio cuerpo, en dirección opuesta a su humanidad. La nueva odisea suele ser un viaje sin retorno.

El método es sencillo: pedalear hasta la extenuación, convertir el cuerpo en gráficas que se puedan interpretar igual que los balances de la empresa. Auditar cada movimiento, contar los pasos que dan al día en sus relojes inteligentes, sumar el número de peldaños que suben en una jornada normal. Comer claras de huevo, traficar con suplementos alimenticios, terminar carreras que ningún hombre haya conseguido acabar. Inventarse pruebas que excedan el espíritu olímpico y mejorar el rendimiento físico hasta exceder lo humano. Mejorar hasta la desaparición. El progreso técnico tiene las mismas consecuencias sobre una vida que sobre un planeta.

—He traído esta gráfica de evolución, donde podemos observar el éxito en la gestión de incidencias a lo largo del año. Cada mes el término medio de espera de respuesta ante las incidencias ha bajado y el número de incidencias resueltas ha ido en aumento —me explica Rostro Pálido.

—¿Cuántas incidencias hay? —pregunto.

—Hemos completado satisfactoriamente 1.347 en lo que va de año, lo que demuestra que tanto el protocolo de resolución como la gestión son los adecuados.

A continuación me enseña una tabla (muy semejante a las que ofrecen las aplicaciones deportivas que usa) donde los logros se muestran en verde, los puntos de mejora en amarillo y los asuntos pendientes de resolver en rojo.

—Tengo la impresión de que el número de incidencias totales ha aumentado mucho respecto del año pasado y que esa es la razón por la que resolvéis un mayor número, porque algo va mal. Por lo que veo, son también muchas las que quedan sin resolver, supongo que más que el año anterior. ¿Tienes gráficas que muestren esos datos?

—No hemos analizado la relación entre esas variables, pero podría tener sentido —reconoce.

—¿No crees que habría que buscar las causas de las incidencias que se repiten? Es posible que la gestión sea óptima pero que esté maquillando un problema sistémico.

La cara de Rostro Pálido se vuelve ahora del color del hielo. Observa su análisis lleno de progresos y barras verdes y trata de relacionarlo con las palabras «mal», «causa» y «problema».

El hombre más inteligente que conozco no es capaz de entender el origen de las cosas.

De hecho, las causas están cada día más lejos de cualquier entorno profesional y de cualquier biografía que acepte las normas del trabajo. Las causas no existen en el mercado, solo la relación entre variables.

Extinguir las causas es matar la raíz, el origen mismo de las cosas. La aniquilación de las causas es borrar el principio femenino, la capacidad creadora misma, la capacidad de entender para *crear* en vez de hacerlo para *creer*. El principio femenino es la última resistencia ante las máquinas, pero la inteligencia artificial avanza muy deprisa. Y no lo hace dentro de las cabezas de perros robóticos que ladran a sus dueños en Japón. La inteligencia artificial avanza en el trabajo, se desarrolla en la cabeza de Rostro Pálido cuando sueña con convertirse en un hombre de hierro y se olvida de que el mundo alguna vez fue sensible.

La última moda consiste en explicar que el cuerpo no es lo importante, en absoluto. Que el asunto del sexo y las putas y esa clase de abusos está más que superado. El trabajo se ha vuelto más justo porque por fin no hay sitio para el cuerpo de nadie, y cada día habrá menos porque muy pronto todo será virtual. Los hombres, claro está, se han dado cuenta los primeros, siempre a la vanguardia. Es evidente que, en los dos mil, ir con la polla en la mano es un gesto desfasado, un abuso muy de los noventa. El nuevo poder se despereza con brazos de hierro y está dispuesto a borrar los cuerpos de la faz de la Tierra.

Después de todo, el trabajo genera energía, eso es una ley física inevitable. Y a Rostro Pálido le encantan las leyes y la física, nada le gusta más que la sensación de control. Por eso mismo desea gobernar la energía que se produce trabajando doce horas al día, y no quiere malgastarla dentro del cuerpo de una mujer. Rostro Pálido se ha dado a sí mismo un destino sobrehumano, quiere llegar a ser un auténtico *ironman*, trabajar hasta llegar a convertir su carne en hierro.

—Fíjate, he diseñado diez escenarios posibles para calcular cuánto valdría mi dinero en distintas partes del mundo y cómo sería mi vida si deslocalizo mi trabajo —me cuenta Rostro Pálido.

Y yo sé que es una confesión, que el Excel que me muestra es una forma de abrirme una puerta a su intimidad, de enseñarme la parte de su cuerpo que todavía sangra.

—¿Y cuál es la mejor opción para ti?

—Según los datos, parece evidente que Tailandia. Parece que la calidad de vida, la sanidad y la seguridad están allí en estándares europeos, y mi sueldo de aquí tendría unas cinco veces su valor allí. Hace buen tiempo y podría vivir en una mansión.

—¿Quieres irte a vivir allí?

—Lo mejor de este Excel es que puedo actualizarlo cada día con las variables del mercado y que me anuncia en tiempo real cuál sería el mejor lugar. Hoy la mejor opción es Tailandia, pero eso podría cambiar en unos meses. He añadido una columna nueva para calcular con cuánto dinero podría retirarme en distintos lugares del mundo. Si me fuera a Tailandia y las variables socioeconómicas permaneciesen estables, podría retirarme en solo diez años. Con menos de cincuenta podría dejar de trabajar.

—¿Y dónde vas a entrenar cuando por fin no tengas que venir al trabajo?

—Donde quiera —responde, satisfecho—. Mi centro de entrenamiento viaja conmigo a cualquier parte del mundo.

—Así que seguirás entrenando en un garaje.

—Supongo. Al final, es complicado entrenar sobre el terreno, aunque eso dependerá también del lugar seleccionado, del estado de las carreteras, de la ubicación de mi casa. ¿Por qué me preguntas eso?

—Deberías introducir la variable de las montañas en tu tabla, porque te encanta subirlas —sugiero.

—Tienes razón. La verdad es que este cuadro es una maravilla. Admite todas las posibilidades. Deberías hacerte uno. No creo que quieras trabajar aquí eternamente.

—Ya sabes que siempre discutimos por las causas. A mí me sigue pareciendo más importante saber por qué estamos aquí que averiguar adónde iremos después.

La masculinidad ha sido por definición una despedida, el adiós a la fragilidad, un portazo en la cara de la muerte.

Rostro Pálido vive hoy en Chiang Mai y muchas mañanas me manda una foto entrenando en su nuevo gimnasio casero. Ahora tiene ventanas de cristal desde las que puede ver la lluvia y los árboles. No tiene amigos, no entiende el idioma de los locales y por el momento continúa teletrabajando. A pesar de vivir en una de las zonas más verdes de Tailandia, su rostro blanco se está volviendo azul como el de una vieja pantalla de ordenador en reposo.

El mercado se come todo lo que le eches, todo lo tritura y todo se lo traga. El capitalismo ha devorado a las mujeres y por eso eructa feminismo. Y muy pronto se tragará a los hombres de postre y cagará robots que trabajen y nos gobiernen a todos. Solo así podremos volver a empezar, todos un poco más neutros, más asépticos, más dóciles y asexuados. Más azules.

«Según los datos que podemos ver en la pantalla, la evolución es positiva. Así que está claro», asegura cualquier joven *techie*.

«Los números son indiscutibles, todo lo demás es demagogia», dice su gráfica sin necesidad de explicitarlo. Lo que nadie añade es que los números mienten más y mejor que las palabras.

«Llega un momento en que hay que poner los cojones encima de la mesa», sentencia algún cuerpo desfasado. Ningún hombre se lo reprochará en la reunión. Por lo demás, la palabra «testículo» es aquí sinónimo de «número».

«Dada tu formación, necesitamos que profundices un poco más en el área de negocio. A veces te centras demasiado en el producto, y es importante distinguir el contenido de su valor». Esto quiere decir que es lo mismo construir misiles que botes salvavidas.

«Cuando puedas me compartes el *economist* de tu centro de imputación», dice un contable de los de antes convertido en un estratega de los de ahora. Significa que quiere saber cuánto cuesta el proyecto y cuánto se ingresa: la cuenta del pan.

«No enciendas el proyector. No quiero más presentaciones, quiero que me expliques lo que tengas que decir en cinco minutos —exige el CEO. Y sigue—: La gente ya no se mira a los ojos. Estoy harto de las presentaciones».

Esta afirmación es su forma de decir que no le importa si cinco de los mejores miembros de su equipo llevan semanas trabajando la PPT. Que no está dispuesto a aceptar la complejidad del asunto que se afronta. El mundo tiene que ser sencillo, la vida fácil y las presentaciones rápidas.

«Esta propuesta, mis chicos y yo la sacamos adelante con un buen pajote». Esta frase se pronuncia en el centro de Madrid, en un despacho de la Gran Vía en el año 2019. La dice un hombre de cuarenta y dos años que lleva una sudadera de El Ganso y unas zapatillas de la marca española Pompeii. Y la dice en mi cara, poco antes de que me vuelva loca, de que lo entienda todo para sentir que no entiendo nada. La pronuncia en medio de un *lab* de desarrollo de negocio asociado a una *digital factory* y después nos mira a todos como si acabáramos de constituir una hermandad.

Quiero una reparación, y no me basta con que sea simbólica o económica. Exijo también una reparación sexual, porque soy la maldita madre naturaleza, porque no habrá creación sin cuerpo, porque me niego a desaparecer. Y porque a estas alturas es probable que solo en el sexo desnudo de una mujer subsista, escondido, un ápice de humanidad.

Es por eso, por el bien de la humanidad, que necesito poner ahí, en lo más alto de la pirámide laboral, mi vulva madura. Quiero mi sexo húmedo y sin depilar encima de la mesa de reuniones del próximo consejo de administración de la telco más importante de este país. Y quiero que el jovencísimo CEO se ponga de puntillas sobre sus deportivas y me coma el coño con obediencia y un poco de miedo. Quiero que sepa que es el fin de una era, que su trabajo no tiene el sentido que le ha dado y que es hora de pararse a pensar. Quiero que me lama el sexo delante de todos, deseando hacerlo bien y no cagarla. Quiero que lo haga con la mejor técnica que conozca y poniendo las mejores caras que haya visto en todo el porno de su vida, que solo pueda pensar en que me corra de una maldita vez. Quiero que sepa, además, que no habrá turno para su placer, que sepa que su abuelo no tuvo un orgasmo en toda su vida, ni su padre, y que es posible que él tampoco los llegue a conocer, quiero que el cuerpo se convierta para él en una forma de sumisión y que tema por el futuro de sus hijos varones cuando los mire caminar descalzos por la alfombra de su casa. Quiero que entienda lo que es tratar de agradar, desear gustar incluso haciendo algo que no deseas o que no inventaste o que no sirve para nada. Quiero también que no pueda darse prisa para terminar antes ni salir corriendo de la habitación o esconderse en cualquier parte. Quiero que se esfuerce, que solo desee lavarse los dientes y volver a ponerse la ropa. Quiero que todos los hombres del planeta conozcan la sensación de la que estoy hablando y que aún tengan vello púbico en la boca cuando se pregunten si han estado a la altura o si alguna vez lo estarán. Quiero que se pregunten, todos los días, si están a la altura. Quiero que se sientan impostores, fracasados, quiero que no entiendan nada. Y quiero que cuando estén en lo peor, en lo más triste, en el momento de mayor frustración, alguien les explique que sufren el síndrome del impostor, que todos sus males se deben a su intento de parecerse infructuosamente a las mujeres sin llegar a creer en sí mismos. Pero no quiero que esto pase para que sufran ni para vengarme, es solo para que puedan recuperar de una vez sus cuerpos. Para que cierren sus bocas, sus smartphones, sus balances anuales, sus *business plans*, las puertas de sus carísimos coches y se pongan a pensar. Quiero que lean un maldito poema y entiendan lo que quiere decir. Porque si no es así, si los que toman las decisiones no entienden el lenguaje humano o la vulnerabilidad de un cuerpo ajeno, entonces es que la humanidad se ha extinguido.

Y también quiero una encuesta sobre el clima laboral en todas las compañías que facturen más de diez millones de euros al año, una encuesta que conste de dos únicas preguntas:

—Como trabajador varón, ¿diría usted que sabe comer un coño como es debido?

—Como trabajador varón, ¿diría usted que sabe comer una polla como es debido?

Y después alguna pregunta cualitativa para que los varones se puedan expresar:

– ¿Cree que existen las relaciones heterosexuales cuando las mujeres tienen suficiente poder y dinero? Describa alguna.

– ¿Es más difícil gozar de los privilegios de un hombre cuando se ha nacido con el cuerpo de una mujer? Explique cómo ha conquistado sus privilegios o su virilidad; no importa lo que elija, porque es lo mismo.

Quiero que cambien las variables y las preguntas.

El trabajo inventó el género y el género inventó el amor. Y ahora nos lo están quitando todo, nos están arrancando el cuerpo y despellejando los sentimientos. Nos están borrando hasta el sexo, como si no supiéramos usarlo. Las mujeres estamos en peligro de extinción y los hombres están perdidos. Y yo tengo ganas de gritar todos los días, de arrancarme la piel, de levantar todos los velos que pusieron ante mis ojos para deformar la realidad, tengo ganas incluso de arrancarme los ojos, de golpear, de que alguien entienda lo que siento.

–Mujer, ¿tú quieres conseguir el poder? –preguntan las voces que aturden mi cabeza.

–Yo quiero acabar con él, cambiarlo, arrasarlo, hacer estallar todas sus estructuras –es mi respuesta.

En vez de eso, sigo haciendo las cosas bien, me esfuerzo en hacerlas bien, soy una profesional reconocida y, sin embargo, sé que hacer lo correcto me está convirtiendo en una mala persona, en una loca furiosa, en la peor Fiera de todas.

No sé cuándo dejó de apetecerme hacer el amor con João, pero fue antes de nacer Diego. No es culpa del niño. Lo que pasa es que estoy demasiado cansada para sus preámbulos y su intercambio psicológico. Y más aún para intentar seducirlo poniendo la cara de una niña que ya no soy. Hace años que follar con João significa tener que regalarle al menos una hora de conversación. Hasta el punto de que a veces no sabría decir lo que prefiere. Pasa demasiadas horas solo en casa. Por suerte, las reglas de la cocina son otras.

Detesto la sensación de frío cuando me siento sobre la encimera sin ropa interior. No es precisamente cómodo cuando me baja las bragas, porque él se empeñó en poner una plancha de mármol en vez de la madera de roble que yo quería, y eso hace que me frote con una caricia de piedra fría antes de empezar, como si estuviera en un quirófano. A él eso le gusta, porque a mi marido el orden y la precisión le han excitado desde siempre.

A mí me gusta sentarme en la encimera y ver cómo cocina mientras me tomo un vino. Todas las noches acostamos a Diego antes de cenar nosotros, así que ese momento es mi primer rato de calma en todo el día, el primero donde no tengo nada que hacer, salvo estar ahí y recibir mi legítimo placer cuando João tiene ganas de trabajar. Por eso, cuando me empuja hacia atrás y me baja las bragas me llena de alegría. Sé que me va a gustar y sé, además, que no hablará durante un rato.

Últimamente siempre tiene algo importante que decirme, siempre está mirándome con esa expresión de reproche que significa que he vuelto a equivocarme en algo que prefiere no mencionar. Incluso cuando estamos haciendo el amor me mira así, como si le debiese dinero y él tratara de recordar la cantidad exacta.

A veces me parece un quejica: siempre poniendo pegas a asuntos irrelevantes o que tienen fácil arreglo. Que han vuelto a llegar tres multas porque he aparcado donde no debía, que hay que pagar la cuota de la extraescolar de música y movimiento y que en la escuela solo aceptan efectivo, que se nos han acabado los plátanos o que no sabe qué descongelar para cenar mañana. Una cosa que no soporto de él es que siempre está pensando en qué vamos a comer al día siguiente. Desde el desayuno pensando en la comida, y desde la cena en las provisiones para el día siguiente.

Con las piernas bien abiertas sobre el mármol, me resulta muy fácil colocar su cabeza donde la necesito y observar cómo se tiende sobre mí. No necesita arrodillarse, solo poner los brazos a ambos lados de mis caderas y agacharse un poco, como si fuera a hacerme una reverencia. Me gusta que se incline ante mí antes de empezar a lamerme, a ablandarme, a recorrer esa línea que me parte en dos. Creo que lo hace para ponerme tierna, para retirar la capa de finísimo hierro que llevo siempre encima. Lo malo es que, por muy bien que lo haga, por largo que sea mi orgasmo, la armadura no caerá.

Últimamente nunca me quito la coraza, siento que la necesito para salir ahí fuera, sé que tengo que ser fuerte y estar protegida. Sé que se está librando una guerra, y por eso aprieto bien mis grebas cada mañana. No sé cuándo empecé a protegerme de los demás en el trabajo, pero cuanto más poder he alcanzado, mayor ha sido el nivel de seguridad que he necesitado para sentirme a salvo. Al final te pasas el día rodeado de muy pocas personas, todas de confianza, que es un eufemismo de sumisión en las relaciones de poder. Creo que por eso me he vuelto una persona un poco hermética. Y mi sexo también lo es. Ya no puedo mirar a los ojos a João con la sorpresa inocente de Marilyn Monroe: ahora soy un guerrero agotado y herido. Cuando por fin llego a casa, solo me interesan mi placer y mi descanso, y no tengo fuerzas ni para pedirlo. Me limito a confiar en que João cumplirá con su obligación.

Desde donde estoy no veo sus brazos, ni su torso, ni sus piernas, mucho menos sus ojos o su boca, solo un cogote que podría ser el de cualquiera; realmente, a mí me serviría el de cualquiera. Soy tan buena desglosando variables que he aprendido a tratar con el sexo, los sentimientos, el cuerpo y el alma como si fuesen compartimentos estancos. Y en este momento soy solo mi sexo. Lo que nunca consigo es serlo todo a la vez. Salvo por un instante, justo cuando la humedad me parte definitivamente en dos y él no deja de besarme precisamente donde lo hace. Si el orgasmo es de los buenos, llega un momento en que João desaparece del todo, me olvido por completo de que existe y dejo que el placer me recorra, una explosión a cámara lenta que me hace desaparecer a mí también. Entonces siento, por fin, un momento de calma, como cuando, en una asfixiante tarde de verano, las cigarras dejan de hacer ruido y se callan un instante.

El éxtasis ya no consiste en que su cuerpo estalle dentro del mío, sino en que me ayude como pueda a salir fuera de mí. Eso es lo que voy buscando, abandonar este cuerpo, no tener nada dentro, vaciarme por completo hasta alcanzar por fin un momento de paz. Cuando eso sucede, me limito a apartar su cabeza y beber un sorbo de vino. Algunas noches, las mejores, él sigue cocinando en silencio, sin pedir ni decir nada, como si yo no existiera. Pero lo normal es que espere algo a cambio. João necesita saber que le deseo, diría que necesita más cierto reconocimiento que su propio placer, así que le beso en la boca y le dejo entrar. Sabe que si se porta bien, si me da lo que necesito, él puede intentar correrse. Pero los dos sabemos que mi deseo es otra cosa. No es lo mismo abrir las piernas que el corazón. Y el pecho es la parte del cuerpo que más se protege un guerrero.

Las personas como yo, que tenemos los sueldos más altos del país, no estamos lo que se dice contentas pero creemos gozar de cierta perspectiva. Nosotros, los que más ganamos, damos por supuesto que estamos mejor que la mayoría, que somos unos privilegiados. Pero el hecho es que no estamos bien. No somos dueños de nada. Y menos aún de nosotros mismos.

No me atrevo a decir que yo vivo únicamente para trabajar, pues tengo suficiente dinero como para pagar mi descanso; mucho más dinero y descanso que la mayoría, supongo. Pero el hecho es que necesito trabajar muchas horas para ganarme una tarde sin hacer nada, y que cuando llega ese momento no sé cómo aprovecharlo porque no sé cómo es vivir sin intereses, objetivos o propósitos. Lo único que sé es que cuanto más dinero gano, más caro me sale disfrutar de mi propio tiempo. De hecho, en este momento he aceptado tanto dinero que no existe ya ningún tiempo que sea realmente mío. Siempre hay alguien capaz de llamar a mi teléfono y hacer que deje de hacer lo que esté haciendo. Aceptar todo el dinero que el mercado te puede dar es también invitar a extraños a vivir en tu propia casa, es renunciar a la intimidad. Por eso ganar cada vez más puede convertirse en tener cada vez menos. De una u otra manera, todo se paga, hasta lo bueno. Solo que lo bueno, como todo el mundo sabe, se paga más caro.

Lo más difícil de soportar es el lugar social donde se coloca a las personas como yo. Cuando la gente piensa en *el poder*, está pensando en nosotros. También cuando piensa en la ambición o el egoísmo. Los ricos de verdad no parecen molestar a nadie. Si uno no ha hecho nada para conseguir su dinero, entonces parece libre de culpa. Heredar no es responsabilidad de quien acepta el botín. Por eso se celebran las monarquías en tantas democracias avanzadas. Después están los millonarios que caen simpáticos. Me refiero a las estrellas de televisión, a las del fútbol, el rock, los youtubers y todo eso. A ellos se les perdona todo porque no significan nada. Mientras estén dispuestos a tejer con su piel la funda de la marioneta en que van a convertirse, pueden ser del género y el color que quieran. Todo para que quienes mueven sus hilos decidan estrangularlos cuando el guiñol empiece a aburrir al personal. Son la clase de gente que suele morir arruinada, los que pensaron únicamente cuánto dinero iban a ganar y no durante cuánto tiempo.

Los realmente importantes somos nosotros, los que ganamos veinte o treinta veces más que el resto trabajando por cuenta ajena; somos el vértice del sistema, los que pagamos tres o cuatro veces más impuestos que el resto, los que construimos colegios y carreteras con nuestro salario. Nosotros somos también quienes tomamos las decisiones, quienes gobernamos en nuestra ciudad, en nuestro país y hasta en el mundo. Somos el tejido industrial, el verdadero abrigo del invierno que vivimos. Los políticos ganan menos dinero, no producen riqueza y su vida útil es realmente corta. Ellos nos piden consejo constantemente. Nos escuchan y nos obedecen porque saben que, al final, siempre tenemos razón. No es que seamos más listos; es simplemente que el mercado habla por nuestra tranquila y eficiente boca, y es de primero de capitalismo socialdemócrata creer que el mercado nunca se equivoca. Nosotros somos quienes decidimos, en un solo consejo de administración, sobre la vida de decenas, cientos o miles de personas sin que ni una sola nos haya elegido. Y quienes cargamos con la responsabilidad de todas esas decisiones. Nosotros somos los que despedimos, los que tenemos la mala reputación. Nosotros sabemos que el infierno está empedrado de buenas intenciones, que hay que hacer siempre lo que es mejor para la mayoría.

Y que nosotros siempre formaremos parte de esa mayoría. Tomamos decisiones difíciles porque sabemos que ser justos no es fácil. Nuestras jornadas nunca duran ocho horas, nosotros no terminamos jamás. No conocemos la vida después del trabajo porque toda nuestra vida está cosida con los hilos del interés personal y el intercambio. También la familia. Incluso el amor.

Ningún trabajador tiene tanto miedo, ninguno es tan cauto y dependiente de su puesto de trabajo como el que más gana de su compañía, porque a ese no le pagan solo con dinero sino también con sentido, dado que no puede encontrarlo en ningún otro lugar. Por eso trabajamos más que el resto, aceptamos pagar más impuestos, defendemos la renta básica, estamos suscritos a más oenegés que a plataformas de streaming y madrugamos todos los días de nuestra vida. Somos los que leemos un cuento a nuestros hijos todas las noches, los que vamos al gimnasio, comemos poca carne roja y ayudamos siempre que nos lo piden y es posible. Cuando alguien solicita nuestra ayuda y no se la podemos dar porque no es razonable o conveniente, entonces decimos que tenemos la responsabilidad de actuar con prudencia. Nosotros somos la clase de gente que se compromete con lo que hace. Somos los que pagamos las copas al final de todas las fiestas a las que asistimos. Nosotros nos preocupamos de que haya bienestar para repartir, porque sabemos que ningún mercado reparte lo que no tiene. Nosotros somos, por decirlo de una vez, la justicia.

—La situación es sencilla —sentencia Alberto en su despacho. Llevamos dos horas encerrados allí, y valoramos dar luz verde a un presupuesto que mantendrá unos ciento cincuenta puestos de trabajo o terminará con esa línea de negocio de forma definitiva, con todos los despidos que ello implica—. Cuando hagamos esta operación, o ganamos o perdemos, eso está claro, pero es pronto para saberlo. Tendremos que esperar al menos dos años para confirmar una cosa o la otra. Si ganamos, todo habrá estado bien hecho. Y si perdemos, volveremos a la casilla de salida, como tantas otras veces.

A mí me parece tan absolutamente clarificador que me dan ganas de besarlo allí mismo, bajo la luz blanca del fluorescente de su despacho. Con el tiempo he ido asociando esa luz con una forma de la verdad. En ese lugar sagrado, alrededor de su mesa, Alberto es capaz de resumir una situación empresarial muy compleja en una sentencia sencilla y digerible, y eso me provoca tanta admiración que consigue seducirme, incluso sexualmente. Me he masturbado muchas veces pensando en él, pero es más probable que nos vayamos juntos de putas a que echemos un polvo. Es difícil de explicar, pero tendríamos mucho que perder. Y no me refiero a nuestras familias, sino a nuestra intimidad.

La claridad de Alberto es una forma de consuelo. Es siempre sintético, concreto, y sus planteamientos nunca admiten contradicción, pero tampoco son extremos. Son, sencillamente, asumibles. Al principio, yo no era capaz de hablar así, y mucho menos de pensar de ese modo. «Estamos aquí para solucionar problemas, no para crearlos», me decía a mí misma. Y no paraba de hacer preguntas que siempre complicaban las cosas, que ensuciaban los gráficos, que entorpecían la toma de decisiones. Preguntas del tipo: «¿Qué pasa si no ganamos ni perdemos?», «¿Y si ganar supone perder mucho por el camino?», «¿Qué es exactamente ganar en una operación de este tipo?», «¿Por qué estamos planteando esta operación y no otra?», «¿Qué sería lo correcto?», «¿Por qué decimos "ganamos" si en realidad nosotros no somos accionistas?», «¿Quién gana exactamente cuando nosotros ganamos?», «¿Deberíamos seguir trabajando a un año vista o deberíamos invertir en una verdadera transformación a diez años?», «¿Tú sabes a qué estamos dedicando nuestra vida?», «¿Le encuentras algún sentido a todo esto?», «¿Qué pensaremos de este trabajo antes de morir?».

Todas estas preguntas son las que me he ido arrancando del cuerpo, como si fueran cera caliente. Depilando los matices, las impurezas, extrayendo cada idea de raíz, hasta que solo ha quedado la piel sedosa y pura de un auténtico hombre práctico. Una piel por la que todo puede resbalar, pues los pragmáticos son los únicos hombres buenos que no necesitan ética.

El objetivo cuando estamos dentro de este despacho es pensar sin las posibilidades que ofrecen las palabras, algo que parece imposible y que, sin embargo, sucede una y otra vez. Aquí dentro el lenguaje no sirve para abrir puertas a la imaginación, sino para cerrarlas y centrarse en lo que toca. Es verdad que es un pensamiento incompleto y pobre, casi maquinal. Pero es el pensamiento del éxito. En este sentido, los hombres juegan con ventaja, porque ellos han sido entrenados durante siglos para sobrevivir sin lenguaje. Este ha sido durante demasiado tiempo el *deber ser* masculino: tener una mala relación con las palabras. No poder escuchar, no ser capaces de expresarse bien, no tener ganas de hablar, responder con monosílabos. Ser hombre es abanderar una torpeza emocional y lingüística patológica. Y sobre esta carencia se ha construido toda la cultura social, cultural y laboral contemporánea. Es clave ser breve, ser claro y no atender a matices. Desde Homer Simpson al torpe padre de Blancanieves, pasando por Toni Soprano o Jim Hopper, el último gran padre americano protagonista de *Stranger Things*, la serie que aman los adolescentes de todo el mundo. Hopper es capaz de echar una puerta abajo antes que hablar cinco minutos con su hija adoptiva; tiene ese pequeño problema. También es un poco violento y bebe más de la cuenta, pero es tierno como solo pueden serlo los hombres duros.

A lo largo de la historia, los hombres se han ido quedando sin palabras hasta convertirse en sujetos mudos, en hombres de acción. Y dentro de poco solo una mujer podrá hablar en su nombre, algo que siempre ha sucedido en la infancia de cualquiera. Millones de niños sienten que es más difícil hablar con papá. Pero, al mismo tiempo, el espíritu femenino está en peligro de extinción; no hay espacio para su forma de sentir el mundo, y además es evidente que ellas han notado esta falta de espacio. Por eso andan escribiendo su vida por todas partes, como neandertales que dejan sus huellas en la cueva. Las mujeres no paran de hablar porque saben que quizás esta sea su despedida. Por eso todas claman por su memoria en libros, canciones y películas.

Pero el mundo del trabajo es distinto: allí las mujeres ya han desaparecido. La nueva sociedad laboral estará construida a partir de las incapacidades manifiestas de la masculinidad, de seres demediados que aniquilaron su parte femenina, con independencia del sexo que les fuera asignado al nacer. El arte de persuadir sin matices, de ir al grano, de tener las cosas claras, aunque sean pocas, incluso aunque sean falsas, es el arte de la comunicación profesional. En la alta dirección, al igual que en la política (que no deja de ser una empresa como cualquier otra), la claridad está muy por encima de la verdad. Dicho en dos palabras: Donald Trump. Si quieres llegar a presidente de los Estados de Unidos de América, más vale que seas un tipo sencillo (ni una sola tipa lo ha conseguido todavía), claro y directo, por mucho que la situación sea compleja y haya vidas que dependen de los matices: eso no importa. Tal vez parezca imposible que sea así —del mismo modo que puede parecer imposible que Homer Simpson nos parezca un buen padre—, pero así están las cosas.

Si alguien me preguntara, tendría que decir la verdad: yo solo he intentado hacer lo correcto, ser una buena profesional, romper barreras, perseguir la igualdad. Nadie te cuestiona por hacer lo correcto, aunque lo correcto en una sociedad como la nuestra sea la esclavitud. El trabajo es servil desde el momento en que es la única manera de perseguir la realización individual. No importa cuánto ocio o cuánta familia le eches encima, el trabajador contemporáneo es un esclavo porque no puede elegir ser ninguna otra cosa. Trabajamos, dormimos y algunos días –la mayoría– no hacemos mucho más.

El esclavo perfecto es un hombre, claro está, porque su identidad ha estado históricamente reducida al trabajo y la mayoría no conocen otra cosa. Algunos no han conocido ni a sus propios hijos debido a su carga laboral. Y durante siglos no se les ha pasado por la imaginación la idea de protestar por ello. Las mujeres, en cambio, hemos estado fuera del sistema productivo, por eso nos resulta posible cuestionarlo. Todavía. Esa es la razón por la que es urgente para las instituciones transformarnos a todas. Y hacerlo deprisa.

Me he convertido en un monstruo, pero solo quería ser un buen profesional.

Un buen profesional sabe que las preguntas correctas son quién, qué o cuánto. El cómo no es relevante, pues las circunstancias son siempre lo de menos.

Las contradicciones están prohibidas, aunque la humanidad haya avanzado gracias a poder pensar una cosa y después la contraria, incluso dos cosas contrarias a la vez.

Un buen profesional prefiere siempre los números a las palabras. El éxito consiste en saber cuándo arrancarse las palabras de la boca. El poder implica arrancarlas también de la cabeza.

Un buen profesional sabe que el poder es siempre un sustantivo masculino. El verbo "poder" es el sucedáneo con que se alimenta la boca hambrienta de las mujeres.

Si los números no sirven, un buen profesional prefiere recurrir a un código limitado antes que a la complejidad del lenguaje.

A muchos niños les arrancan su lengua materna antes incluso de que aprendan a hablar con destreza, para que manejen el código del trabajo cuanto antes.

Los animales, igual que los buenos profesionales, se comunican con códigos. Los delfines y los gorilas saben hablar, aunque carecen de lenguaje. Ellos, igual que muchos directivos, son verdaderamente sensibles e inteligentes.

La gorila Koko llegó a comprender al menos dos mil palabras de inglés hablado y se comunicaba con más de mil signos de la lengua de señas americana.

Koko podía entender el lenguaje humano, pero nunca escribió una canción de amor. Solo los seres humanos pueden escribir sobre sus sentimientos.

Un día Koko vio morir a uno de los gatos con los que solía jugar. Y lloró. Koko podría haber sido una excelente profesional. Y una CEO realmente sensible.

El código indica que la previsión de ingresos es un *forecast*, que el momento en que se empieza a ganar pasta tras una inversión es el *break point*, que no hace falta revisar el trabajo sino superar las *reviews*, que el sentido común se llama *estrategic vision* (cuando es de pago) y que si alguien tiene una idea disruptiva es mejor que la someta a un proceso de *building intelligence* hasta hacerla desaparecer.

Cualquiera puede tener buenas ideas, pero lo que distingue a un buen profesional no será marcar la diferencia sino pensar como es debido (igual que el resto).

Si un buen profesional se empeña en tener ideas propias, entonces deja la empresa y pone una *start up*. En ese caso, correrá más riesgos que el resto con una probabilidad de éxito mucho menor. Pero si su idea funciona, se hará rico. Cuando eso sucede, un buen profesional vende la idea que tanto amó para ganar aún más dinero.

Con frecuencia, un buen profesional siente que su mundo es demasiado pequeño y su existencia banal. Entonces –cumplidos ya los cuarenta–, para ir al *gym,* empieza a usar camisetas con las palabras *land* o *dream* escritas en cursiva.

Workload, workflow, road mad, framework, agile methodologies, scouting, funding, dailys, weeklys, calls, meetings, bio break (nadie va al váter en el trabajo porque el cuerpo humano se ha convertido en una bajeza), *opportunities avenues, deliverables...* Todos esos signos responden a las reglas de pensamiento que unifican el código: unidireccionalidad, síntesis, ceros y unos. Como si no existiera una inteligencia mayor que la predecible salvo, quizá, la artificial.

Muy pronto estaremos convencidos de que todo lo importante puede pensarlo mejor una máquina. O en su lugar –si no hay más remedio– un buen profesional.

Cuando caigan por fin los cuerpos, los buenos trabajadores se volverán invisibles del todo. Entonces serán más libres que nunca, no tendrán que pensar en nada, el espacio se ampliará tras sus pantallas y desaparecerán todos sus límites personales.

Si a una persona le arrancas el cuerpo y las palabras, entonces el alma se le apaga lentamente, parpadeando como una pantalla en Windows 11 que se enfrenta a una aplicación incompatible.

Creo que estoy a punto de desaparecer.

Porque ahora yo te pregunto a ti:
¿qué necesidad había de decir te amo?
Si al mirarte ya lo sabías.
Si al estar contigo ya sabías.
Entonces ¿para qué decirlo?

La primera vez que calculé cuánto me costaría separarme de João fue medio en broma, hablando del divorcio de un colega que acababa de irse con una mujer realmente parecida a la que ya tenía para iniciar una vida idéntica en una urbanización gemela a la que dejaba atrás. Bromeábamos sobre el hecho de que era mejor ahorrar que repetir. Como si volver a empezar fuera una transacción antes que un anhelo.

Pero la verdad es que, cuando te pones a calcular cuánto cuesta el amor, es muy posible que descubras que el otro no pagaría lo mismo por ti. Hay que sumar el colegio y las extraescolares, el servicio doméstico, las vacaciones, la casa de la playa, la reforma de la ducha del cuarto de baño pequeño, el último estreno del Ballet Nacional, un coche híbrido... Para mí es demasiado. He entregado mi vida al trabajo para que mi familia pueda disfrutar del bienestar que paga mi nómina, y reconozco que cada día me resulta más molesta la asombrosa normalidad con que lo acepta João. Y no solo eso: es que parece que esté a punto de echármelo en cara, como si siempre tuviera un reproche en la punta de la lengua, la misma lengua con la que se inclina ante mí y me ablanda el sexo para pedirme perdón. Quiero pensar que es muy consciente de que lo ha aceptado todo, de que está jugando con todas las cartas en la mano. Y de que le gusta; así que acepto su sumisión.

João trabaja desde casa, gana mucho menos que yo y le dedica muchas menos horas. También pasa más tiempo que yo con nuestro hijo y se cree con derecho a una vida con la que yo no puedo ni soñar, pero sí pagar. Él es la clase de persona que va al mercado con desidia porque huele la verdura fresca casi a diario. Conoce a los tenderos por sus nombres y la farmacéutica del barrio sabe el nombre de las pastillas de hierbas que utiliza para dormir. Yo, en cambio, voy al mercado solo algunos fines de semana, con la ilusión con que un niño va al parque de atracciones. Y si alguna vez consigo un rodaballo salvaje vuelvo a casa con la sensación de haberlo sacado del mar con mis propias manos. Lo bueno de vivir rodeada de muebles de oficina es que cualquier roce con la vida real resulta realmente emocionante.

A veces tengo que recordarme que no gano más que él por ninguna injusticia estructural. Si gano más es porque trabajo más y porque él ha aceptado que sea así. João no es un ama de casa de los años cincuenta que me espera con la cena lista y me coloca las zapatillas a los pies de la cama, él no se siente encerrado en el espacio doméstico ni intenta buscar un trabajo para igualar nuestros ingresos o para hacer más pequeña la diferencia. Porque él no padece la injusticia que nos separa, sino que la disfruta. Él es un hombre blanco moderno que cuida amorosamente de su hijo y celebra que me mate a trabajar, porque, después de todo, para mí el trabajo es una liberación. Y yo lo único que tengo que decir al respecto es que, si he de producir como un señor, me gustaría vivir como uno de ellos.

João debería ganar más dinero, esforzarse al menos en hacerlo. En vez de eso, me reprocha silenciosamente que sea la persona en que me he convertido. Algunas noches siento su decepción posarse en mi espalda como si fuera la caricia de un extraño. Puedo oír cómo aprieta los dientes para no decirme lo que siempre está pensando: «No me quieres como prometiste porque te has enamorado de tu trabajo». Cada vez que abre la boca creo que va a escupirme ese reproche, y cada vez que bosteza me parece que está a punto de gritarme. Y aunque no dejo de repetirle que me dejo la vida en la oficina pero que el corazón lo guardo en casa, en el fondo los dos sabemos que es mentira. Porque a fin de cuentas un hombre es lo que hace, y lo que yo hago es trabajar.

A lo mejor por eso el trabajo es el único lugar donde consigo reconocerme. Allí todo es diferente, todos saben quién soy, igual que yo sé quiénes son los demás. Allí está Alberto, el hombre con quien más horas he compartido en mi vida, con muchísima diferencia sobre João.

Alberto es el hombre que me señala, después de comer, que se me ha quedado un pedazo de lechuga entre los dientes. ¿Puede existir algo más tierno entre un hombre y una mujer? Si bajo de peso o me corto el pelo, él es el primero en darse cuenta. Incluso celebra cuando estreno un nuevo pantalón negro, a pesar de que el ochenta por ciento de mi ropa sea de ese color. No digo que tenga amigos en la oficina o que me haya enamorado en el trabajo, jamás aceptaría esa clase de riesgos, pero debo reconocer que allí están algunas de las relaciones menos conflictivas y más placenteras que he conocido. Porque allí los lazos son débiles y no ahogan como la soga que intentan echarme al cuello en mi propia casa.

En la oficina todos reconocen mi valor y mi talento. Todos han sido testigos de mi grandeza y han presenciado también mis mayores errores. Conocen también mi crueldad y mi oscuridad, pero no se dedican a juzgarme todo el tiempo. En cambio, con João es como si todo pudiera venirse abajo solo porque no he reservado la mesa correcta en el restaurante o porque me olvidé de preguntar por el cáncer de su mejor amigo.

—Te dije que quería terraza. Y encima en esta mesa hay corriente de aire. Para cenar así casi prefiero quedarnos en casa —puede llegar a decir un viernes cualquiera.

—¿Qué te parece si pedimos un champán? ¿Ruinart Blanc de Blancs? Me han dicho que el tartar de atún es exquisito en este sitio. Y es tu plato favorito —puedo llegar a responder yo.

Tengo una paciencia infinita con él. Siempre que su presencia o sus palabras me molestan, cuento hasta diez.

Me consuela saber que no soy un caso aislado. Esto nos pasa a todos. Y es la razón por la que la mayor parte de las bromas en el despacho tratan sobre el matrimonio. Porque todos los tíos con responsabilidad que conozco son un fraude en sus propias casas. Es como si perdiéramos valor cuanto más cerca estamos de nuestra alcoba o como si nadie pudiera amarnos de verdad. Y en el fondo no pueden. Al menos no como se entiende el amor cuando no hay dinero ni intereses de por medio. Como se ama a una persona que no puede controlar tu vida, quiero decir.

> *Y ahora me pregunto:*
> *¿Cuándo fue la última vez que dije te amo?*
> *Y lo cierto es que he perdido todas las palabras*
> *que podían nombrarte.*

Esther y yo estamos en pijama en su cocina. Me he quedado a dormir en su casa y, aunque tenemos cuarenta y tres años cada una, he preparado el maletín con la misma ilusión que cuando me quedaba a dormir en casa de una amiga del colegio.

—¿Qué es eso? —pregunta al ver mi dispositivo Foreo de limpieza facial.

Es un cepillo de silicona que cuesta trescientos euros y masajea el rostro pulsando un botón, como los cepillos para desmaquillarse de toda la vida pero mucho más cómodo. Le digo que es imprescindible y una excelente inversión. Además, me lo creo. La inversión es la de envejecer haciendo lo necesario, tratando de minimizar los daños. Esther es *freelance*; algunos meses gana hasta tres mil euros y otros no llega a novecientos. Tanto si factura como si no, debe pagar su seguridad social, no tiene derecho a paro y cuando está enferma no tiene ingresos. Me mira con incredulidad y se lava la cara con un cepillo facial que maneja con su mano derecha.

—Este cuesta diez euros —dice.

Las dos estamos en pijama. El mío es verde esmeralda de dos piezas, pantalón y camisa de seda, muy sencillo. Ella lleva uno de algodón, de cuadros rojos, que tiene pinta de dar mucho calor. Hace frío en su casa, supongo que es por eso.

—Me gusta tu pijama —dice ahora—. ¿De dónde es?

Le digo que no lo sé. Es de La Perla y cuesta 340 euros.

No tengo amigas en el trabajo, no como para irme a dormir a su casa por el mero placer de estar juntas. Pero conservo a Esther desde la facultad. Ella es una persona normal; me refiero a que no gana doscientos mil euros al año como yo. Ella es como la mayoría de la gente y, lo mismo que la mayoría, está segura de que todo le iría muchísimo mejor si ganase más dinero. Yo gano mucho más que ella y no creo que me vaya mejor. Claro que no se lo puedo decir, no tengo legitimidad para hacerlo. Se supone que es más fácil dejar este trabajo que conseguir uno igual. Al menos eso es lo que piensa Esther.

Al final, la gente acepta condiciones de precariedad material, psicológica o emocional porque cree en el sistema. Las acepta Esther y las acepto yo. Lo que no entiendo es por qué seguimos creyendo en ello. La fe mueve montañas, pero dejar de tener fe quizá podría mover a las personas.

Esther y yo charlamos hasta las tres de la mañana mientras bebemos dos o tres botellas de vino. Ella ha puesto música y en un momento dado se ha levantado a bailar con el pijama muy por debajo del ombligo. Se le marca una suerte de curva praxiteliana felina, ese pliegue perfecto que tienen las mujeres altas y delgadas. La observo moverse con la libertad de quien no tiene un cuerpo de hierro, de quien puede dejar que la música entre por sus rincones. Esther trabaja por cuenta propia, y su cuerpo se mueve también por su cuenta. Eso quiere decir que anda siempre mal de pasta, que no puede organizar sus vacaciones de verano en primavera, que a veces tengo que prestarle dinero. Ella tiene todo lo que yo deseo. Es dueña de su cuerpo y de su vida. Ella es su propio reloj y su propia melodía. El ritmo del trabajo se mete en el cuerpo de los trabajadores hasta paralizarlos o moverlos a su antojo. A lo mejor por eso yo sigo quieta en su sofá mientras ella baila para mí como si yo no estuviera ahí, que es la forma más hermosa de bailar. Cuando estoy con Esther soy feliz hablando de todo y de nada, dejando fluir las palabras despacio, deprisa, sin ningún objetivo. No necesitamos ir a ninguna parte en realidad, y las ideas vuelan, revolotean por la habitación como luciérnagas. En algún momento me ha leído un poema.

Ella lee mucha poesía. Antes yo también; mi yo de antes, quiero decir, el yo de la poesía, el de aquellos otros tiempos y aquella otra vida. Ahora soy incapaz de leer en voz alta, mi voz está siempre dentro, siempre leyendo para sí, siempre alejándose del mundo. No sé leer las frases que en un poema no terminan cuando deberían. No entiendo que un verso diga «Siempre conté hasta diez y nunca apareciste»: esa manía de los poetas de esperar a alguien que no viene, de mirar donde no pueden ver, de apretar donde duele.

Y, sin embargo, son esa clase de palabras las que me tocan esta noche. A veces, cuando estoy con Esther, todavía me siento una mujer. Y mi cuerpo se llena de un sentido que excede las fronteras de la eficacia, que es capaz de emocionarse ante la suavidad de los azulejos cuadrados de color rosa pastel de la cocina de mi amiga. Pienso en todo el trabajo que hay detrás de su baile, en el queso que ha ido a comprar a una pequeña tienda del barrio donde solo venden queso. Y las anchoas que me ha ofrecido: no de lata, sino unas que venden al peso en otro comercio pequeño e independiente. A veces creo que todo lo que merece la pena en la vida es pequeño. El vino, por increíble que parezca, lo ha comprado en un tercer comercio. Y ha ido al estanco a por tabaco porque, aunque nunca fumo, me gusta hacerlo en su compañía y ella lo sabe, me conoce de verdad, hace que pueda creer que existo y que estoy viva. Me gusta el tabaco natural y las boquillas ecológicas, y elige Manitou rosa porque es mi favorito. Si Esther hubiera venido a mi casa, yo habría pedido comida japonesa y la habría traído un repartidor en bici. Habría pagado más y hubiera valido mucho menos. Cuidar a las personas consiste en regalarles tiempo, no hay otra forma. El problema es que el mío es demasiado caro. Pero ahora no estoy pensando en eso, todavía no me he puesto a hacer cuentas, aunque pronto calcularé cuánto tengo que darle de vuelta.

Hasta la mañana siguiente no pensaré en regalarle, como muestra de agradecimiento, una preciosa kettle para preparar las infusiones que siempre toma. Ahora, mientras baila, observo que ha comprado una cafetera roja que estalla sobre el rosa cálido de la cocina. Y decido que la kettle será también roja y esmaltada. Y que iré personalmente a comprarla, que no la pediré por internet. Lo que pasa es que al final olvidaré hacer este recado, nunca lo haré: lo sepultará mi vida, una vez más.

Pero la noche no ha terminado todavía, y no quiero que termine. No quiero dormir, no quiero volver al trabajo. Quiero quedarme justamente aquí y bailar con ella. Pero solo la miro. Esa libertad de movimientos nace de la libertad de pensamiento. Y esa libertad de pensamiento nace necesariamente de una imaginación que no está encerrada en la jaula del trabajo. Esa manera de pensar no ha sido doblegada por objetivos, ni por retribuciones variables, ni siquiera por la seguridad que da cobrar la misma cantidad el mismo día de cada mes. El amor es distinto en su cuerpo que en el mío. O quizá debería decir la verdad: el amor es posible en su cuerpo y no en el mío.

Yo soy un *ironman*, soy el poder, yo soy la razón por la que cierran los comercios de barrio, la clase de persona que se bajó Glovo antes que nadie y compra en Prime Now desde que Amazon ofreció la posibilidad, soy la mentira, alguien que no puede querer a Esther como se merece. Tampoco a João.

Ella está muy confundida, cree que soy una *superwoman*, que hago malabares con muchas pelotas en el aire pero que nunca dejo caer ninguna, porque tengo cuatro brazos, ocho si hace falta, todos los que hagan falta. Pero se equivoca de persona. En realidad, yo soy Superman, un solucionador de problemas como cualquier otro.

Las *superwomen* son otra cosa. Ellas trabajan como perras y cuando llegan a casa sonríen y se atan un delantal y ponen a su familia por delante de todo. Ellas no sirven para arreglar el mundo, porque pasan demasiado tiempo pensando en lo concreto. Lo primero es tan abstracto que no es cuantificable, y se traduce en poder. Lo segundo está tan pegado a la tierra como una crema de puerro y patatas y se traduce en un montón de listas en las libretas de notas de millones de empleadas.

La lista es a la *superwoman* lo que el Excel al hombre que ordena el mundo desde un despacho.

Cuando Superman llegó al planeta Tierra, sus padres adoptivos, conocedores de su secreto, le impusieron una sola regla: «Prohibido inmiscuirte en la vida de los hombres —dijeron—. Puedes ayudar, pero nunca entrometerte en su torpe manera de gestionar sus vidas». ¿Por qué no podía hacerlo? Básicamente porque si lo hiciera no podría vivir entre ellos ni entenderlos. Y, sobre todo, porque si lo hiciera no podría amar a uno solo de ellos por encima de todos los demás. Es un hecho: si Superman se inmiscuyese en la vida de los hombres, no podría tener una historia de amor con Lois Lane, porque es imposible dedicarse a amar y a resolver. Cada uno de estos verbos requiere una vida entera. La cuestión es saber a cuál va a dedicarse Superman. Tiene más poder que el resto, eso está claro. Es más fuerte, más guapo y más inteligente que los demás. Pero también es un hombre. Supongo que por eso termina por ponerse unos calzoncillos rojos encima del pantalón y se lanza a repartir golpes. A eso va a dedicar su vida: a pelear. A arreglar casi tantos problemas como los que crea. ¿Y el amor? Eso Superman se lo va a perder.

Entonces ¿vale la pena que salve al mundo? Más valdría que salvara su vida.

La cafetera roja silba en la cocina de Esther y ya es por la mañana. Nos hemos vestido charlando una enfrente de la otra y en algún momento ella ha celebrado mis tetas.

—¿En serio esos pechos han amamantado a una criatura? —pregunta con entusiasmo.

—Son tetas de madre, blanditas, igual que las tuyas, que has parido, solo que más caídas que las tuyas, porque pesan más —le explico.

Sus tetas son más pequeñas y solo se abultaron un poco, no padecerán el problema de la gravedad como las mías, que ya eran grandes antes de dar a luz. Me agarra un pecho con la palma abierta y comprueba que no cabe entero en su mano.

—Están estupendas, no sé qué coño dices. Y ni una estría.

—¿No te acuerdas de cómo eran en la facultad? Podía meter un bolígrafo Bic en la parte de abajo y se caía al suelo de lo altas que estaban. ¿No te acuerdas de que me insultaban llamándome «Tetasgarganta»? Y lo más gracioso es que rezaba para que se me cayeran, aunque fuera un poco. Y mira ahora, otra manera de venirse abajo. Ahora puedo sostener hasta un rotulador permanente debajo de un pecho —digo.

—A mí se me vaciaron por completo después de parir. Y se me llenaron de estrías. Así que da las gracias por tus tetas.

—¿Tan mal se te han quedado? Qué raro, con solo un bebé.

—No se las he enseñado a nadie desde que lo desteté. Ni siquiera a su padre, pero eso daba igual porque apenas follábamos. Pero desde que me divorcié me cuesta dar explicaciones. A algunos tíos no les gusta que no me quite el sujetador.

—¿En serio estás así? Tienes que operarte las tetas, querida. Eso se arregla rápido. Quedan altas y preciosas y no tienes que padecer ese complejo.

—No sé. Supongo que requiere su tiempo, y además eso es caro, ¿no?

—Yo te presto el dinero, te lo regalo si quieres. No puedes sufrir así. Tetas nuevas, ya.

—Pero quizá deba aprender a aceptar las mías como son. A lo mejor no me gustan, pero las entiendo. A lo mejor tampoco quiero unas de plástico. No sé, cada una lidia con sus cosas. Ahora mismo tampoco lo estoy pasando tan mal. En realidad, cada día me resulta más sexy esa parte prohibida de mi cuerpo.

—Yo solo te digo que tiene arreglo. Y después tú decides.

—¿Estás diciendo que debería comprarme unas tetas nuevas porque las mías no valen después de haber amamantado a mi hijo?

—Sí sirven, pero no te gustan.

—Ya, pero son mías. A lo mejor tengo que aprender a apreciarlas.

—Perdona, pensé que la existencia de un posible arreglo podría ser una forma de consuelo.

—A veces no hay que arreglarlo todo, señorita Tetasgarganta. A veces solo tienes que quedarte callada y escuchar —replica.

Y me pellizca una teta y me sirve un café.

Lamento que nuestra generación sea tan convencional en sus afectos. Creo que, si hubiésemos recibido otra educación, podríamos hacer el amor antes de que me fuera. En este momento no hay nada que desee más en el mundo que besar una de sus estrías.

Los solucionadores de problemas no escuchamos; es una característica de los buenos profesionales, aunque no se valore igual en los buenos amigos. En el mundo laboral nadie tiene verdaderos amigos, todo es intercambio de beneficios. En todo caso, somos gente muy educada y prestamos mucha atención cuando alguien habla. Analizamos la información, abrimos mucho los ojos y finalmente ofrecemos la mejor solución. Pero escuchar no es eso. Escuchar es algo que solo pueden hacer los humanos. Esther aún puede hacerlo. Yo, en cambio, soy más lista, más rápida y eficaz que la mayoría. ¿Acaso no basta con eso? Yo sé pensar como es debido, pero no puedo consolarla por las estrías de sus pechos. Yo no sé cómo hacer que las personas que amo no se sientan solas, ni siquiera sé cómo dejar de sentir mi propia soledad. Lo malo de intentar ser la mejor es que allí adonde vas solo puede quedar una. Y lo peor de conseguirlo es la soledad que te invade: no se oye ni una voz. Nada, solo el silencio infalible de la eficacia.

«Me han echado del trabajo». «Te consigo un trabajo».

«No tengo dinero». «Te doy dinero».

«Nadie me quiere». «Yo te quiero».

«El presidente de la comunidad me humilla en las reuniones de vecinos». «Tienes que pasar del presidente de tu comunidad, no es importante, no permitas que te afecte».

«No tengo ganas de hacer el amor con mi pareja». «Pues no lo hagas».

«Quiero morirme cuando pienso en ella. No puedo volver, pero tampoco puedo vivir sin ella». «No vas a morirte. En realidad, esto te vendrá bien. Vas a encontrar a alguien mejor».

«Tengo cáncer». «Estás en el mejor país y en las mejores manos. Vas a superarlo. Eres un guerrero».

«Estoy embarazada y no sé si quiero tenerlo». «Sí lo sabes, una mujer siempre sabe esa clase de cosas. Espera hasta estar segura y entonces hazlo».

«No sé si quiero ir a la universidad». «Tienes que ir, no todas las cosas que vas a hacer en la vida tienes que querer hacerlas».

«Odio mi cuerpo, estoy muy gorda, creo que mi marido sueña con tener sexo con otras mujeres». «Haz dieta y ejercicio; si te molesta tu peso, cámbialo».

«Es que no puedo parar de llorar». «Entonces no pares».

«Se ha muerto mi perro». «Ha tenido una buena vida, ha sido feliz. Tienes que despedirte».

«Desde que tuve a mi primer hijo, se me han vaciado los pechos y llenado de estrías». «¿Cuánto cuestan unas tetas nuevas? ¡Te las regalo!».

Recuerdo cuando había matices en el otoño, todas esas hojas brillando en el aire o muriendo en el suelo, recuerdo cuando la luz bailaba sobre los azulejos como si la sombra de sus manos peinándose ante el espejo fueran los cuellos de dos cisnes. Como si esos cisnes pudieran volar. Recuerdo el olor de la lluvia y cuando todas las cosas parecían venir de algún lugar más grande y más bello. Recuerdo cuando no tenía esta sensación de estrechez, de paredes gruesas y techos bajos. Recuerdo cuando de mi boca salían palabras de amor. Recuerdo haber sido otra persona alguna vez.

Sin embargo, aquí estoy, dispuesta a arreglarlo todo. Lo más triste, lo que vuelve la vida insoportable, es que, si aprendes a pensar en términos de problema-solución, a tu alrededor solo encuentras problemas. No habrá nunca paz para mis ojos, porque ya no puedo fijarme en nada que no esté roto.

—Tenemos un problema que solo puede arreglarse reduciendo los costes —sentencia Alberto.

—¿No hay nada que hacer por el lado del ingreso? —pregunto.

—Desde luego, no solo. Mira las cifras —dice poniendo un papel sobre la mesa.

—Pero creía que finalmente esa área estaba mejorando —insisto.

—El área está bien, el problema son los trabajadores. No están adaptados, son viejos, se han quedado fuera de la transformación digital, cuestan demasiado y la mitad tienen reducción de jornada.

—Pero no es posible… ¿Ha pasado tiempo suficiente desde el ERE? Esto deberíamos haberlo solucionado entonces.

—Intentamos mantener al mayor número de gente, pero ya sabes: el infierno está empedrado de buenas intenciones. Bienvenida a 2018.

—¿Cuántos son?

—Ocho o diez. Doce como máximo.

—Va a ser difícil hacerlos todos en un solo viernes.

Los despidos convencionales siempre son en viernes. Es probable que una o dos semanas antes haya aparecido una sombra negra en la planta correspondiente, para que a todo el mundo se le encoja el estómago, para que el personal se vaya preparando.

El Enterrador es el número dos de Recursos Humanos y da miedo cuando pasa cerca de ti, incluso en el parking o en la cafetería; es la última persona que quieres encontrarte en el trabajo. Aunque él no es siempre quien despide, a menudo simplemente se pasea por las distintas áreas para que la gente no se olvide de que existe. De vez en cuando, cuando la situación lo requiere, se instala en alguna y mira por encima del hombro a los trabajadores, repasa los puestos con la mirada, toma notas, entra en los despachos. La presencia del Enterrador sirve para avisar a los que deben partir, igual que hace la muerte antes de llegar. Después siempre son otras caras las que nos dicen adiós. La enfermera, los ojos del tipo que te atropelló, tu marido o tu hija. En el trabajo, las caras que ve la gente antes de irse son la de Alberto y la mía. Siempre despedimos juntos, siempre damos la cara. Podríamos tomarnos el día libre y cargar el muerto a Recursos Humanos, pero no somos así. Algunos trabajadores nos dan las gracias por ello.

Hay un problema: sobra gente. Y hay una solución que es la mejor para la mayoría: mantener a los que sobran supondría, al final, cerrar el área completa.

–Hoy no es un buen día, María José. Tenemos malas noticias para ti –anuncia Alberto en cuanto la primera de la lista entra por la puerta. Lleva quince años en la empresa–. Hoy es el último día que trabajas con nosotros, y esta carta que tengo aquí es la de tu despido. He querido decírtelo personalmente porque no tenemos nada que reprocharte y no quiero que haya dudas sobre esto. Te vas con las mejores condiciones, treinta y tres días por año. Y la razón de este despido no es algo que dependa de ti: tu trabajo es irreprochable, se trata de una cuestión estructural.

María José tiene el pelo largo y cobrizo, los ojos verdes y una cara de campesina honrada que se está poniendo cada vez más grande, como si engordara con las palabras que dice Alberto. Tiene más de cincuenta años y un cuerpo atlético; la última Semana Santa se fue al desierto de Marruecos con su pandilla viajera y durmieron a cielo abierto. Subió a Instagram fotos de sus hijos en camello. Me pregunto qué hará ahora. De alguna manera siento que es el fin para ella y su familia. Sin embargo, ella parece serena, incluso confiada. Me pregunto qué sería de mi vida si me echaran de aquí. Me pregunto cuánto tendrían que pagarme si me despidieran. Hago las cuentas de cuánto le corresponde a ella. No sé si la envidio o la compadezco.

—Hoy no es un buen día, José Luis. Tenemos malas noticias para ti —comienza Alberto.

José Luis reacciona fatal, se levanta y sale dando un portazo. Luego vuelve a entrar. Dice que su trabajo es impecable, que no piensa firmar la carta de despedido, que a él no le podemos despedir. Que no lo entendemos, que no se lo puede permitir, no en este momento. Dice que necesita un tiempo, que le da igual la maldita estructura, que ha dedicado ocho años de su vida a trabajar para la estructura, que ha rechazado otros trabajos mejor pagados por lealtad.

—No es obligatorio que trabajes con nosotros —explica Alberto—, pero nosotros tampoco tenemos ninguna obligación de trabajar contigo, José Luis. Esto debes entenderlo.

Son muy pocos los días laborables que no voy al trabajo, puede que uno o dos al año. Me refiero a días que no estoy trabajando ni de vacaciones, días que me tomo para ir al médico o hacer alguna gestión. Entonces veo a un montón de gente en la calle, paseando sin prisa o tomando un té y leyendo un libro a las doce del mediodía en Madrid, en alguna terraza. Gente joven que no está produciendo. Me pregunto si serán todos artistas, si están en paro o si tienen hijos. Me pregunto cómo paga esa gente las facturas, cómo va a hacerlo José Luis a partir de hoy.

—Mariam, hoy no es un buen día. Es el último día que trabajas con nosotros.

Ahora hablo yo y Alberto me mira y asiente, igual que hago yo cuando es él quien lo dice. Pero a mí siempre me sale peor, nadie se lo toma bien cuando yo despido.

Mariam tiene solo veinticuatro años, vive con sus padres, este es su primer trabajo. Es una mujer bellísima, canónica como una muñeca. Tiene los ojos azules, el cuerpo de una Barbie y el pelo largo y rubio, como si de verdad acabara de salir de una caja de plástico. Me mira desde unos ojos llenos de lágrimas y crueldad. Son tan azules que parecen de cristal.

—Explícame qué he hecho mal —me dice—. Para mí no había nada tan importante como este trabajo. Quiero irme de casa de mis padres, llevo aquí dos años y medio, estaba a punto de ser indefinida. Esto es todo lo que tengo.

A mí me parece que lo peor que le puede pasar a alguien como Mariam es quedarse a trabajar con nosotros por un sueldo de mileurista. No es muy buena en lo suyo, es una trabajadora del montón, convencional. Trabajará mucho y no llegará a nada. Creo que la vida podría ser mejor para ella en cualquier otra parte.

—Te aseguro que tienes un gran potencial. Te irá muy bien allá adonde vayas, te irá mucho mejor que aquí, y un día me llamarás y me darás las gracias por esto —me atrevo a decir—. Eres muy joven. Créeme cuando te digo que este despido es una gran oportunidad.

Siempre que le dices a alguien que es muy joven es porque estás abusando de él. Yo acabo de hacerlo, pero en el fondo lo creo. Después seguiré los pasos de Mariam en las redes sociales. Y le irá realmente bien. Estudiará un máster en marketing digital y se enamorará de un hombre rubio como ella pero mucho más rico. Se casará en dos años y se comprará una casa con un gran jardín. No necesitará trabajar, salvo para organizar los viajes, las cenas y criar a los hijos. Se comprará mucha ropa nueva y yo veré todas esas sedas de colores en Instagram. A veces me pregunto si una mujer puede ser feliz sin autonomía. Y si ganar dinero sin vender tu cuerpo es la única forma de conseguirla.

—Hoy no es un buen día, Eloy —arranca Alberto.

Llevamos solo cuatro personas y casi cuatro horas en el despacho. Es importante no mirar el reloj en ningún momento, pues para ellos el tiempo se ha suspendido, cada uno debe sentirse realmente importante. Pero despedir es realmente agotador. Ofrezco agua a Eloy solo para poder conseguir una botella.

—No hace falta que sigas, Alberto —interrumpe Eloy—. Como sabes, tengo un hijo dependiente y reducción de jornada para ocuparme de su cuidado. No me puedes despedir.

—Lo cierto es que sí puedo, Eloy. Y lo estoy haciendo —sigue Alberto sin inmutarse—. Y tú puedes decidir que quieres obligarnos a trabajar contigo. Y quizá lo hagas. Pero no es justo para los demás que, habiendo personas que trabajan más y mejor que tú, pierdan su trabajo porque tú tengas una situación de inmunidad. Lo justo es despedirte hoy porque estamos prescindiendo de personas realmente valiosas. Personas que vienen cada día a dar lo mejor de sí mismos.

—Yo seguiré viniendo cada día aunque te gustaría que no fuese así. No gano tanto, no cuesto tanto. Y mi situación no es de inmunidad, sino de fragilidad. Yo necesito venir. Necesito salir de mi casa, vestirme por las mañanas y tomar café con compañeros que me hablan de una vida que no conozco. No puedo dedicar todas las horas del día a los cuidados. Estoy divorciado, vivo solo con mi hijo. Vengo aquí seis horas al día. Son las únicas horas de mi vida en que nadie depende físicamente de mí. ¿De verdad vas a obligarme a denunciar este despido?

—No vamos a obligarte a nada —dice Alberto mirándole a los ojos—. Eres libre de hacer lo que quieras. Pero la empresa ya ha tomado su decisión.

Antes de despedirlas, las personas parecen todas iguales en el Excel, pero después hay que hablar con ellas, mirarlas a los ojos, escuchar lo que dicen. A un trabajador puedes arrancarle el lenguaje, pero en el último momento un ser humano puede mirarte a los ojos y decir una sola palabra: «Adiós» o «Gracias». Y hacerte sentir que detrás de cada trabajador hay una persona.

Alberto y yo nos miramos. No hemos comido. Hemos dejado los siete más difíciles para el final. Es viernes. Hemos avisado a las personas que vamos a despedir de que no pueden irse a casa, que tenemos que hablar con ellos. Ellos ya saben para qué se quedan, ya saben lo que les espera. Podrían irse y pedir una baja, podrían resistirse. Pero no lo harán. Los empleados siempre tratan de complacer a la empresa, les pagan por eso y aprenden a ser justo eso por lo que les pagan. Hoy se quedarán para ser despedidos porque es su trabajo. Y nosotros les despediremos porque es el nuestro.

—Siempre pensé que nos iríamos de putas después de hacer un gran cierre —digo cuando la última persona sale por la puerta—. Después de haber vendido algo importante, no sé.

—Yo siempre pensé que acabaríamos follando tú y yo, sobre esta misma mesa —responde Alberto.

—Pues ya ves —respondo.

Y le miro con pena por los dos.

—¿Llevamos tu coche o el mío? —pregunto.

—Llevamos los dos.

—¿Me dejarán entrar?

—No lo sé. No pareces una esposa ni una puta. Tampoco pareces un tío. Pero necesitas tanto consuelo como cualquiera. Tienen que dejarte entrar.

Las putas de lujo son el paraíso del capitalismo. Me refiero a que estamos en un local donde las mujeres venden libremente su cuerpo y eligen a quién se lo venden: ese sueño dorado de la libertad que consiste en que el tiempo pueda por fin comprar éticamente los cuerpos. Que el dinero pueda pagar la carne y hasta la vida, esa utopía.

Alberto y yo no hemos venido aquí a ligar después de la última cena de trabajo; creo que solo queremos emborracharnos y aceptar de una vez que nada tiene sentido. De hecho, nosotros dos en esta barra, sentados en taburetes de terciopelo verde un jueves a las doce y media de la noche, sin haber cenado, dispuestos a todo por pura cobardía, somos el mejor resumen de lo que tenemos que decirnos.Esta noche me siento muy cerca de Alberto.

Hay una mujer que viene a hablarme y me pregunta cómo me llamo.

—Creo que no estoy preparada para los nombres. ¿Puedo ser una mujer sin nombre?

—Puedes ser quien tú quieras. Yo también prefiero no decirte el mío. ¿Te parece bien?

—Me encanta la idea.

—Puedes llamarme simplemente «Amiga».

—Vaya coincidencia —respondo—: yo me llamo igual.

Amiga es más joven que yo, diría que más de treinta y menos de cuarenta, esa edad indefinida que tienen todas las mujeres que se han pinchado ácido en los labios. Tengo la impresión de que le divierte tomarse algo conmigo; podría haber elegido a cualquier otra persona, pero me lo pide a mí.

Quiero decirle que me gusta sentirme elegida al menos por una vez y que va a ganar el dinero más fácil de su vida.

—¿Qué te parece si pedimos una botella de champán? —pregunta—. ¿Quieres que invitemos también a tu amigo?

—Mi amigo sabe que está invitado —respondo mirando a Alberto—. ¿Sabes si tenéis Ruinart Blanc de Blancs?

Quiero pedir el preferido de João. Me apetece brindar a su salud mientras lo imagino durmiendo plácidamente, igual que nuestro hijo. Ellos siempre descansan tranquilos. Y me apetece celebrar al menos eso.

La mujer regresa unos minutos después con una enorme cubitera plateada llena de hielo y con el champán sin descorchar. Enseguida otra camarera traerá cuatro copas y se ofrecerá a acompañarnos.

—Lo descorchará la señora, ¿verdad? —anuncia Amiga mientras informa a su colega.

Me gusta que me llamen «señora» así, aquí sentada. Me gusta que estas dos mujeres me elijan a mí en vez de a Alberto. Creo que entienden cómo he llegado hasta aquí, que tal vez intuyen cómo me siento. Que ellas saben lo que siento: me basta con eso. Y que me prefieren a cualquier otra opción.

—Sois muy guapas —digo antes de sugerir que traigan la tercera botella.

Creo que se merecen que se lo diga porque es verdad. Y porque yo sé cuánto cuesta mantener esas piernas firmes, ese escote hidratado y todos los poros cerrados como si sus caras fueran de porcelana. Es un trabajo duro, la belleza.

—Es nuestro trabajo —responde la camarera recién llegada—. ¿Tú a qué te dedicas?

—No lo sé. Hoy hemos tenido que despedir a doce personas por el bien de la mayoría —es todo lo que alcanzo a decir.

—Parece un trabajo muy duro —dice la mujer mirándome a los ojos—. Y tú pareces una tía muy lista. ¿No podrías ganarte la vida de otra manera?

—¿Tú qué crees? —pregunto.

—Que siempre es complicado —responde.

Cada vez que la camarera viene con una botella nueva se trae el datáfono y yo la pago con mi tarjeta de crédito. Cuando hablábamos de las putas en la oficina siempre me imaginaba gastando dinero, derrochando, una lluvia de billetes verdes, como en las películas. Sin embargo, ahora mismo quisiera que el dinero se borrara; de hecho, creo que estoy pagando estas botellas justo por eso: el champán consigue que el dinero pese menos. Que parezca que pago por la bebida y no por su compañía.

Ellas consiguen que crea que estamos aquí porque queremos estar aquí. Amiga hace que, al menos por una noche, el cuerpo se borre, que desaparezca, que no sea eso lo que nos une aquí y ahora. Cada botella cuesta 350 euros, y entiendo que incluye la comisión de las chicas. Llevamos tres; eso quiere decir que llevo tres cargos de 350 euros en menos de tres horas. Mil euros es una cantidad que supera el salario mínimo en 2019, y ni siquiera estoy excitada. Solo he pensado en el dinero para preguntarme si João revisará los gastos. A veces hace eso; le encanta revisarlo todo, demostrarme que si no fuera por él toda nuestra vida sería un enorme derroche.

Lo que está claro es que el precio de esta noche es justo. En realidad, quisiera pagar mucho más, quisiera que supieran lo valioso que es para mí su tiempo, lo sanador y humano que está siendo. Es muy poco dinero para lo que me están dando. ¿Cuánto estamos dispuestos a pagar por un instante de paz? Esa pregunta solo depende de cuánto pueda pagar cada uno, pero a menudo la respuesta es «todo lo que tenga ahora mismo».

Alberto, en cambio, no lo está pasando bien. Desde aquí, le noto incómodo. No se ha quitado la americana y hace muy poco que se quitó el Barbour. Sé que está listo para salir por la puerta desde que entramos. Y eso que esta noche a él le tocaba la parte fácil. Pero preferiría morirse antes de que una mujer le pida que lo acompañe a alguna habitación, creo que está más perdido que yo. Es tan evidente que se quiere marchar como que no tiene a dónde ir. Yo, al menos, puedo estar aquí.

—Solo una botella más —le suplico.

—Solo si la pago yo —me contesta.

Ha sido muy generoso dejándome pagarlo todo. Es un regalo que me ha hecho, y yo se lo agradezco. Sabe que lo necesitaba, y me lo ha permitido. Él es hoy un mero adorno, mi acompañante de esta noche. Está aquí porque reconoce mi dolor. Y eso hace que este sea un momento muy bello.

—¿Vas a volver alguna otra noche? —pregunta Amiga.

—Me gustaría volver a verte —respondo.

—A mí también. Pero este no es un buen sitio para ti. ¿Qué pasa con ese? —pregunta mirando a Alberto.

—Es mi compañero —le digo.

—Cuida esa palabra —dice Amiga—. Es muy valiosa en la boca de una mujer.

Salimos a la calle, y Alberto y yo nos abrazamos en silencio. Madrid es muy hermosa por la noche, con los edificios tan altos convertidos en sombras apagadas, con las personas recorriendo el asfalto como si el día no fuera a empezar, como si este abrazo fuera lo único que tenemos en el mundo. Y como si realmente bastara con eso.

—Quiero volver a ser una mujer —le digo.

—Tiene sentido.

—¿Tú me entiendes? ¿Sabes de qué te estoy hablando?

—Creo que sí.

—¿Cómo podemos soportar todo esto?

—Me parece que es por el deber, la lealtad y el honor, todo eso. Creo que es algo que nos enseñaron desde niños y de lo que no podemos escapar.

—Yo nunca fui un niño. A mí me educaron como a una niña.

—Entonces a lo mejor aún puedes salir de aquí.

SÍNTESIS. ALMA

El hombre más poderoso del mundo está a punto de morir. Está solo, no quiere a nadie y nadie parece quererlo a él. Antes de morir tiene una cosa que decir, un sola palabra en la boca: «Rosebud», susurra. Nadie sabe lo que significa ni la ha escuchado antes en ninguna parte. Se preguntará a sus compañeros de trabajo, a las mujeres que amó, a sus empleados… Se buscará su sentido en las cosas que compró, en su enorme mansión, en su almacén de obras de arte, en sus fastuosas fiestas, incluso en sus ideas. Pero Rosebud seguirá siendo un misterio: nadie ha oído jamás esta palabra. João la oye esta noche por primera vez, a mi lado. Estamos viendo una película en blanco y negro en nuestro proyector y parece como si nos calentáramos ante una hoguera prehistórica. La película es *Ciudadano Kane*, la obra maestra de Orson Welles. «¿Cómo muere el poder?» es la pregunta. «Rosebud» es la respuesta.

Charles Foster Kane es el protagonista de la historia, pero su personaje está inspirado en un hombre real, el magnate de la prensa y de los medios de comunicación estadounidenses William Randolph Hearst, un hombre que lo tuvo todo y lo pudo todo: el mayor éxito, todo el dinero y toda la gloria. La historia comienza por el final y es el spoiler de una forma de vida; el poder muere solo, despojado de todo, tan desamparado que nadie logra entender siquiera su última palabra, alejado incluso del lenguaje, dejando en evidencia que hay algo peor que perder la vida: perder su sentido.

A Charles Foster Kane, el que, hará unos cien años, fuera el hombre más rico del mundo, le quitaron algo pequeño siendo niño y se pasó toda su vida adulta acumulando cosas más grandes para paliar esa ausencia. Y perdiendo todas las cosas pequeñas por el camino. De modo que, cuanto mayor era su fortuna y más grande su palacio, más grande era también la pérdida que sentía y mayor su soledad. Y cuanto más grande se hacía la pérdida, más acción necesitaba para sobrevivir. Y más poder y dinero acumulaba. Su vida valía cada vez menos y, a la vez, su tiempo era cada día más caro. Por eso Kane no es solo el protagonista de una película, sino una profecía para todos los hombres que vinieron después.

El poder masculino es siempre hijo de la misma maldición, una que ha sido escrita y contada y que sabemos que termina muy mal. Pero eso no cambia nada: seguimos viviendo y bailando bajo sus reglas. Es como si, generación tras generación, todos aceptáramos el mismo castigo: responder a la pérdida con acción. Aceptar que podemos comprar tiempo con dinero. Y empezar a acumular y a pagar y a acumular cada vez más mientras sabemos —porque lo sabemos— que nuestra vida valdrá cada vez menos.

Es la primera vez que João ve *Ciudadano Kane*, así que en su caso el misterio se mantiene hasta el final. Solo cuando la película termina comprende lo que ninguna de las personas que conocieron al magnate supo entender. En los últimos minutos, en lugar de asistir al entierro del hombre, Welles nos muestra cómo muchos de los objetos que acumuló arden en una hoguera: una quema de piezas carísimas que no tienen ningún valor para nadie. Lo último que veremos arder es el trineo con el que el magnate jugaba de niño. Y antes de que se convierta en ceniza podremos leer una palabra grabada en la madera alpina del juguete: Rosebud.

Y así es como hemos llegado hasta aquí, hijos todos del mismo padre. Casi cien años después, el hombre más rico del mundo se llama Jeff Bezos y es el dueño de Amazon, otro imperio de comunicación y tecnología. Recientemente se ha gastado cuarenta y dos millones de dólares en un reloj diseñado para medir el tiempo con absoluta precisión durante los próximos diez mil años. Hace tic-tac cada año, la aguja de las horas avanza cada siglo y un cuco sale a cantar cada cambio de milenio. El reloj mide más de sesenta metros de alto y Bezos lo ha instalado en un túnel que ha excavado en la sierra del Diablo, dentro de su inmenso rancho al oeste de Texas. Todos los hombres poderosos tienen una enorme finca antes o después. La tierra y el tiempo: todo lo quieren atrapar. Bezos ha bautizado su juguete como «el Reloj del Largo Ahora», y asegura que su razón de ser es filosófica. Un día recordará a la humanidad que el tiempo seguirá su curso aun cuando hayamos muerto. Bezos ha necesitado construir un artefacto megalómano para intentar entender que su tiempo en la Tierra es finito. Los años pasan, y el reloj, en efecto, da las horas todos los días. Parece, pues, que volverá a pasar: otro hombre poderoso se prepara para morir con la palabra «Rosebud» en los labios. Otro más. La pregunta es: ¿cuántos más?, ¿cuánto tiempo más?

No importa cuántas veces vea esta película, siempre lloro al final; la maldita obra maestra de Orson Welles nunca parece hacerse vieja; solo yo envejezco, solo yo me aproximo a mi propio Rosebud.

En la última escena de la película, la cámara se aleja hasta situarse detrás de la valla que protege la fortaleza del millonario. Sobre la verja pueden leerse la siguiente advertencia: NO TRESPASSING. He visto la película decenas de veces, pero solo esta noche comprendo el aviso. De repente sé que lo he hecho: he cruzado, estoy al otro lado, justo donde no debería.

João me besa las lágrimas. Creo que le emociona que tenga sentimientos, que no sea una compañera de cera.

¿En serio puede arruinarse una vida y la de todos cuantos la rodean por un maldito trineo? Es como si la historia de la humanidad no tuviera más sentido que las pataletas y los deseos de unos cuantos niños mimados o malqueridos. Niños a quienes les arrebataron a sus padres o el afecto de estos, que no conocieron el juego, la alegría del deseo que se cumple al instante o la irresponsabilidad hacia la propia vida. Niños que jamás se deslizaron por el mundo y para quienes un trineo puede convertirse en el símbolo de todas sus otras pérdidas. Me da igual que se llamen Kane, Heathcliff, Ulises, Hitler, Stalin o el mismísimo Yahvé, hombres todos a quienes les fue arrebatado el amor y regaron la tierra caliente con su desesperación. Hombres que han marcado la identidad de todos los que vinieron después. Hombres responsables pero nunca culpables. ¡Me niego a ver mi nombre en esa lista!

—No tiene ningún sentido plantear una huelga general por una reivindicación feminista —defiende Alberto en mi despacho.

En marzo de 2018, España es el único país del mundo que propone a las mujeres trabajadoras ir a la huelga general para celebrar el día de la mujer trabajadora.

—Me parece que las directivas deberíamos tener un comportamiento ejemplar en un momento como este, porque vamos a ser el ejemplo de muchas —digo.

—Estaremos de acuerdo en que «ejemplar» no es sinónimo de ir a la huelga...

—Pues creo que no estamos de acuerdo y que en este caso está mal que un tío me hable en plural mayestático.

—Me niego a prescindir del «nosotros» por una huelga, por muy feminista que sea. Y estoy convencido de que precisamente tú no debes hacer huelga. Te recuerdo que estás fuera de convenio, que todos los años aceptas el bonus y las gratificaciones. No puedes parar contra la empresa porque tú eres la empresa.

—No soy ninguna empresa, yo no tomo las decisiones ni cobro dividendos. Soy una empleada que cumple su contrato, igual que tú. Te recuerdo que nada de esto es nuestro. Y aunque fuera la maldita dueña, sería una mujer antes que eso. Además, esta huelga no es contra la empresa —argumento.

—Ese es el problema, que está mal planteada. No se puede hacer una huelga general que no vaya dirigida contra ningún patrón ni contra ningún gobierno. Si no es contra la empresa, entonces la medida no debe ser la huelga. ¿No te das cuenta?

—No me doy cuenta de nada, soy una de esas chicas tontas que van a manifestarse pasado mañana. ¿Conoces a algún tío que pudiera ayudarnos a organizarnos mejor?

—No merezco esta ironía —sentencia Alberto—. Este tema me afecta tanto como a ti. Es solo que no creo que te toque estar del lado de quienes van a causar pérdidas económicas y daño a la compañía sin presentar siquiera alguna medida concreta a la empresa contra la que se pretende parar.

—Es la primera vez que me cuesta obviar el hecho de que tú seas un hombre y yo una mujer. Este tema no te afecta tanto como a mí.

—Te recuerdo que tengo dos hijas.

—Y yo te recuerdo que no soy ninguna de ellas.

—Es la primera vez que subrayas una desigualdad entre nosotros y lo haces porque no estamos de acuerdo. Sabes que voy a respetar cualquier decisión que tomes.

—Es que se trata de una huelga convocada por mujeres como yo, como todas las que trabajan aquí. Si las directivas tenemos una posición de privilegio, quizá por eso debamos parar antes que ninguna. Hay muchas jóvenes que van a preguntar qué harán sus jefas, y es evidente que mi decisión dará ejemplo en este caso.

—Pero tu decisión no debe condicionar a nadie. Puedes hacer lo que quieras, pero no creo que debas condicionar la decisión de nadie más allá de la tuya propia.

—Condicionar no es lo mismo que desculpabilizar o liberar. Pero no sé. Yo tampoco lo tengo claro, a lo mejor tienes razón —acepto.

No es una rendición; es solo que no está tan claro dónde terminan mis relaciones de lealtad con la empresa. No están escritas en ninguna parte, como no lo están las de las familias. Sin embargo, los psicoanalistas viven de los malentendidos. A veces es más fácil matar al padre que al jefe.

—Tu misión es garantizar que todas tus compañeras puedan hacer huelga si lo desean, pero también que todas las que quieran puedan venir al trabajo. Creo que debes ser escrupulosamente neutral.

—¿Y lo neutral es venir a trabajar?

—Desde luego, lo neutral no es hacer huelga. Quizá puedas plantearte el paro de dos horas —aconseja. En efecto, se ha convocado un paro parcial para quienes elijan parar pero no quieran ausentarse la jornada completa—. Ahora en serio: ¿tantas cosas cambiarías en esta empresa? ¿De verdad te sientes discriminada por ser mujer? Desde que llegaste, no has hecho otra cosa que ascender.

—Alberto, esta empresa, igual que todas, está llena de pasado y de convenciones, de lugares comunes y de desigualdad. Pero es muy difícil luchar contra las convenciones todos los días, en realidad es imposible, agotador. Nadie puede, por eso nadie lo hace. Esta empresa es una forma de rendirse. Y esta rendición no creo que sea únicamente de las mujeres. Cuando nosotras llegamos, los mejores hombres ya llevaban una bandera blanca en la mano.

La mañana del 8 de marzo de 2018 me encuentro en el mismo atasco de siempre, parece que la mayoría de las mujeres estamos yendo al trabajo. Alberto tiene más argumentos que yo, y parece que ha convencido a toda la ciudad. Sin embargo, en la radio no oigo lo mismo de siempre. Pepa Bueno, Àngels Barceló y Julia Otero han anunciado que no irán al trabajo. Las presentadoras María Casado, Susanna Griso y Ana Rosa Quintana tampoco han acudido a sus tertulias diarias en la televisión. En el Congreso apenas hay actividad por el paro de muchas mujeres, la mayoría pertenecientes a partidos de izquierdas.

A la altura de la plaza de Cuzco, en el paseo de la Castellana, tengo delante un autobús escolar. Toda la parte trasera está cubierta con publicidad del colegio. Una niña con rizos y una mochila azul mira al horizonte mientras sujeta la mano de su padre, cuya cara no vemos, solo el brazo firme y la mano amiga. «No va al colegio, va al futuro», reza la publicidad que algún centro privado ha decidido poner en el vehículo. «No voy al trabajo, voy al futuro», me digo. Y lo siento por mí y por todas las que aún creen en la educación. ¿Cómo podría la educación arreglar un problema que ella misma lleva siglos perpetuando?

Cuando me siento en mi despacho, la planta está en silencio. Todo el mundo teclea en Hangouts preguntando quién ha parado y quién no. Yo también lo hago, pregunto a algunos compañeros aquí y allá. Ni una sola directiva ha hecho huelga. Entre nosotras ni siquiera hablamos del tema, como si a ninguna se nos hubiera pasado por la cabeza. Fuera, al otro lado del despacho, hay sillas vacías, no demasiadas, pero sí más de las esperadas. Las más jóvenes no han necesitado referentes ni explicaciones para quedarse en casa. «Si nosotras paramos, se para el mundo» es el lema de la jornada.

Yo me limito a elaborar una lista de ausentes —sin contar las que están de baja o de vacaciones— para que se les descuente la jornada de su salario. Tengo que hacer la lista de quienes faltan todo el día y de las que paran solo dos horas, para que se descuente en las nóminas la parte correspondiente, incluidos los conceptos relacionados con gratificaciones y pagas extraordinarias. Observo las mesas vacías, leo todo lo que se publica en los medios sobre la huelga. Me gustaría poder explicar por qué es necesario parar el mundo y por qué vale la pena que lo hagamos las mujeres. Cada vez que los hombres lo detienen mueren inocentes y apenas cambia nada. Pero da igual; en el fondo sé que no necesito parar el mundo, ni siquiera protestar: lo que yo necesito es detenerme, quedarme sola. Sentada en el despacho ante imágenes de jóvenes con la cara morada en las portadas de los periódicos, me pregunto qué pasaría si de verdad parase de una vez, al menos por un vez.

No puedo trabajar, no quiero trabajar, tampoco es necesario que lo haga. Mi trabajo de hoy consiste en demostrar que antepongo la empresa a cualquier otra causa. Alberto llama a la puerta de mi despacho y, como muchas otras mañanas, me trae un café con leche y sin azúcar. Es evidente que se alegra de verme aquí, está convencido de que me ha ayudado a hacer lo correcto. Y está contento por haberlo hecho. Él respeta mi criterio a menudo, y en esta ocasión yo he respetado el suyo. Me ofrece la pipa de la paz, el café de nuestra igualdad. Yo lo acepto. Y me lo bebo a sorbos; está demasiado caliente.

Él me mira expectante por si tengo algo que decirle, me ofrece no tener la última palabra. Pero no soy capaz de rebatir sus argumentos. Me da vergüenza contarle que el presidente me mandó rosas rojas el día de mi cumpleaños. Y me da más vergüenza que me responda que fue un gesto hecho con la mejor intención. Me da vergüenza decirle que él inspira confianza cuando explica con seguridad alguna cuestión compleja, mientras que yo, en la misma situación, parece que voy de sobrada o que soy demasiado fría. Me da vergüenza decirle que una huelga general convocada por mujeres contra todo en general y contra nadie en particular es un contrasentido, mientras que la misma huelga propuesta por varones y en los mismos términos sería pensar *out of the box*. Creo que estamos todos dentro de cajas muy pequeñas, cajas llenas de polvo y apiladas en un almacén, ordenadas por orden alfabético, distribuidas geográficamente, cajas con un destino de entrega y una fecha de caducidad. Cajas llenas de palabras de las que no podemos salir.

Tras el café, Alberto sale de mi despacho, y yo activo la búsqueda de empleo en Linkedin. Voy a echar de menos a Alberto, pero sé que el futuro no viaja en este autobús, por mucho que él y yo vayamos de la mano.

En mi nuevo trabajo todo promete ser más humano, la diversidad cuenta, las directivas comparten vídeos en sus perfiles profesionales y aseguran en sus conferencias que nadie es normal y que la inclusión importa. Tengo compañeros de todos los países y razas, hay también muchas mujeres y mi puesto sigue siendo de dirección aunque ha supuesto un ascenso. He fichado por uno de los tres gigantes tecnológicos a escala global, así que he pasado de la primera línea nacional a la primera división internacional. El rendimiento aquí es la única vara de medir, y el género parece realmente inexistente; todo es neutro, tecnológico y profiláctico. Lo único que de verdad importa es el trabajo bien hecho, los resultados. El futuro está aquí, y nada más llegar me reprocho no haber buscado desde el principio empresas más abiertas y afines a mis valores. He sido una antigua con problemas antiguos.

Por primera vez, trabajo en una sede que no está pegada a un polígono industrial, sino que se encuentra en un parque tecnológico dentro de la ciudad. Tenemos un enorme jardín para trabajar al aire libre, donde podemos conectarnos a las reuniones los días soleados. Para ser el paraíso solo le falta un manzano. Aquí no se ficha, todos somos libres de trabajar cuando queramos y todos tenemos jornadas infinitas, nunca paramos porque vivimos felices hiperconectados. Hay cierto orgullo en responder un mail a las seis de la mañana, en contestar a las once de la noche, en evidenciar que siempre estás al otro lado. El trabajo bien hecho coincide con la bandeja de mails sin ningún correo en negrita, en responder a todos como quien devuelve pelotas en un partido de tenis donde nadie lleva la cuenta de los puntos. El marcador no importa, lo único importante es que la pelota no esté nunca en tu tejado. Al final, la excelencia consiste un poco en eso, en ser infalible, en dar siempre el último golpe. Todavía es pronto para que los trabajadores creen Alphabet Workers Union, el primer sindicato de una de las grandes tecnológicas. Sin embargo, su modelo empresarial ya no es un germen del futuro plantado en Silicon Valley; ahora están por todas partes y en toda Europa: Madrid, Suiza, Irlanda, Reino Unido, Italia, Alemania, Dinamarca, Finlandia, Suecia, Bélgica... Su filosofía laboral crece tan rápido como las montañas de dinero que acumulan, y todas se presentan en sociedad como familias de las que todo el mundo quiere formar parte. Si estás entre los mejores, estarás dentro. Trabajar aquí es un reconocimiento, es lo que todo el mundo quiere contar a sus amigos. No importa cuáles sean las condiciones, la clave es formar parte de la élite.

—Si fueras un superhéroe ¿cuál sería tu superpoder? —fue la pregunta de la directora de Recursos Humanos en la entrevista de trabajo.

—Podría hacer todas las cosas que quisiera a la vez prestando toda mi atención a cada una de ellas —fue mi respuesta.

Así es como piensa la élite mundial, igual que yo el día que consigo el mejor trabajo de mi vida. Los profesionales más cotizados del mundo soñamos con ser auténticos robots multitarea. Y siempre conseguimos lo que nos proponemos.

Desde que llegué, mi agenda divide la jornada en franjas de quince minutos, y en cada una de ellas se espera de mí la máxima eficacia. Solo los viajes ocupan un tiempo mayor, pero puedo ir de un lado del mundo al otro en seis, ocho o diez horas, y hacerlo sin apenas modificar mi *planning* semanal. Tengo reuniones en las salas VIP de cualquier aeropuerto y me muevo por el mundo con la virtualidad del dinero. Las semanas que no tengo ningún viaje digo que estoy en casa, aunque no me refiero a mi salón sino a nuestra sede.

Los miércoles, en el patio del parque hay un mercadillo vegano y huele a verduras frescas y a tierra. Todos acudimos con nuestras bolsas de algodón orgánico reutilizable y adquirimos productos ecológicos de primera calidad sin salir de nuestro lugar de trabajo. En nuestras instalaciones tenemos también un gimnasio privado y dos restaurantes, mesas de ping pong y espacios reservados para la creatividad, con sofás y pufs donde sentarnos a pensar o simplemente a no hacer nada.

«Elige un trabajo que te guste y no tendrás que trabajar ni un día en tu vida». La frase es la favorita de un hípster de treinta y cinco años que usa a Confucio para adoctrinar a los trabajadores junior. Él no ha leído a Confucio, trabaja una media de doce horas diarias y está siempre conectado, pero tiene tiempo para ir a festivales de música y comprarse camisetas con las que venir al trabajo. Esta mañana lleva una roja de Belle and Sebastian de su último Primavera Sound. Con su barba hípster densa y bien arreglada, es un ejemplo de realización profesional. Por aquí todo el mundo tiene un cabello vigoroso y uñas en buen estado, todos estamos en forma, todos vivimos nuestro mejor momento. Todos presumimos de que nos encanta nuestro trabajo, todos tenemos una altísima empleabilidad, todos tenemos opciones. Es como si todos fuéramos artistas, la clase de persona que trabaja en lo que de verdad ama. Y nuestra gran obra consiste en enmudecer la realidad, en ponerle una gran tela por encima hasta embellecerla, hasta borrar las aristas más hirientes, hasta hacerla desaparecer por fin.

El artista Christo Vladimirov Javacheff todavía está vivo. Ahora no puedo saberlo, pero falta poco más de un año para que muera en su casa de Nueva York a la edad de ochenta y cuatro, y habrá que esperar casi dos más para que el Arco del Triunfo de París soñado por él y Jeanne-Claude, su mujer y compañera artística, sea envuelto con 25.000 metros cuadrados de tela de polipropileno reciclable de color plata. Sin embargo, en este momento estoy muy lejos de poder imaginar todo lo que está por venir. De momento soy como uno de los operarios que trabajaron para la pareja de artistas envolviendo monumentos alrededor del mundo. Estoy subida a un trono muy alto, y desde aquí me dedico a ocultar una realidad que no entiendo, quizá porque me lo han mandado, a lo mejor porque creo que será más hermosa cuando por fin esté cubierta. Es una labor de ocultación que no necesita tela ni idea creativa alguna: aquí envolvemos la verdad con eufemismos que ni siquiera hemos inventado. Y, de este modo, podemos empaquetar cualquier cosa y hacer que parezca mucho más atractiva y bella; podemos incluso cambiar el significado del trabajo. Aunque nunca hayamos leído un libro suyo, podemos citar a Confucio o a Séneca y seguir adelante.

Aquí las personas no ascienden, crecen. Las ideas no fracasan, pivotan. Las mujeres no trabajan, se empoderan. La ética no existe, es eficacia. Las ideas no se enfrentan, se comparten. Los sindicatos no son necesarios, pues solo contamos con trabajadores excelentes. Los individuos han desaparecido, todos hablamos en primera persona del plural: nos interesa, nos conviene, nos gusta, nos define… Solo los genios tienen nombres propios, y son siempre los dueños de sus empresas. Por extraño que parezca, aquí todo el mundo se expresa en primera persona del plural, incluso quienes carecen de variable o incentivos: es lo que más nos conviene, nosotros no somos así, dicen, como si la empresa fuese suya. Los cuerpos se han borrado junto con los nombres, y se ocultan bajo ropa anodina en colores oscuros o tonos tierra. Mucha gente lleva jersey de cuello alto como Steve Jobs o camisetas de algodón a lo Mark Zuckerberg. El sexismo es algo impensable, la excelencia es la única diferencia tangible en un sistema donde todo el mundo pasa más tiempo mirando a las pantallas que a las personas.

Por primera vez, añoro a todos los hombres machistas que me he ido encontrando en mi vida profesional, a todos los que no dejaron de pensar en mí como mujer. Ser un cuerpo amenazado es mejor que ser uno extinguido. Aquí, en cambio, nadie es agresivo, no existe ya ninguna pelea. Es como si la última guerra de géneros hubiera acabado y todos hubiéramos perdido. Los managers aseguran que es mejor pedir perdón que pedir permiso. Y todo el mundo asiente con la cabeza ante este tipo de sentencias. De hecho, nadie pierde tiempo en largas conversaciones o debates. Si necesitamos una voz cómplice al otro lado, escuchamos un podcast. Y si tenemos algo que decir, publicamos en alguna red social tópicos profesionales que aumenten nuestra empleabilidad.

A veces me siento como un viejo sexista porque tengo ganas de ponerme ropa bonita, medias de colores, zapatos de charol rojo, incluso corsés o medias de rejilla. Quisiera ponerme purpurina y maquillaje para venir al trabajo con la alegría de una drag queen, y deseo secretamente que regresen la sexualidad y sus injusticias. Pero, sin duda, estoy en el lugar equivocado para eso. Aquí nadie malgasta su tiempo pensando en qué ropa ponerse: nuestros cuerpos son tan eficientes como nuestra producción. La mayoría usa ropa deportiva para venir a la oficina, presume de su bicicleta, usa botas de montaña en la ciudad y confía su sed a un reloj inteligente que le avisa cuando necesita beber agua. Todo es perfecto y neutro y escalable y eficiente y saludable y eficaz y rentable y definitivo. Aquí todo está bien, y sin embargo nunca me he sentido tan mal.

«Las mujeres son el lumpen de Silicon Valley». Leo este titular en la revista *Vanity Fair* de Estados Unidos en pleno vuelo transoceánico. Se trata de una entrevista a la escritora Emily Chang, que ha publicado allí el libro *Brotopia*, una investigación sobre las fiestas que los millonarios que trabajan en mi empresa y otras tecnológicas ofrecen en sus mansiones. Según cuenta el reportaje, Chang se ha pasado dos años investigando para rasgar la tela que cubre las mentiras de la profilaxis tecnológica. Y, contra todo pronóstico, resulta que siguen celebrándose grandes fiestas para que los nuevos jóvenes ricos blancos se comporten exactamente igual que hicieron los viejos. Las invitaciones llegan vía Facebook o Snapchat (esta red es mejor porque no deja rastro) y las fiestas tienen lugar en las mansiones de los altos cargos, en segundas residencias o en algún yate en Ibiza, muy cerca de Madrid. Allí la esclavitud sexual vuelve a hacerse realidad y los sueños de los *nerds* que fundaron el tecnocapitalismo caminan al borde de sus piscinas con ropa muy ceñida de colores vibrantes o con minúsculos bikinis brasileños sobre nalgas bronceadas y duras como el cuero. Es ingenuo pensar que una pandilla de reprimidos jóvenes hetero en sus garajes fueran a ser el germen de una cultura laboral más igualitaria o cooperativa. En un mundo como el nuestro, si das una pantalla conectada a internet a un tío aislado en su habitación puedes dar por hecho que va a ver mucho porno.

Quizá por eso, en estas fiestas hay muchas más mujeres que hombres, a pesar de que en el sector tecnológico están en clara minoría, pero la brecha de género no castiga a las mujeres a la hora de que los hombres lo pasen bien. Lo importante de estas orgías es que haya buenas hembras donde escoger, y para garantizarlo cualquier invitada puede sumar a una amiga con ganas de pasarlo bien. El amor es tan libre como lo fue en la mansión de Hugh Hefner, aunque los tríos incluyen a menudo a dos mujeres y las experiencias homosexuales siguen siendo impensables para ellos, que creen que las relaciones abiertas son aquellas donde tienen más opciones para escoger por el mismo dinero. A veces (no siempre) hay drogas, y los logos de Facebook, Google o Amazon se imprimen sobre los ácidos. Lo que nunca puede faltar es el sexo o su promesa, esa excitación.

Durante su investigación, Chang ha entrevistado a muchas de las asistentes a estas fiestas; la mayoría no se atreve a dar su nombre, solo a contar la verdad. Una exempleada confiesa que se encontró a su profiláctico jefe en una fiesta «recibiendo una felación de una mujer atada a un banco de sadomaso mientras era penetrada analmente por otro hombre». Nunca hablaron del incidente, pero en el gigante tecnológico donde trabajaba, el jefe se encargó de hacer correr la voz de que a ella le gustaban ese tipo de cosas. «La confianza solo funciona en una dirección, y el estigma para una mujer es mucho más grave. Se supone que estamos en una industria donde todo el mundo es abierto y tolerante, pero el castigo sigue siendo mucho más duro para nosotras», reflexiona la exempleada. Por lo visto, dejó la empresa poco después de aquello, aunque conservó la vergüenza. Habla a través de un nombre falso.

El libro de Chang deja claro que los hombres aparentemente asexuados y socialmente reprimidos no son menos machistas, solo más peligrosos. Pero el problema no son las fiestas de unos cuantos; el verdadero drama es que ellos han envuelto el mundo entero en un algoritmo invisible y demoledor. La cultura del porno exacerbada es la reina del espacio virtual: allí es donde los cuerpos se hipersexualizan, allí florecen los estereotipos de belleza como abultados labios rellenos de ácido hialurónico, allí las vaginas sin vello pasan de mano en mano porque al algoritmo le excita manosearlas, recomendarlas, premiarlas, colocarlas siempre en el número uno de la lista. Allí no hay leyes, sino solo ingresos, eficacia y posibilidades infinitas de conexión, placer y poder.

El paraíso de la inclusión y de la unificación es solo un enorme eufemismo acerca de una realidad demoledora: la llegada del trabajador perfecto y sus mercados veganos forman parte de la infantilización del maltrato. Y lo peor de todo es que cada miércoles compro tomates ecológicos en el mercadillo vegano de nuestro jardín empresarial, y duermo con un reloj que por la mañana me da información sobre la calidad de mi sueño. Soy uno de los látigos con que el sistema azota la carne vulnerable de la humanidad. No he hecho nada malo, no tengo a nadie a quien acusar de haberlo hecho, no hay ningún crimen que pueda denunciar. A mí nadie me ha acosado, nadie me ha agredido sexualmente en el trabajo, nadie me ha invitado siquiera a una orgía. A mí solo me promocionan y me suben el sueldo: ¿de qué voy a quejarme? Sin embargo, siento que yo también me voy cubriendo de capas de tela, como si fuera el mismísimo Arco del Triunfo en 2021. Mi cuerpo entero está siendo empaquetado como el de una momia viva.

A veces me cuesta respirar. Creo que es hora de pedir ayuda.

—¿Cuántos años tiene? —pregunta la psicóloga cuya empresa da servicio a todos los trabajadores del grupo.

Tienen un servicio de atención 24×7: veinticuatro horas a día, los siete de la semana.

—Cuarenta y tres —respondo.

Llevamos ya diez minutos hablando, y nuestra conversación se parece más a una entrevista de trabajo que a la ayuda terapéutica que necesito.

—¿Por qué se ha animado a hacer esta llamada?

—Tengo ansiedad, creo que es estrés, y padezco descamación capilar desde hace más de seis meses. Me cae un polvillo blanco sobre los hombros siempre que sacudo la cabeza, como si me estuviera descomponiendo. Y de vez en cuando me aparece un eczema en los párpados que hace que me resulte difícil leer sin molestias —explico.

Quiero que entienda que es urgente.

—¿Ha visitado usted a un dermatólogo?

—Sí, hace meses. Tengo una pomada con corticoides que funciona, pero el estrés hace que los problemas se reactiven una y otra vez. Y últimamente siento también esta opresión en el pecho, como ahora. A medida que el día avanza, siento que no voy a ser capaz.

—¿Cree usted que su ansiedad podría tener un origen laboral?

—Sin duda.

—Antes me ha comentado que su puesto en la compañía es de alta dirección. Imagino que si en un momento dado necesita parar afectará a mucha gente. ¿Siente presión respecto a eso?

—Parar no es una opción para mí. Lo que necesito es prescindir de esta ansiedad.

—¿Diría que tiene un buen trabajo? —pregunta, al otro lado del teléfono, con su dulce voz metálica de terapeuta.

—Por supuesto que sí.

Quiero preguntar qué es un buen trabajo, pero no lo hago. Estoy casi segura de que estas entrevistas son tan confidenciales como prometen. Pero no deja de ser la psicóloga de la compañía.

—¿Se acuerda de hace cuánto consiguió su primer empleo?

—Veintidós años.

—Empezó usted su actividad profesional siendo muy joven.

—Así es.

—¿Y cuánto lleva trabajando en esta compañía?

—Algo más de un año.

—¿Diría que sus problemas actuales con el trabajo se han generado aquí, o quizá sea una carga que arrastra desde hace tiempo?

—Aquí es donde estoy pidiendo ayuda. En las otras empresas no había un teléfono de atención psicológica en la intranet.

—¿Cuál es la actividad a la que ha dedicado más tiempo a lo largo de su vida?

—Trabajar.

—¿Considera que el trabajo le define?

—Evidentemente, no. Soy mucho más que mi trabajo —me oigo decir en voz alta.

Y, sin embargo, creo que exagero.

—Pero, por otro lado, trabajar no es solo la actividad a la que más tiempo dedica en su día a día, sino lo que más tiempo lleva haciendo en su vida. ¿Es correcto?

—Sí. Así es.

—¿Cuántas horas trabaja al día?

—Ocho o nueve, a veces diez. Doce como máximo. Depende. Es difícil hacer la media. ¿Cuentan las llamadas fuera de horario? ¿Responder al mail de madrugada, cuenta? ¿Cuenta cuando sueño con reuniones?

Me temo que esta llamada va a ser una pérdida de tiempo, que no va a ayudarme en nada. Pero aun así no quiero colgar, prefiero desahogarme.

—Me conformo con que me diga si excede normalmente su jornada —insiste la voz.

—No me gustan las personas que calientan la silla. Siempre me he quedado cuando ha habido que quedarse. Pero si puedo terminar antes, también lo hago.

—En una semana normal, ¿cuántos días diría que termina antes?

—Supongo que ninguno.

—¿Cuántos días diría que termina antes al mes?

—Si tengo que ir al médico con mi hijo, por ejemplo, ese día llego más tarde y no recupero las horas.

—¿Cuántos días se queda más tiempo?

—Varios, la mayoría. No lo sé.

—¿Cree que el trabajo ha cambiado su manera de ser?

—Desde luego.

—¿Diría que ha cambiado su forma de relacionarse con las personas?

—Creo que sí.

—¿Considera que el trabajo ha cambiado su forma de pensar?

—Sí.

—¿Qué más cosas cree que ha podido cambiar?

—Supongo que mi relación con el dinero.

—¿En qué sentido?

—Creo que ahora lo valoro más.

—¿Qué es lo que más valora del dinero?

—Que sea mío.

—¿Se refiere a que el dinero tiene siempre un dueño legítimo?

—No, tampoco es eso. No digo que siempre.

—Pero el dinero que usted gana trabajando sí es legítimamente suyo.

—No sé adónde pretende llegar, pero supongo que sí. Más que el que me daban mis padres de joven, por ejemplo.

—¿Diría usted que trabaja por dinero?

—Como todo el mundo. ¿Qué clase de pregunta es esa?

—Si le dieran un subsidio o una pensión vitalicia que igualase su salario, o su pareja ganase el dinero que usted gasta, o heredase una fortuna, o si le tocase la lotería, ¿pensaría que ese dinero le pertenece en menor medida del que gana trabajando? ¿Dejaría entonces su trabajo?

—Creería que es un dinero fácil y fuera de mi control. Así que supongo que sí, que seguiría trabajando. No quiero que me mantenga otra persona. Y menos aún el azar.

—¿Cree que el dinero que le proporciona el trabajo no es azaroso?

—No tanto como las otras opciones que ha mencionado.

—¿Diría que el dinero que se gana trabajando tiene un valor distinto al que puede ganar en una máquina tragaperras?

—Desde luego.

—¿En qué se diferenciaría?

—El del trabajo es un dinero predecible, permite planificar los gastos en función de los ingresos. Permite pensar en vacaciones, caprichos, coches, ropa nueva… Está relacionado con el esfuerzo y con unas reglas más o menos predecibles y compartidas por todos.

—Me ha dicho que tiene un hijo. ¿Cuántos años tiene?

—Cinco.

—¿Le gustaría que tuviera tanto éxito como usted?

—Me gustaría que se sintiera más libre que yo.

—¿Qué piensa su hijo de su trabajo?

—Mi trabajo paga casi todo lo que tenemos, creo que sabe que es importante. Supongo que no me imagina haciendo ninguna otra cosa.

—¿Se imagina usted?

—Ahora es complicado. Precisamente porque está Diego y porque nuestra vida está construida así y supongo que funciona.

—¿Qué valor le otorga a la estabilidad material?

—Para mí era fundamental no depender de nadie económicamente, creo que la libertad afectiva es difícil de otro modo.

—¿Le gustaría vivir de otra manera?

—Sí.

—¿Diría que el trabajo ha cambiado su manera de entender la vida?

—Claro.

—¿Y el tiempo?

—El trabajo para mí es sinónimo de tiempo.

—¿Ha modificado el trabajo su forma de amar?

—Supongo que sí.

—¿En qué sentido?

—El amor de una persona trabajadora obedece también a sus horarios y a sus presiones, igual que disfruta de la paga de beneficios o dicta cuándo serán sus vacaciones. En las relaciones entre empleados, antes o después aparecen las hipotecas, los planes, la familia institucional, la obligación misma del amor. Llega un momento en que todo son obligaciones.

—¿Diría usted que tiene problemas en su matrimonio?

—¿Quién no los tiene?

—Me refiero a si considera que el origen de su ansiedad es laboral o si podría estar propiciada por una mala racha personal.

—Creo que no cabe un pensamiento en mi cabeza, que no tengo espacio para mí, para saber quién soy o qué quiero. Tampoco a quién amo, si es que me está preguntando eso. No tengo tiempo. Y una persona sin tiempo es una persona muerta.

—Si pudiera pedir un deseo, ¿cuál sería?

—Quisiera detener todas las bolas que giran alrededor de mi cabeza, dejar de hacer malabares con mi vida. Hacer las cosas de una en una y nunca más todas a la vez.

—Si pudiera volver atrás, ¿haría las cosas de otra manera?

—Sin duda.

—¿Qué cosas cambiaría?

—No lo sé.

—Papá, no quiero que te mueras —murmura la tierna voz de la hija del desarrollador, un hombre que trabaja haciendo lo que más ama y no sabe cuántas horas al día dedica al trabajo.

Se lo dice en pijama, en plena noche. La única luz de la habitación brilla tras las ventanas de una lámpara con forma de cohete espacial que el padre ha instalado en el techo.

—No te preocupes, porque no me voy a morir —explica el padre *techie*.

—¿Estás seguro? Todo el mundo se puede morir.

—Pero yo no, cariño. A mí, cuando voy al trabajo, me dan unas pastillas que hacen que no me muera. Por eso no tienes nada que temer, puedes dormir tranquila. No va a pasarme nada.

—Y a mí, ¿puedes darme una de esas pastillas?

—Las niñas buenas no las necesitan, porque nunca les pasa nada malo.

La niña duerme de un tirón, y a la mañana siguiente el padre está tan orgulloso de su hallazgo que se le ocurre meter algunas píldoras de caramelo en un bote de plástico transparente e imprimir una etiqueta para que su hijita pueda tocar el mágico invento. En algún momento le quitamos la idea de regalar semejante invento a la niña, pero se hace con varias decenas de envases y reparte los botes entre su equipo con la alegría con que un niño reparte chucherías por su cumpleaños. «Magic Pills», dice en las etiquetas. Y un poco más pequeño, a modo de subtítulo: «For Staying Alive». La idea me resulta realmente tétrica. Pero las gominolas están realmente buenas.

Ir al trabajo es una manera de estar vivo, de estar en movimiento, de que nada duela. Ir al trabajo es estar demasiado ocupado como para morirse.

Reconozco que aquí echo de menos a Alberto; mis nuevos compañeros me parecen demasiado jóvenes y agresivos. No parecen tener miedo a nada, ni siquiera a estas gominolas. Añoro hasta mi antiguo atasco, los rincones de mi vieja jaula.

Todas las mañanas, antes de llegar a mi antigua oficina, pasaba por una curva peligrosa con un ceda el paso a la derecha. Era un cruce complicado donde la circulación se ralentizaba a diario. Al llegar a esa altura era obligatorio aminorar la marcha, reducir la velocidad y mirar detenidamente para avanzar sin ser arrollada por algún otro vehículo. Entonces, cada vez que miraba, podía ver el gesto cansado del conductor de mi derecha, todos esos gestos dentro de tantos vehículos. Algunos iban bailando, otras fumando, incluso aplicándose barra de labios, otros mirando descaradamente el móvil. Había conductores con cara de zombis, personas que parecían muertas dentro de sus cajas de chapa y pintura metalizadas. Pero, además, podía ver el cielo detrás de sus cabezas, a través de los cristales. Algunas mañanas era rosa y violeta como el horizonte de algunas películas, otras la gran extensión de extrarradio se oscurecía bajo la amenaza de un cielo tormentoso. Cada mañana era un cuadro distinto, y cada vez que lo contemplaba pensaba en mi muerte. Eran solo unos segundos, e inmediatamente seguía conduciendo hacia el trabajo protector, el lugar donde siempre he estado a salvo.

—Creo que es imposible que me muera —me explicó Alberto una tarde de tantas en su despacho—, porque en este momento tengo tantos seguros de vida contratados que si me muriese tendrían que pagar a mi mujer más de tres millones de euros.

—No es verdad.

—Tengo el seguro de empresa, dos o tres personales, el que me obligaron a vincular a la hipoteca, el de la American

Express. He hecho la cuenta y he llegado a la conclusión de que, por el momento, soy inmortal. No es posible que mi familia vaya a cobrar semejante cantidad de dinero.

—No he conocido a nadie racional que no sea un maldito supersticioso —respondí yo.

—Te aseguro que es un razonamiento más técnico del que parece. El mercado apuesta a que no me moriré y calcula una prima de riesgo para garantizar mi vida, una prima de riesgo sobre la que está seguro de que siempre saldrá ganando. Así que, según eso, tengo la probabilidad de la vida a mi favor.

—En ese caso, serás inmortal.

—No exactamente. Piensa que, si quiero seguir vivo, cada año tendré que pagar más por la prima. Al mercado no le gusta perder dinero, por eso me va a pedir cada vez más prima para apostar por mi supervivencia. Y así hasta que llegue el día en que pagar no me compense. O no en tantos seguros a la vez. Entonces mi muerte será mucho más barata e infinitamente más probable.

—Estás fatal. Lo sabes, ¿verdad?

—Te digo esto porque me gustaría que tuvieras un buen seguro de vida —añadió Alberto—. Eres la clase de gente que va por la vida sin seguro. Y yo quiero lo mejor para ti.

—Pero un seguro de vida beneficiaría a mi familia, ¿no crees?

—¿Has entendido algo de lo que te acabo de explicar? Quiero vivir con la sensación de que tu muerte le costaría millones de euros al sistema. Es una forma de protegerte tan buena como otra cualquiera.

—Por lo que a mí respecta, vas a tener que soportar la incertidumbre.

—No quiero que te mueras —confesó entonces—. Te quiero a mi lado.

Creo que es lo más bonito que me han dicho nunca en un despacho. A lo mejor las pastillas de gominola que reparte el hípster *techie* significan lo mismo, pero es como si algún sentido se hubiera movido de lugar.

El trabajo puede cambiar de sitio hasta la eternidad, puede convertirnos en inmortales, puede arrebatárnoslo todo, hasta el derecho a morir. También eso, sobre todo eso. Porque si pensara seriamente en la muerte, si sintiera de verdad la esencia de la que estoy hecha, esta vida sería intolerable para mí.

Es junio, y me he tomado cinco días de descanso. Tienen que ser perfectos. Tengo veintisiete días de vacaciones al año; eso quiere decir que los fines de semana, los puentes y, sobre todo, las vacaciones tienen que ser los mejores días que pase sobre la Tierra. No obstante, llevo suficientes años trabajando como para saber que la expectativa es enemiga de la felicidad.

Estamos en Creta. A João le apetecía que nos refugiáramos en una isla, apagar mi teléfono, alejarnos de todo. Ha buscado una casita aislada en una aldea llamada Maheroi, que traducido significa algo así como «quien recibe la gracia». O eso dice João.

La casa es solo para nosotros tres, y tiene un patio con una piscina y un pequeño jacuzzi en la azotea. João, Diego y yo nos metemos en él nada más llegar. Fuera hace frío, pero el agua está a treinta y cinco grados. Estamos solos y el mundo atardece solo para nosotros, el horizonte de la isla tiene muchos más colores que los que pueden verse en un televisor o en cualquier otra pantalla, el mar está al fondo pero no demasiado lejos, la montaña detrás con una pequeña iglesia blanca esculpida en lo más alto, un refugio de piedra que habla de almas igual de blancas. Estamos juntos, los ojos de mi hijo se posan en las cosas como si pudiera acariciarlas. Estar aquí es volver a ser mortal.

Tengo un lunar en el pecho, un lunar abultado que no tenía antes. Me lo he visto hace un par de días, mientras me probaba el bikini para estas vacaciones. Pensé en ir al dermatólogo, pero después lo olvidé, esa clase de cosas siempre se me olvidan en el trabajo. Pero ahora no puedo dejar de mirarlo: podría ser algo malo, podría estar muy enferma, podría morir. No quiero abandonar a mi hijo con solo cinco años. No quiero desaparecer precisamente ahora. Él aún me necesita; quiero estar aquí, con ellos. Y, sobre todo, si tengo que morirme, no quiero pensar en ello en este momento. Si tuviera que morirme no tendría ningún sentido amargarme estas vacaciones. Las vacaciones son sagradas, los malos pensamientos no tienen cabida en estos cinco días. Sin embargo, no puedo dejar de pensar en el lunar. Me invade una inquietud negra y pegajosa, como de petróleo. Estamos de vacaciones, es el tiempo de la felicidad, no es el maldito tiempo de la muerte, me digo. Son días en los que todo debería estar bien, días en los que no trabajo, en los que por fin estoy tranquila. Beso a João suavemente en la boca.

—¿Estás bien? —pregunto.

—Soy feliz —responde.

Él es así. Podría decir «Estoy feliz» o «Esto es increíble», podría decir algo que yo pudiera comprender o empatar. Pero él es feliz, igual que un árbol es su tronco y unas hojas. Él viene de otro mundo, él forma parte de este paisaje hermoso y humano que nos rodea. Yo, en cambio, soy una extraterrestre. No se me ocurriría decir que soy feliz, pero tengo que poder serlo. Al menos durante cinco días.

—Ojalá siempre estuviéramos de vacaciones —me oigo decir en voz alta.

Sin embargo, no sé si podría soportar esta presión. No he conocido ningún sentimiento tan lleno de muerte como la auténtica felicidad.

Diego y João pueden pasarse horas en la orilla sin hacer nada o sin pensar en lo que están haciendo, algo que para mí resulta muchísimo más difícil. Estamos en la playa de Sougia y hemos alquilado unas hamacas porque a mí no me gusta la idea de tumbarme sobre las piedras. Ellos, en cambio, caminan felices por los guijarros. He pedido a Diego varias veces que se calce, pero su padre no parece secundarme en esa idea. Me temo que se acabará haciendo algún corte, y en esta playa no hay socorristas. No tengo agua oxigenada, ni tiritas. Ni siquiera hemos traído agua; estamos aquí como si no hubiera nada que temer. Y esa forma de estar hace que tenga miedo. Me cuesta creer que la naturaleza estará de nuestro lado.

Su diversión consiste en buscar piedras blancas para llevárnoslas a casa. Tienen que ser perfectas, sin ninguna mancha gris o rosácea; tampoco sirven las de color blanco roto por el sol o un poco amarillentas. Diego quiere meterlas en su acuario cuando lleguemos, quiere que sea un regalo para sus peces.

Los veo caminar de la mano de un extremo a otro y no puedo evitar pensar que las piedras van a pesar mucho en la maleta, que no tiene sentido transportarlas, que en el aeropuerto van a revisarnos el equipaje y que robar material geológico de esta isla probablemente sea un delito ecológico de algún tipo. Trato de recordar el peso máximo permitido para viajar en cabina: no quisiera tener que facturar por los dichosos guijarros. Mientras tanto, su montaña sigue creciendo, cada vez más blanca. João acaba de sumar un pedrusco del tamaño del puño de Diego.

—Si recogéis piedras tan grandes los peces se quedarán sin espacio —digo cuando la dejan a mi lado.

Ponen sus hallazgos a los pies de mi hamaca, como si me rindieran tributo.

—Con ella haremos el acantilado, mamá. Las pequeñitas serán para el suelo, pero vamos a poner piedras grandes en los rincones —me explica Diego.

Cierro los ojos y dejo que el sol me acaricie entera, una mano divina y caliente sobre mi cuerpo. Pienso ahora en esa mano todopoderosa señalando mi lunar. Esta mañana me lo he mirado en el espejo y he observado que tiene un color distinto a los demás; he googleado «melanoma» y he encontrado algunos con el mismo aspecto. Se lo he dicho a João y me ha obligado a dejar el móvil en casa. A veces creo que él piensa que mi cerebro es en realidad mi teléfono móvil, que no soy capaz de pensar si no lo tengo a mano. Deseo incluso que tenga razón, pero lo cierto es que puedo seguir pensando en el lunar aunque no esté conectada a internet.

—La pregunta no es lo que puedas pensar, sino durante cuánto tiempo podrás hacerlo— sugiere João—. No es fácil desconectarte de la realidad. No es fácil hacerte parar, porque ahora mismo eres un enorme barco carguero en una minúscula bahía.

—¿Y quién eres tú?

—Yo soy el práctico del puerto, me ocupo de que puedas echar el ancla sin hacerte daño. Sin hacer daño a nadie, porque tienes la barriga llena de petróleo.

—¿Quieres decir que estoy cargada de veneno?

—Eres la luz que encenderá este puerto por la noche —me responde—. Solo digo que debes ir despacio.

—¿Por qué tenemos siempre tan poco tiempo? —pregunto, agradecida.

—Porque nunca dejas de contarlo —responde João.

La belleza siempre me ha dado miedo, supongo que por eso este lugar me asusta un poco. Cuando todo está en calma y es hermoso, no puedo evitar pensar en un peligro que acecha, como ahora. El cuerpo de mi hijo es tan perfecto que no me parece humano, es como una escultura recortada contra el horizonte azul, una forma explícita de retar a los dioses. Él dando la mano a su padre es como una llamada a la tragedia, como si un pájaro negro pudiera cruzar el cielo en cualquier momento. Me digo que solo yo lo veo así, que no es más que la mirada de una madre sobre su criatura, igual a la de millones en el mundo. Pero no puedo dejar de sentir que la dicha es también una forma de advertencia, una llamada de atención sobre la tragedia. Creo que por eso no soy capaz de mirarlo sin percibir una sombra de miedo. No soy capaz de entregarme al amor sin sentir que el lunar del pecho se me hace cada vez más grande y monstruoso, y más negro y más letal. Mientras tanto, el padre de Diego le ayuda a mirar las piedras, a reconocer esta playa y este mundo. La imaginación está tan sobrevalorada como la creatividad.

Me acerco a ellos y me sumo a la selección de los guijarros. Hay algunos rosados, anaranjados y grises, y pequeñas piedras brillantes, verdes como esmeraldas. No sé de dónde salen estas últimas, pero son muy suaves. Solo he encontrado dos. Cerca de la orilla hay pedruscos bañados por el mar que brillan como si de verdad fueran un tesoro. A su lado, las piedras secas parecen cadáveres, fundas de una vida pasada.

—¿No te da pena llevarte las piedras a casa, mi vida? Creo que echarán de menos el mar —sugiero.

—Mamá, son solo piedras, no están vivas —me explica mi hijo.

—He encontrado estas dos —le digo a cambio.

Y extiendo la mano para mostrarle dos cantos del tamaño de mi pulgar, blancos y redondos como algodón seco.

—Dáselas a papá, a ver si sirven.

—Claro que sirven —le digo—. No hay ninguna tan blanca en vuestro montón.

—Pero papá es quien distingue las que necesitamos. No todas valen, aunque lo parezca.

João acepta solo uno de mis tesoros. El otro es lo suficientemente blanco pero no lo suficientemente redondo.

—A los peces les gustan los cantos rodados, así que tienen que ser grandes porque si no se los podrían comer. Y muy redondos, para que no se hagan daño si se rozan —me explica Diego—. Tienes que seguir buscando.

Cuando llegamos a casa, mi hijo saca todas las piedras de su mochila; deben de pesar más de tres kilos todas juntas. Definitivamente, no tiene ningún sentido que nos las llevemos a Madrid. Diego construye con ellas pequeños montículos, esculturas donde la única misión de los guijarros es guardar el equilibrio, mantenerse en pie. Después lo derriba todo y vuelve a empezar. Se pasa horas levantando pequeños hitos junto a la piscina, como si quisiera trazar un camino. En algún momento, João o yo nos sentamos a su lado y creamos nuevos territorios. Esta mañana Diego ha hecho círculos con las piedras, diez o doce pequeños hogares desperdigados por el suelo a la espera de su tribu.

—Es un pueblo —me explica.

Pasa mucho tiempo jugando con ellas. A João le encanta que juegue con elementos sencillos: la tierra, estas piedras, un palo. Quiere decir, según él, que estamos haciendo algo bien. Y supongo que tiene razón, aunque a mí me cuesta tener las cosas tan claras. Cuando João no estaba mirando, he pedido cita con mi dermatólogo desde el móvil. Me he metido en el baño para hacerlo. Creo que no estaré tranquila hasta que vaya a consulta.

—Mamá, tenías razón. Las piedras echarán de menos el mar. Hay que sacarlas de la maleta, no podemos llevarlas a Madrid —sentencia Diego.

Faltan solo unas horas para volver a Madrid, y mi hijo está en el salón en calzoncillos y camiseta, con su tierna cara de sueño. Para mí es un alivio saber que nadie va a pararnos en el control de equipajes. Me daba vergüenza viajar con tres kilos de piedras encima.

—Claro que sí, mi vida, podemos dejarlas aquí, en su casa.

—Aquí no, en la playa —me corrige.

—Eso es imposible, Diego. Ya es muy tarde —le explico—, son las once y media de la noche. Nuestro vuelo sale a las ocho de la mañana y hay que madrugar. Tienes que irte a dormir.

—Es que tengo que dejarlas en la playa— suplica con sus ojos de niño—. Sé que tienen que estar allí. Llévame a dejarlas, por favor.

Y de pronto yo también necesito hacerlo. No es por las piedras ni por su capricho, sino porque me lo está pidiendo a mí, como si fuera algo entre los dos. La primera cosa rota que su padre no puede arreglar.

Durante unos veinte minutos conduzco en plena noche por las curvas de todas las carreteras cretenses con mi hijo asomando la cabeza por el hueco entre los asientos delanteros. João se ha quedado viendo una película y nos ha dejado hacer esto solos. De repente me parece muy generoso que se aparte, que se quede en casa, que entienda que Diego y yo también habitamos mundos donde nadie más puede entrar. Creo que ha comprendido que no puede tener la llave de todas las puertas. O eso, o le apetecía quedarse viendo la tele.

Diego sigue en pijama cuando dejamos las piedras en la orilla; el mar nos cubre los pies con una lengua de agua que a estas horas me parece gélida. Está realmente oscuro, salvo por la luz de la linterna de mi iPhone marcando el camino. A lo lejos, en la costa, brillan varias farolas.

—¿Tienes miedo?

—Creo que no —dice mi hijo.

—Menos mal que he traído el móvil —añado.

Dejamos las piedras en la orilla desperdigándolas aquí y allá, como si nunca hubiéramos querido convertirlas en algo distinto de lo que son.

—Había trabajado muchísimo —lamenta mi hijo cuando regresamos al coche—. Y al final no voy a poder llevarlas al acuario, los peces no van a conocerlas. Todo para nada.

—Lo siento, Diego. Pero creo que haces lo mejor.

—No pasa nada, mamá. A las piedras les ha costado aún más llegar hasta aquí. Papá dice que llevan trabajando millones de años para ser tan redondas y tan blancas.

—Así es, por eso son tan hermosas —digo—, pero ahora se merecen descansar y brillar junto al mar.

—Claro, mamá, igual que tú. ¿Has podido descansar?

—Como una auténtica piedra —respondo.

Y volvemos al coche de la mano.

Después de un par de sesiones más, la psicóloga me recomienda ponerme en manos de un coach especializado en gestión del tiempo. Por lo visto, no tengo depresión ni ningún problema que merezca la pena ser tratado en terapia. Lo que sucede es que estoy sobrepasada. Es decir, no soy capaz de gestionar mi responsabilidad, mi vida privada y mis deseos. Desde luego, no al mismo tiempo. Nuestras sesiones son privadas, si bien la terapeuta me sugiere preparar un informe para que la compañía seleccione y sufrague al coach que mejor se adapte a mis necesidades.

—Mi éxito no consiste en hacerte trabajar más, sino en que consigas tus mejores resultados con un adecuado equilibrio laboral y personal —me explica el coach.

Tiene el pelo ligeramente abultado, como un cantante de los de antes. Creo que se peina así para aparentar que su cabello es más frondoso de lo que de verdad es. Su sonrisa está esculpida con un trabajo de porcelana fina, y la ropa cuidadosamente elegida para aparentar diez años menos sin salirse del protocolo empresarial. Pretende ser la versión moderna de un hombre de negocios, lo que hace que parezca anticuado, al menos en una compañía donde los perfiles mejor valorados llevan camisetas de manga corta y vaqueros comprados en grandes almacenes. Calza unas deportivas marrones de la marca Polo Ralph Lauren que pretenden ser la versión *casual friday* de unos zapatos de cordones. Todo él me resulta una forma elegante de intentar convertir las cosas en lo que no son o no pueden ser. Y ahora le toca hacerlo conmigo. Por lo visto, es muy bueno en su trabajo.

—Vamos a trabajar durante tres meses, y es muy importante que durante este tiempo me prestes toda tu atención. Sé que estás hasta arriba, me han explicado cuántas cosas dependen de ti en este momento. Pero necesito estar entre tus prioridades. No podré avanzar si no confías en mí.

—Confío en ti —digo mirándole a los ojos.

Y es evidente para ambos que es mentira, puesto que acabamos de conocernos. Pero a él le basta con que las cosas parezcan verdad. Supongo que también yo le parezco una directiva de verdad, por mucho que cada vez tenga más dudas respecto de mí misma.

—Estoy especializado en alta dirección —dice a modo de confirmación—, y estoy aquí porque la empresa ha decidido invertir en ti, porque eres realmente valiosa para la compañía. Pero me gustaría saber qué quieres conseguir tú con estas sesiones. A partir de este momento trabajo solo para ti.

—Quisiera dejar de tener descamación en la cabeza —confieso. Sé que puede parecer un objetivo poco profesional, pero fue el síntoma que me hizo pedir ayuda y no quiero obviarlo—. Supongo que el verdadero objetivo es recuperar el control de mi vida.

—Soy bueno precisamente en eso, es justo lo que sé hacer. Juntos vamos a aumentar tu tranquilidad y tu sensación de control sobre tu área de responsabilidad. ¿Qué te parece?

—Me suena bien —respondo.

Aunque de momento solo me inspira desconfianza. Tengo la sensación de que este hombre solo trabaja para sí mismo. Claro que quizá yo le interese como posible caso de éxito: el de la directiva y madre superada. No quiero ser ese caso, no quiero que me metan en ninguna caja más. En realidad, lo que necesito es romperlas todas.

—¿Tienes hijos?

—Uno.

—Imagino que también querrás más tiempo para estar con él.

—Me gustaría.

—He ayudado a muchas personas en tu misma situación, y te aseguro que vamos a conseguir un cambio definitivo. No voy a darte unos trucos aislados para salir del paso, sino que vamos a cambiar tu manera de trabajar para siempre, hasta lograr un liderazgo equilibrado. ¿Sabes cuál es mi objetivo?

—Conseguir que me sienta mejor, que mejoren tanto mis resultados como mi sensación de control, si he entendido bien.

—Eso es lo que yo llamo un liderazgo equilibrado. Necesito que consigas ocho horas de alto rendimiento, ocho para recargar tu energía y ocho para disfrutar. Me preocupa tanto que trabajes como que duermas y tanto que te centres como que desconectes, que puedas tener tiempo para otras actividades que te interesan y te enriquecen. Me importa que leas, que hagas deporte, que bebas toda el agua que necesitas. Lo que vamos a trabajar es tu equilibrio global, para mí eres un ecosistema complejo donde el trabajo es una parte más.

Cuando el coach en gestión del tiempo habla de recarga y desconexión hace que me sienta como un electrodoméstico. Sin embargo, es evidente que necesito ayuda. Antes de conocerlo he estado navegando en su web. Abre con un carrusel de imágenes de directivos felices: hombres abrazados a sus hijos en el campo, directivas que sonríen ante el portátil o que, al atardecer, miran hacia el horizonte en la cima de una montaña vestidas con ropa de trekking. No aparece ninguna mujer con sus hijos en brazos o con los niños en el asiento de atrás del coche, con prisa para llegar a alguna extraescolar. Me gustaría recomendarle que no recurra a bancos de imágenes para ilustrar sus ideas, porque hace que parezcan todas falsas. Pero no le doy mi opinión profesional. Me digo que no debo entender estas sesiones como un castigo. Me obligo a no estar a la defensiva. Es posible que no tenga muchas más oportunidades.

—No estoy aquí para que trabajes más, sino para que maximices tus resultados profesionales, y los de tu equipo, trabajando mejor pero no más.

Por fin lo ha dicho. Está aquí porque tengo que trabajar mejor: es un tirón de orejas, una pequeña regañina. Yo también creo que necesito mejorar, pero no puedo evitar dudar de las palabras «tiempo y eficacia»: solo esconden mentiras.

—He ayudado a cientos de directivos en tu misma situación. Esto no te está pasando solo a ti. Tampoco te está pasando por ser mujer, aunque es evidente que lo tenéis más difícil, hay más cargas para vosotras, sobre todo mentales.

—Lo sé.

—Voy a decirte una cosa: no te falta tiempo.

—Quizá deberíamos abrir juntos mi agenda.

—Te sobran distracciones.

—Puede ser —reconozco.

—¿Sabes cuántas veces has mirado el móvil desde que hemos empezado?

«Cada vez que me he sentido insegura», quiero decir. En vez de eso, me encojo de hombros.

—No eres tú sola, todos estamos interrumpiendo constantemente nuestro trabajo por llamadas de atención inmediatas que hacen que perdamos el foco. Este es el principal problema de los trabajadores digitales: se han multiplicado las herramientas, pero también las distracciones. En esta primera sesión me gustaría conocerte un poco más, que me hables de tu día a día, de tus principales apoyos en el equipo, del número de personas que te reportan directamente y de la organización del *reporting*. Después, durante el primer mes, vamos a vernos todos los días por videollamada, solo diez minutos. La hora puedes elegirla tú, yo me adaptaré.

—Las nueve de la mañana. Después de dejar a Diego en el colegio.

—¿Prefieres call o videocall?

—Teléfono está bien, porque algún día podrías pillarme en un atasco.

—Así lo haremos. Mis líneas de acción se dividen en cuatro grandes bloques: foco y corrección de distracciones, atención plena repetida en el tiempo para ganar un rendimiento exponencial, sistematización de todo lo que vayamos trabajando para convertir las ideas en rutina y, por último, energía. Desarrollaremos un plan de mejora de energía física, emocional y cognitiva como requisito previo de mejora de tu rendimiento.

La muerte no existe en el trabajo, pero el cáncer sí. Tengo delante la cara asustada de la mujer más fuerte que he conocido en esta empresa. Sin duda, una de las más poderosas que he conocido en mi vida profesional: es la directora general de una de las líneas de venta claves en la compañía. Tiene las cejas grandes, los dientes cuadrados y perfectos sin ortodoncia, las piernas fibrosas, y antes de esto su pelo era negro y poderoso como el de una yegua pura sangre. Estamos en su despacho y llevamos más de media hora hablando sobre su enfermedad, sobre cómo la quimio es un veneno que destruye el ánimo, las uñas, el intestino, el pelo… Según el coach, esta conversación es un robatiempo, y debería tener lugar fuera de mi horario de máxima productividad, ya que no forma parte de *mi trabajo*. Es la primera conversación personal que mantengo en un despacho desde que empecé mi entrenamiento profesional, pero supongo que el cáncer es una de las pocas excusas aceptables.

Llevamos ya dos meses de *mentoring*, y ahora mi rutina laboral se parece más a la de una atleta de élite que a la de alguien cuya vida laboral se extenderá hasta los sesenta y cinco o setenta años. Si el ritmo va a ser este, entiendo que debería retirarme a la edad de una tenista profesional, no mucho más tarde. Me levanto a las siete de la mañana, y es clave que desayune bien y sano. El coach me ha recomendado hacerme un zumo de verduras que garantice energía sin calorías para toda la jornada. He comprado la licuadora de fácil limpiado que me ha sugerido, y cada mañana trituro dos manzanas, tres zanahorias, dos naranjas y un pepino. El coach dice que cuantas más cosas verdes meta en la licuadora mejor, pero tengo una evidente predilección por las frutas anaranjadas o rosadas, por todo lo que en realidad es más jugoso que eficiente.

También dice que es importante que desayune con Diego: convertir el principio del día en un momento de calidad con él, llevarlo al colegio poniendo el foco en sus necesidades y problemas, atendiéndolo en exclusiva. El coach asegura que debo ritualizar los encuentros con mi hijo, garantizar que haya momentos de calidad todos los días, sin faltar ninguno. No debo mirar el móvil hasta llegar al trabajo; al contrario, es bueno que mi hijo sienta que tiene toda mi atención durante el tiempo de calidad que dedico a estar juntos; así él crecerá feliz y yo trabajaré sin culpa. En el coche lo ideal es que vaya escuchando algún podcast relacionado con el negocio o tal vez clases de refuerzo de inglés o cualquier otro idioma que sea de mi interés. El coach asegura que debo nutrirme de cuantas más cosas mejor, porque eso aumentará mi rendimiento y mi creatividad. Tengo la obligación de ser curiosa, por así decir. También puedo hablar por teléfono en ese rato: una llamada a mi madre o a alguno de los afectos que debo atender es un buen ejercicio para el atasco. Hemos hecho una lista con los afectos que considero prioritario cuidar y mantener, para no perder de vista mi equilibrio emocional. Una vez que llego al trabajo, tengo que dedicar media hora de atención plena a la planificación del día: en una hoja en blanco, anotar las reuniones, diferenciar tareas de alto rendimiento de asuntos urgentes y priorizar lo que lo merezca. Papel y boli es lo que recomienda el coach para fijar la atención. En la oficina, debo guardar el móvil en un cajón y eliminar las notificaciones de Hangouts. También es clave suprimir los robatiempo o tareas de escaso valor: los cafés a media mañana o cualquier tipo de diálogo extralaboral quedan terminantemente prohibidos. Esta disciplina requiere voluntad por mi parte, pero también un entorno que no ponga freno a mi rendimiento. Por eso el coach me ha regalado un pequeño semáforo que sirve a la vez como adorno de mi mesa de despacho y de alerta para todos los que se asoman. La luz roja significa que no se me puede hablar ni interrumpir, mientras que la verde quiere decir que puedo escuchar. Cada vez que enciendo la luz roja me siento como si fuera el retrete de un tren. «Ocupada» quiere decir que tengo algo o a alguien encima de mí, haciendo uso de mi valioso tiempo.

Está terminantemente prohibido hablar de asuntos personales con los compañeros, porque ese robatiempo no tiene fin y es un mal ejemplo para el grupo. El coach me explica que debo liderar con el ejemplo, por eso agradezco que esta charla sobre el cáncer de la directora general se esté desarrollando a puerta cerrada, puesto que así nadie nos ve hablar de asuntos personales durante la jornada laboral.

Mi compañera sigue sentada frente a mí y ha empezado a llorar en silencio. Veo que una lágrima brillante resbala por su rostro. Tiene el poco pelo que le queda recogido en una coleta, y se ha dado cuenta de que no puede volver así a la oficina ni un día más. No es que tenga poco pelo, es que además tiene demasiadas calvas perfectamente visibles y los escasos mechones que sobreviven están sucios. Es evidente que la próxima vez que se lave el pelo será la definitiva: los últimos restos caerán sobre el plato de ducha como una rendición. Por eso debe ocultarse, sabe que su debilidad no es algo que pueda mostrar. Ella, igual que yo, forma parte del antiguo sexo débil, de esa ofensa para el género y el desarrollo profesional, esa ofensa que estamos intentando eliminar entre todos. La debilidad debe morir; al menos en el trabajo, donde debe imperar la igualitaria selección natural entre los fuertes. Eso es lo justo y lo bueno.

Por eso no hace falta tener cáncer para esconderse, basta con tener un cuerpo herido o un duelo o cualquier otro dolor humano. Basta con habitar un cuerpo que se sabe mortal para que los espacios de trabajo se conviertan en lugares llenos de sufrimiento escondido, enterrado, oculto e innombrable; son la clase de sitios donde nadie deja un tampón a la vista y donde a ninguna trabajadora le duelen los ovarios hasta retorcerse. El dolor, como la menstruación, no existe en el trabajo. Las compresas se guardan en los bolsillos y en esos ridículos neceseres que van y vienen del baño fingiendo ser bolsitas de maquillaje. Que nadie presencie lo que debe estar oculto, que nadie se imagine un cuerpo que sangra sentado en su sillón ergonómico. La debilidad no existe, la muerte tampoco. Si necesitas tiempo para llorar, tendrás que ganártelo; seguro que un coach como el mío sabría cómo encontrar el mejor momento para el llanto, para la lágrima más pura y productiva de todas.

Mi compañera no tiene miedo al cáncer, trabaja demasiadas horas como para creer que va a morir; de hecho, no podría morirse ahora mismo: tiene demasiados asuntos pendientes. Pero la aparición de su inminente calva resulta incompatible con el entorno.

Miro el reloj. Hace ya cuarenta minutos que entré en este despacho. Recuerdo que tengo que beber agua; debo beber dos litros al día divididos en cuatro botellas de medio litro. Debería haber empezado mi segunda botella, pero no he terminado la primera. El coach insiste en que gestionamos energía y no tiempo, y que, si no hidrato mi cuerpo, mi rendimiento no aumentará. Se trata de un ejercicio 360: no basta con hacer una cosa bien, mi misión es entrar en un círculo de virtud y de poder.

—Tengo la peluca en casa, pero no sé si voy a ser capaz de venir al trabajo con ella, me siento como un payaso, no soporto la idea. Creo que voy a pedir la baja por la calva en vez de por el cáncer.

—Seguro que te queda bien —digo.

Disimular es el único consuelo que se me ocurre.

—Aún no me la he puesto. Solo la he pagado; casi novecientos euros por llevar encima el pelo de otra mujer. Me parece el rastro de un fantasma. Tengo que ir a una peluquería especial para que me la coloquen, y también tendré que ir allí para lavarla y peinarla. No me imagino entregando mi pelo fantasma y esperando calva a que acaben de atusarme el cabello en otra habitación.

—¿No puedes ponértela tú?

—La primera vez no, no me veo capaz. Me han entregado la peluca con un bote de pegamento, Fix Hair se llama. Se usa para pegar unas tiras ajustables al postizo y después adaptarlas a la cabeza. Creo que las cintas se adhieren solas y que no es obligatorio aplicar el adhesivo sobre la piel, pero he leído en internet que a algunas mujeres les da seguridad sentir que está bien sujeta. Aunque todo el mundo asegura que la peluca no se caerá, que no se la llevará el viento.

—Será mejor ir a la peluquería la primera vez.

—No estoy dispuesta a ponerme pegamento en la cabeza. Todo esto me parece una locura.

Los hombres con cáncer pueden venir calvos al trabajo, pero ella no. Las mujeres calvas no existen, y mucho menos las directivas calvas. Por alguna razón, todos los extremismos cubren la cabeza de las mujeres, supongo que porque la sumisión debe empezar siempre en el pensamiento y llevamos siglos creyendo que pensamos exclusivamente con la cabeza. Como si el corazón, las manos o los labios no tuvieran sus propias ideas. Quizá por eso existen tantos velos para cubrir las molleras femeninas. Los islámicos son los más conocidos: burka, chador, niqab, hiyab, shayla… Pero la peluca del cáncer me recuerda más a la que llevan las judías ortodoxas sobre sus calvas. Ellas se rapan cuando se casan para no atraer a los hombres, y en adelante cubren su alopecia con pelucas, pañuelos o sombreros. Tener cáncer me parece, así, una suerte de religión. Al menos tener cáncer aquí, en el despacho de mi compañera. De repente, la directora general con más ventas de una *big tech* comparte problemas con una judía ortodoxa. Ahora resulta que son hermanas lejanísimas que se enfrentan a las mismas rutinas.

Los hombres, en cambio, pueden ser calvos en todas las culturas porque su cabeza sirve desde siempre para pensar, no para atraer el deseo de nadie; ellos no necesitan adornos porque ya tienen *la razón*. Un hombre es su cabeza, ahí reside su poder, y por eso hay bustos milenarios con y sin pelo que muestran (y demuestran) que un hombre completo es un hombre que piensa. No necesitan nada más.

−Supongo que sabes que me han puesto un coach para ayudar a organizarme −digo. Las dos sabemos que la peluca es un callejón sin salida y lo único que se me ocurre para cambiar de tema es brindarle mi fragilidad−. ¿Alguna vez te han hecho pasar por algo parecido?

−Mi línea de facturación ha crecido un cuarenta por ciento el año pasado, superando un veinte por ciento el budget −responde, orgullosa−, así que no pienso soportar a ningún espabilado que me explique cómo hacer bien mi trabajo. Si tuviera que dedicar tiempo a un sujeto así, sería para facturárselo −bromea.

−A mí me está ayudando, aunque creo que me está convirtiendo en una persona aún peor que la que era antes.

−La compasión está prohibida en nuestro trabajo, querida. Eso no lo olvides. Ni siquiera yo puedo olvidarlo, ni siquiera ahora −confiesa−. Y, si te digo la verdad, es la primera vez que lo agradezco. Creo que si tuviera otro puesto estaría mucho más asustada. Pero trabajar aquí, a este ritmo y con esta exigencia, me hace estar segura de que no voy a morirme.

−Es que no vas a morirte −aseguro sin inmutarme.

Y nada más decirlo recuerdo las píldoras Staying Alive.

−Claro que no, no podría hacer el budget −dice.

Y las dos nos reímos. Nos reímos fuerte, cada vez más. Es bonita su risa, y su boca franca, resistente.

Me gusta estar aquí y me gusta su risa. Me pregunto si la compasión puede ser una forma de eficacia, si, tal vez, tocar el dolor de los otros con amor podría ser una herramienta laboral. Alguien ha pensado que, en el lugar donde más tiempo pasamos, no merecemos empatía cuando algo nos va mal, cuando el día es difícil. Quizá ese alguien pueda explicarme también por qué debería beber más agua, escuchar más podcasts, concentrarme mejor, prestar atención a menos personas, poner el foco en el desayuno con mi hijo. Apuntar con precisión todo el tiempo, centrar el tiro, disparar. En definitiva, por qué la eficacia se parece tanto a llevar siempre una pistola y estar dispuesta a matar.

Un maestro zen va a enseñar el arte de la esgrima a su discípulo. Le pide que se dedique a limpiar una habitación realmente grande. El discípulo quiere tomar la espada y aprender el arte para el que está llamado, pero el maestro considera que aún es pronto. Una tarde, mientras está limpiando, el maestro le propina un garrotazo por la espalda y el discípulo cae al suelo, noqueado. No entiende de dónde ha venido el golpe ni por qué se lo ha propinado. Pero tendrá que levantarse y continuar con la tarea. Y así pasarán los años y el maestro seguirá imponiéndole tareas que poco tienen que ver con el arte de la esgrima, y seguirá sorprendiéndolo y golpeándolo una y otra vez. El maestro aparecerá con el garrote desde detrás de un árbol, o desde la zona oscura de una habitación: los golpes se abatirán sobre el cuerpo del aprendiz como caídos del cielo, y él creerá que no está aprendiendo nada, pero tendrá que superar la ira y la frustración y seguir más de un lustro alejado del sable que tanto anhela. Hasta que un día, cuando el maestro intenta golpearlo mientras transporta una vasija llena de agua, el discípulo es capaz de esquivar el golpe. No sabe cómo lo ha hecho, no puede explicar cómo lo ha aprendido, pero el hecho es que por fin está listo para tomar el arma. En eso consiste el zen, y por eso era la filosofía preferida de Steve Jobs y de tantos hombres entregados a la religión del trabajo.

El maestro, igual que el jefe, es siempre arbitrario, puede hacer lo que le dé la gana, golpea siempre y siempre menosprecia la vida, puesto que la vida no vale nada para esta filosofía. Y al final, después de muchos años, el discípulo se da cuenta de que el maestro tiene razón.

La historia la cuenta el instructor de *zenworking* durante una formación para directivos que la empresa ofrece como incentivo. En este caso no se trata de clases particulares, no soy la única implicada, sino que es una formación en liderazgo para toda la dirección y mandos intermedios. Es un *afterwork* productivo, con cervezas al terminar.

–Pasa diez años dibujando bambús, conviértete en bambú, y luego, cuando te pongas a dibujar, olvídalo todo sobre el bambú –dice el instructor, con su ropa color caqui y su cuerpo fibroso y trabajado por el yoga.

Inevitablemente, la religión preferida del trabajo es el zen, porque su objetivo es que te olvides de ti, que conquistes el desapego más absoluto y liberador, que no concedas ningún valor a la vida ni a la muerte. El formador habla de bienestar, de descanso, de mejora del sueño, de meditación, de la naturaleza... Pero en realidad nos está ofreciendo técnicas para obedecer. O para desaparecer.

Steve Jobs fue un guerrero zen: le encantaba caminar descalzo por el campus de Apple y hacía las entrevistas de trabajo dando largos paseos. *Be water, my friend. O be future, be a flower, be power...* Puedes ser lo que quieras... excepto una persona.

La vida y la muerte se vuelven indiferentes en el alma de un guerrero zen, igual que en el alma de un trabajador contemporáneo. Y el cuerpo se borra, para quien lo trabaja lo suficiente llega a desaparecer, da igual que sea un monje shaolín de noventa años saltando a dos metros del suelo que un ejecutivo terminando su último *ironman* de fin de semana.

Los libros sobre el código bushido son superventas en Japón gracias a la afición que los hombres de negocios le tienen a este reglamento del honor. Pero en realidad les vale cualquier reglamento, civil, religioso o militar. Lo importante es que haya normas claramente jerarquizadas, que las ideas se conviertan en recetas, que desaparezcan los detalles.

Eso quiere decir que no importa cuán lejos corras, que da igual a qué cultura o religión intentes escapar: siempre habrá alguien dispuesto a darte un garrotazo por la espalda para que aprendas. El problema es que yo no aprendo, todo fracasa conmigo. No creo en la psicología, no creo en el *mentoring* empresarial, no creo en el zen ni en el *mindfulness* ni en la meditación ni en el yoga, no creo en los relojes inteligentes, ni siquiera creo en el running. No estoy orgullosa, pero es posible que incluso haya dejado de creer en la educación. No me parece razonable seguir ninguno de los caminos que nos han traído hasta aquí. Ya no puedo aprender ni seguir a ningún maestro, no quiero más golpes por la espalda. Cada día estoy más cerca de entender por qué mi madre no quiso aprender a escribir su nombre. Dominar la gramática del poder no solo te hace más fuerte, también te convierte en pólvora de su misma guerra.

La última tarde del curso zen la pasamos en una enorme sala de proyecciones viendo un espectáculo de teatro kabuki que dura cuatro horas. En la escena aparece otra temporalidad, hay múltiples instantes y gestos, mucho silencio solo interrumpido por los cantos de los protagonistas. Este teatro es la absoluta deconstrucción del instante, y el canto es lo que por fin está por encima del tiempo, y también lo que le da sentido. Nunca he visto movimientos tan hermosos; las mujeres que aparecen en escena semejan espíritus, se mueven a caballo entre dos mundos. Ellas realmente son el bambú, son el cerezo en flor, son ese momento de desapego de la vida, pero, al mismo tiempo, están llenas de sentido y sentimiento. Todas tienen la cara blanca, igual que los hombres. Pero ellos tienen gesto de demonio, con grandes cejas negras y ojos enormes. Esa forma de maquillarse para estar en escena y borrarse a la vez de la vida mortal se llama *keshō*.

Solo cuando termina el espectáculo descubro que es un arte prohibido para las mujeres. Todas las que he visto en el escenario son en realidad *onnagata*, que es el nombre que reciben los actores masculinos especializados en papeles femeninos en las obras kabuki.

Las mujeres están prohibidas, incluso a la hora de representar su máximo esplendor. Especialmente en ese momento.

El teatro kabuki nació como un arte femenino y venía a representar lo excepcional, lo que quedaba fuera de la convención, explica el instructor. Apareció en el año 1600, y durante treinta años fue monopolio de las mujeres, dramatizando la vida cotidiana en vez del pasado heroico. Entonces a las mujeres se les prohibió participar en ello y los hombres ocuparon su lugar. Hasta hoy.

En 2005, el kabuki fue reconocido por la Unesco como Obra Maestra del Patrimonio Oral e Intangible de la Humanidad, nos dice ahora el instructor. Y pretende hacernos pensar sobre el valor intangible de nuestro trabajo, la importancia de cada gesto y el valor de la repetición, del ensayo y de la rutina.

Estamos en octubre de 2019 y me siento como un actor kabuki milenario disfrazado de mujer en el centro de Madrid. Estoy en un curso de *zenworking* que se imparte para una gran compañía en un *coworking* y que está a su vez patrocinado por una conocida marca de cerveza. De pronto, siento una mano invisible en la garganta. Pienso en el fantasma de las geishas y en la mano de Adam Smith. No sabría decir de quién se trata. Lo único seguro es que aprieta fuerte.

Hay un momento, justo antes del orgasmo, en que João cierra los ojos y pierde el control de sí mismo, no puede mirarme, no puede entender qué está pasando, no puede ni siquiera hablar. Lo único que puede hacer es desear, y lo que desea es que me quede embarazada otra vez. Lo desea cada vez, todas las veces en que no dice nada y suplica en silencio, como si llevara en el móvil una aplicación que le recuerda mis días fértiles. Él quiere que nuestro amor produzca hijos, que nuestro sexo produzca hijos, él quiere lo que yo no deseo. Cuando termina se queda muy quieto y me abraza y me dice «Te quiero» al oído, como si fuéramos los protagonistas de una película donde la trama no avanza o como si quisiera demostrar que lo que ha sucedido entre nosotros no es solo sexo, sino algo más importante. Por supuesto, yo me habré corrido mucho antes, cabalgando sobre él sin otro propósito que mi propio placer.

¿Qué les pedimos a nuestros amantes?

Les pedimos que arriesguen.

Que sean leales.

Que nos deseen.

Que nos atraviesen.

Que confíen, que se salten las barreras de cualquier encierro.

Que tengan hijos con nosotros.

Hace tiempo que lo único que le pido a João es que vea la tele conmigo, que encuentre una serie que me guste de verdad y la ofrezca a mis ojos como si fuera un sacrificio ritual. Estoy tan cansada que mi amor carece de exuberancia.

Me estoy secando por dentro, y sin embargo no creo que sea peor que él.

Hay muchas cosas que no necesito de João: no necesito que me dé hijos, como tampoco necesito que sacie todos mis apetitos. Pero todavía quiero más de lo que él puede ofrecerme. En el fondo, lo que le pido no es tanto. Desearía simplemente que se atreviera a mirarme como yo lo miro a él. Que tuviera el valor de acercarse a mí con lo que ya sabe, que no tuviera miedo de la desconocida en que me he convertido, de la mujer que lleva años disfrazándose para él. Desearía que una mañana, cuando estoy desnuda en la cama a los pies de su deseo, retirase todos los velos que llevo encima y me dijera: «Eres distinta de lo que imaginé, pero no eres una mentira».

En el fondo, mi amor es mejor que el suyo, porque soy la que tiene el valor de aceptar que siempre será un desconocido y seguir deseando que sea el hombre al otro lado del sofá. Soy la que sabe que su generosidad tiene que ver con algo que es suyo y jamás entregará a nadie. Soy la mujer a quien João está dispuesto a dar todo lo que tiene, salvo el monopolio de la generosidad y el cuidado de nuestra familia.

A João le gustar estar conmigo porque se siente mejor a mi lado. Y eso es así porque en el fondo cree que es fácil ser mejor que yo. Lo que pasa es que no es verdad. Él podría hacerme daño buscando mi propio bien, haciéndolo todo por mí, él es esa clase de persona peligrosa capaz de matarte a golpes de altruismo. Y lo sabe, tiene que saberlo. Lo que ignora es que yo le perdono, que tengo el valor de amarlo sin disfraces. Pero él no. Él es el hombre que cierra los ojos justo antes de correrse porque no se atreve a mirarme a la cara y decirme que desea tener otro hijo. Yo soy la que mantiene los ojos abiertos, la que espera, atenta, una oportunidad para decir la verdad. Mientras que él, con toda su luz, es para mí un paisaje donde siempre es de noche. Si una sola vez dijera algo, si una sola vez esos párpados no fueran ciegos, entonces podría decirle que desde hace dos años llevo puesto un DIU hormonal. Pero João no quiere hablar conmigo, no quiere verme. João no me ama. Él solo desea dármelo todo.

Esta noche, por ejemplo, ha encontrado la mejor serie posible para mí: *Exit*. Así se llama la ofrenda que me entrega como un sacrificio humano a una diosa arbitraria. Y a mí me parece que quizás ha descubierto una puerta de emergencia, una salida para los dos o un atajo hacia ese lugar donde podré, al fin, poner un pie fuera de mi propia vida. Exit, sí. Salgamos cuanto antes de aquí, le digo.

Los cuatro protagonistas son varones, hombres de negocios noruegos, y el guión está basado en testimonios reales. Se acaba de estrenar, y en su estreno ha conseguido 1.300.000 espectadores. Hay poco más de cinco millones de noruegos censados, contando a los niños, así que podríamos decir que se trata de un auténtico episodio nacional. Se puede encontrar en Filmin, la plataforma preferida de João, y aunque hay que tragarse el audio en noruego y leer cada subtítulo, no me resisto a ver de qué está hecho el salvaje capitalismo europeo. Por un momento me imagino a hombres bebiendo té en tazas de madera y planeando un futuro más sostenible para todos. En vez de eso, los cuatro machos forrados se aburren de sus vidas y buscan el entretenimiento donde siempre: cinismo, violencia, sexo, prostitución, drogas y egoísmo. El dinero no da la felicidad, pero promete la amoralidad. Hay un momento en que, en una orgía, le cortan un trozo de oreja a una prostituta. Pero eso no escandaliza tanto a João como el hecho de que uno de los protagonistas se haga una vasectomía a espaldas de su mujer y permita que ella crea que tiene un problema de fertilidad. Ella intenta quedarse embarazada de un hombre a quien le apetece follar pero no criar.

—¿Tú crees que puede existir gente así? —pregunta João, asombrado.

—Está basada en hechos reales —digo con el móvil en la mano—, acabo de googlear que el director tiene más de tres horas de grabación del tipo de hombres de negocios noruegos sobre los que está basado el guión. No se ha inventado nada.

—Hay que ser muy hijo de puta para hacerse una vasectomía en secreto.

—Yo veo peor lo de rebanarle la oreja a la prostituta.

—Te parecerá increíble, pero reconozco que me parece peor la vasectomía.

—Eso es porque todos llevamos un monstruo dentro.

—¿Te parezco un monstruo? —pregunta João.

—¿Te lo parezco yo a ti? —respondo mirándole fijamente a los ojos.

—¿Ponemos el último episodio? —sugiere inmediatamente.

Lo ha vuelto a hacer: siempre está dispuesto a cerrar los ojos ante la verdad.

CONTRA LA ORTODOXIA. VIDA

Tengo cuarenta y cuatro años, y en este momento soy el último hombre blanco sobre la Tierra. Sé que soy un hombre porque tengo que volver de una guerra con las manos manchadas de sangre, sé que soy blanco porque los míos están ganando y sé que soy el último porque todas las casas están vacías, ningún alma me espera al otro lado. De hecho, no existe un lugar al que volver. La enfermedad ha encerrado a toda la humanidad en sus casas, pero eso no cambia nada. No para mí. Es imposible regresar a donde nadie te recuerda. Sin espera no hay memoria, y sin ella no hay manera de distinguir entre un guerrero y un asesino.

España está en estado de alarma y el mundo entero se ha paralizado, nada se mueve. La muerte se pasea por la puerta de mi casa y me saluda al otro lado de los cristales, allí abajo. Oigo ir y venir las ambulancias, veo pasar calle arriba los coches funerarios cargados de féretros mientras los repartidores de Glovo esperan, sentados en el banco que hay frente a mi casa, a que alguien haga un pedido. Al anochecer, justo después de los aplausos, las luces de la policía rebotan como estrellas fugaces sobre las paredes y Diego juega a cazarlas, corre de un lado al otro del salón y salta para atraparlas. Es uno de los mejores momentos del día; casi parece que estemos a salvo así, tan a oscuras.

Intento pensar en viajes de regreso, en las vueltas a casa que he conocido o me han contado. Y me doy cuenta de que el viaje de vuelta es siempre el del héroe. Entiendo que eso es precisamente lo que se espera de mí, que tenga el valor de regresar como un hombre, como el primero que se dejó la vida luchando lejos de casa y tuvo el coraje necesario para emprender el viaje de vuelta. En el fondo, ser un hombre consiste únicamente en eso. Desde Homero hasta hoy, es hombre el que regresa, el que es capaz de despedirse de la bestia que le obligó a partir. Pero hay que ser un héroe para emprender ese viaje. Y yo no soy Ulises. No puedo serlo.

Sé que no lo soy por la sencilla razón de que no hay nadie esperándome.

—Faltan solo tres días para mi cumpleaños —dice Diego, a punto de cumplir los seis.

—Siento que no puedas celebrarlo, pero haremos videollamada con todos tus amigos. Y he conseguido todos los ingredientes para hacer tu tarta de chocolate —respondo con toda la alegría de la que soy capaz.

Curiosamente, la harina, el chocolate de postre y la levadura se han convertido en bienes escasos, igual que el papel higiénico los primeros días de encierro. Es absurdo, porque los supermercados se han mantenido abiertos y abastecidos en todo momento. Pero, según parece, todo el mundo quiere comer algo dulce antes de morir.

—Ya sé qué regalo quiero. Y papá dice que por él vale si tú aceptas.

—Si es posible comprarlo, a mí me parecerá bien cualquier regalo.

—Quiero un hámster, mamá. Es lo que más deseo en el mundo ahora mismo, tener un amigo en casa.

—Eso es imposible, Diego. Por más que te quiera, no podría. Sabes que le tengo fobia a toda clase de roedores. Y, además, no se puede comprar un animal vivo por internet.

—¡No haría falta! —dice mientras señala por la ventana.

Tenemos una tienda de mascotas abierta a solo unos portales de casa. Entre las actividades esenciales se han incluido las peluquerías, los estancos y cualquier comercio que venda comida para animales. La que Diego señala está llena de pájaros enjaulados, ratones y peces de colores.

—Mamá, por favor. Nunca saldrá de su jaula delante de ti, lo lavaré y le daré de comer, tú no tendrás que hacer nada. Vivirá en mi habitación, y cuando entres cubriremos la jaula con una sábana. Necesito alguien con quien hablar, por favor, mamá.

—¿Cómo que necesitas a alguien con quien hablar? Estoy en casa todo el día, igual que papá. Puedes hablar con nosotros.

—Pero nada es como antes. Fernanda ya nunca está, y solía hablar con ella —confiesa.

Fernanda es nuestra asistenta, y quien recogía a Diego del colegio y lo llevaba a sus extraescolares por las tardes. Desde que estalló la pandemia hemos decidido pagarle para que se quede en su casa, en parte por ahorrarle el riesgo de contagio y en parte por ahorrárnoslo a nosotros. Nunca había pensado en ella como la interlocutora de mi hijo.

—Mi vida, puedes hablar conmigo siempre que quieras —replico.

Y pienso en todos los desayunos con atención plena que le dediqué en los últimos meses, gracias a la disciplina férrea que me impuso el coach. Y en qué demonios hacía la maldita asistenta para que mi hijo quisiera contarle las cosas que a mí me oculta.

—Ya, pero no es lo mismo.

—¿Y qué es lo que cambia?

—Que con ella podía hablar de todo.

—Conmigo puedes hablar de todo. ¿De qué quieres que hablemos?

—No sé explicarlo, mamá. Es otra forma de hablar. Ahora tampoco puedo ver a mis amigos. Por favor, mamá. Te lo suplico. Di que sí.

—¿Cuándo hablabas con ella? —interrogo.

Me doy cuenta de que su confesión me hace daño.

—En casa. En cualquier momento, porque Fernanda siempre estaba.

—Pero ahora estamos todos en casa, todos juntos, todo el rato.

—Pero yo estoy solo, mamá. Y mi hámster también. Está solo en esa tienda esperando a que me lo regales por mi cumpleaños, por favor, por favor.

Regresar no es tan sencillo como parece. No es tan fácil como cerrar una puerta, dejar las llaves en la encimera y gritar «Ya estoy en casa». Ni siquiera se consigue encerrándose durante semanas, ni aunque no salgas durante meses. Una cárcel no es lo mismo que una casa.

Entregué mi corazón donde nadie me estaba esperando. Y ahora que necesito recuperarlo ni siquiera recuerdo dónde lo dejé, supongo que olvidado en cualquier parte, como las llaves del coche o el móvil, encima de una mesa de reuniones. Pero también podría ser que sea yo la mujer que está esperando, quizá sea otra más tejiendo la vida durante el día y deshaciéndola cada noche. ¿Por qué no? ¿Quién dijo que esperar es no hacer nada? A lo mejor soy Penélope, quizá soy la mujer y no el héroe que regresa. Puede incluso que la heroicidad no sea otra cosa que guardar la memoria; a lo mejor fue Penélope quien trajo a Ulises de vuelta y el viaje del héroe ha sido desde siempre el suyo.

Observo los tres árboles plantados al otro lado del ventanal del salón, el que da al patio interior. En esta época están completamente desnudos y extienden sus ramas hacia el cielo como brazos suplicantes. Creo que nunca había pasado tanto tiempo mirándolos, pero no tengo ni idea de lo que pueden estar pidiendo. A mi alrededor todas las cosas están cambiando de sentido, todo parece más grande y más real, también más peligroso, como si la única mentira capaz de seguir en pie fuera yo.

Llevamos siglos trabajando, milenios sumando y guerreando, generaciones de humanos dando lo mejor de sí mismos para llegar hasta aquí, al peor momento de todos los posibles. Y lo peor es que hemos llegado aquí por intentar hacer las cosas bien todos los días. Lo peor de todo es que ahora sabemos que el fin del mundo llegará cuando el progreso alcance su máximo esplendor, cuando la transformación tecnológica sea absoluta, cuando no queden libros ni cuerpos ni memoria, cuando se cumplan todos los objetivos y se cobren todos los bonus.

Somos muchos, somos todos, en realidad, los que buscamos un clavo ardiendo al que agarrarnos, cualquier cosa que nos recuerde quiénes somos o quiénes fuimos. Somos los hombres y mujeres que cada mañana, después de desayunar All-Bran cuando algo no funciona bien en nuestras tripas, partimos hacia Troya. ¿Quien nos espera en Ítaca? Nadie. ¿Existe siquiera algo que podamos llamar «hogar»? Las mujeres han abandonado sus casas, nadie cuida ya de la memoria. Puede que solo mi madre me esté esperando, a lo mejor es ella la única que anhela mi corazón. Pienso en mi madre apilando platos limpios en el fregadero de mi cocina, 2.700 años después de que Penélope tejiera en su telar: los mismos nudos atan todas las casas. Guardar la memoria no necesita currículum, no se reconoce en poder alguno y no hace falta siquiera saber leer o escribir para protegerla. La memoria no tiene nada que ver con la autoridad: es tan frágil como todo lo que nos hace humanos. Pienso, una vez más, en su nombre de guerrera: el ama de la casa, la profesión que yo comunicaba muy bajito desde el pupitre del colegio, desde los documentos donde se solicitan las becas de estudios para la universidad. Pienso en mi madre negándose a escribir y a avanzar y a ser alguien en la vida, y por primera vez comprendo que la *Odisea* se cantó entera durante siglos antes de que Homero pudiera escribirla. ¿Es dueño de la memoria aquel que toma la palabra o quien la guarda callada en su pecho?

Profesión de la madre: ama de casa. Y esa vergüenza era mía, y además sutilmente subrayada por un silencio al otro lado. No quiso leer, no quiso estudiar, no quiso salir a pelear y, al mismo tiempo, cantó para mí: ella era el héroe, pues eran muchas las palabras que se guardó en el pecho. Qué vacío me resulta ahora ese expectante «¿Y tu padre? ¿A qué se dedica tu padre?». Nadie hará esa pregunta a mi hijo. Sin embargo, su vergüenza será otra, porque su madre solo puede ser Ulises. Por eso Diego necesita una rata a la que cuidar, alguien capaz de escuchar. Mi pobre hijo cree que la única forma de que guarden tu memoria es meterla en una jaula.

—Voy a pensarme lo del ratón, Diego. Creo que debo superar mis miedos —digo.

—¿De verdad, mamá? ¿En serio? Será maravilloso. Voy a poder jugar con él, voy a poder cuidarlo, ponerlo a salvo. Va a ser el mejor cumpleaños de mi vida.

Ir al trabajo es como ir a la guerra, sirve para olvidarse de la muerte. En cambio, volver a casa es prepararse para ella. Y yo estoy dispuesta a regresar. Voy a superar todas las pruebas, porque soy el hombre que se fue pero también la mujer que lo espera. He llegado hasta aquí para terminar esta historia de una vez por todas.

La rata se ha escapado. La jaula ha amanecido vacía esta mañana, y eso quiere decir que está en la casa, que puede estar en cualquier parte. Eso significa que puede estar dentro del cajón de mis camisetas, debajo de mi cama, entre las sábanas, en el cubo de la ropa sucia o detrás de la basura. La rata está libre y nosotros encerrados. Diego la busca por todas partes. «Diecinueve, ¿dónde estás, Diecinueve?», clama dentro de los armarios y bajo las camas. La hemos llamado así porque llegó a casa por culpa de la Covid, tenía su gracia. Llevamos veintiundías días encerrados. En cambio, Diecinueve es libre desde esta mañana. Ella está aquí, entre nosotros, como los siglos viejos, como los miedos, como todo lo monstruoso.

Estoy encima de mi cama llorando y gritando, suplicando que la busquen, que encuentren a la rata, que la maten o la encierren. No puedo soportar la idea de que corra libre por mi casa. No puedo entender cómo he llegado hasta aquí, por qué todos quieren expulsarme. No puedo vivir en el mismo espacio que ese animal y ellos lo saben, lo sabían desde el principio.

—No entiendo cómo ha podido pasar —dice João—. La vamos a encontrar, te lo prometo.

—Yo lo dejé todo bien cerrado, mamá, te lo prometo —se justifica Diego.

Está asustado, tiene miedo de mi terror. Los dos me prometen lo que no pueden cumplir.

Diecinueve es de color gris oscuro, un hámster ruso que apenas he podido mirar a la cara, solo una bola de pelo dentro de una jaula. Viviendo con ella he descubierto que se trata de un animal nocturno, se pasa el día durmiendo. Solo por las noches despierta y comienza a girar en su rueda, corre y corre sin descanso y hace un ruido como de enorme molino, ella sola hace temblar nuestra casa en el silencio de la madrugada mientras nadie parece escucharla salvo yo. Entonces, cuando solo quedamos despiertas las dos, me levanto, entro en la habitación de Diego, echo una sábana sobre su jaula y la saco de la habitación. Encierro su traqueteo en el aseo de la entrada y me siento en el retrete unos minutos con la luz encendida, solo para escuchar la rueda girar. Con la sábana encima, parece un fantasma.

Es imposible no pensar en mí misma como una rata girando en su rueda, la imagen mental de todos los empleados del mundo convertida en un espectro nocturno. Salgo del aseo y la dejo sola dando vueltas dentro de la rueda, que está a su vez dentro de su jaula, que está dentro de nuestro baño, que está dentro de nuestra casa en el centro de Madrid, que está dentro de un mundo asolado por una pandemia… Cierro la puerta y desde mi cama no oigo ya su esforzada carrera. Comprendo entonces que Diecinueve no conoce otro mundo, que nunca ha podido mirarse desde fuera, nunca desde donde estoy yo. Y me duermo con la imagen de una jaula vista desde el cielo. «No existen sueños pequeños», me digo antes de cerrar los ojos.

La culpa es de Diego. En la tienda de animales, se empeñó en comprar una bola de plástico para meterla dentro y sacarla a pasear.

Todos los días, antes de irse a la cama, mi hijo metía a su maldita rata en esa burbuja transparente y ella corría por la habitación. Supongo que allí fue cuando empezó a vislumbrar los contornos del mundo inmenso que le esperaba fuera. Creo que se ha escapado por eso, porque empezó a imaginar lo que no debía. Y mientras grito y lloro encima de mi cama, comprendo que Diecinueve es una rata valiente, una auténtica superviviente. Detesto a ese maldito animal, siento asco por su vida, pero no deseo que le pase nada malo. Ella ha conseguido salir de la rueda. Diecinueve es libre. Y solo por eso merece nuestro respeto.

—A estas horas siempre está dormida —le digo a Diego y a João con toda la tranquilidad de la que soy capaz—. No os preocupéis, estoy segura de que vamos a encontrarla.

—Sí, es verdad. Siempre está dormida. No te preocupes, mami. A estas horas es imposible que te la encuentres.

—Estoy tranquila, no os preocupéis. Sé que la encontraremos y sé que estará bien.

João me mira con admiración y complicidad, orgulloso de lo que estoy haciendo. Él comprende lo que esto significa para mí. Sabe que estoy aterrorizada y entiende también que los elijo frente al miedo, frente a lo peor de mí, frente a todos mis monstruos. Es curioso, pero, desde que no espero nada de él, João me parece un hombre mejor.

Busco en internet la manera de atrapar a Diecinueve. Hay que construir una trampa que no le haga daño. Se trata de cubrir con una servilleta de papel una caja de cartón a la que Diecinueve pueda subir fácilmente por una pequeña rampa que situaremos en un lateral. Encima de la servilleta vamos a poner tres arándanos, su comida preferida. Así, cuando Diecinueve suba a comer, la servilleta cederá y ella caerá en la caja, que Diego habrá acolchado con algodón para que no se haga daño.

Colocaremos tres o cuatro trampas semejantes por toda la casa, porque es urgente encontrarla. Si no damos con ella podría morir de sed, aunque en uno de los foros de roedores que consulto hay quien asegura que encontró a su hámster vivo cuatro días después de que desapareciera de su jaula. No podemos poner agua, porque su bebedero tiene forma de diminuto biberón para roedores y no somos capaces de replicar uno igual.

Esperamos dos días y dos noches, pero Diecinueve no cae en ninguna trampa, y tampoco se oye ningún ruido. Yo paso casi todo el tiempo en la terraza, trabajando con el abrigo puesto, a la espera de que aparezca. No soporto la idea de verla corretear por nuestro piso. Por la tarde, mientras observo la curva de muertos y contagios subir en mi smartphone un día más, comprendo que la rata está aterrorizada. Sé que no se meterá en mi cama ni saldrá a comer a las trampas porque está temblando en algún rincón. Es muy probable que muera de miedo.

Diecinueve está esperando a que la rescate, a que tenga el valor que hace falta para esperar su regreso. Ella me necesita para poder volver. La rata, igual que yo, tiene que convertirse en héroe. La rata, igual yo, necesita que me convierta en héroe.

Es el tercer día sin Diecinueve, pero Diego ha detectado que falta un arándano en el suelo. Hemos dejado comida en el centro del salón sin ninguna trampa, solo para ayudarla a sobrevivir. Hace sol y Diego se ha vestido como si fuera a salir a la calle, como si pudiera hacerlo. Hasta se ha colgado a la espalda su mochila de ir al parque, con su pequeño balón de fútbol sobresaliendo. Lleva más de media hora en la terraza, con las manos apoyadas en la barandilla, mirando al bloque de enfrente y esperando. Un niño que espera. Un niño triste, además, estos días.

Diego recuerda mejor que yo lo que significa esperar, la clase de humanidad que esa palabra contiene. Puedo ver cómo se concentra, cómo dedica su tiempo y su fuerza a ese viaje de la imaginación, un viaje que requiere conocimiento, confianza y humildad. Diego ha aceptado la incertidumbre y ha sido capaz de asomarse a una ventana.

Antes de este encierro, mi hijo nunca había esperado por nada. Yo me ocupaba de pagar las mejores extraescolares para que él no conociera el aburrimiento. Mi hijo era un tesoro, y su tiempo una inversión. Yo le ofrecía una vida ordenada y llena de cosas, la mejor vida de todas. Ahora, desde la ventana, él me enseña a mí que llevo el pijama bajo el abrigo. Trabajo aquí fuera porque tengo miedo de la rata. Pero creo que voy a vestirme con ropa de calle para sentarme a su lado a esperar. Y a confiar.

−¡Diego! Ven, venid los dos. ¡Creo que he encontrado a Diecinueve! −grita João, a cuatro patas mirando bajo el sofá del salón.

—¿Seguro que no es un calcetín? —pregunto, escéptica.

—¡Se mueve! ¡Es ella! ¡Está viva!

—Ten muchísimo cuidado, papá —suplica Diego.

—¡Diecinueve! Ven con papá. Ven, Diecinueve —dice João, como si llamara a un perro o a un niño pequeño.

No me muevo de la terraza, no hago nada, espero a que terminen toda la operación, a que la acomoden en su jaula, a que la encierren otra vez.

Después, por la noche, justo antes de dormir, oigo al fantasma del trabajo girar en su rueda. Su miedo también ha vuelto a casa.

Han pasado tres meses desde que comenzó el estado de alarma, y la tecnología ya nos facilita técnicas de control virtuales tan asfixiantes como las presenciales, o incluso más. Para superar el control presencialista del trabajo se ha activado una política de control absoluto. Tengo un sistema capaz de medir los resultados de todo el equipo de una manera más eficiente que nunca, puedo incluso medir la productividad de cada uno en tiempo real y compararla, semana a semana, o mes a mes, con el resto de sus compañeros. Al dejarnos trabajar desde casa creímos que nos soltaban la cadena, pero solo nos la han cambiado por una más larga (y más pesada).

Cuando se muestran ante los otros virtualmente, algunos se atreven a apagar la cámara, pero eso no está bien visto. Las reuniones se programan a cualquier hora, mucho más tarde que antes, porque, después de todo, ¿a quién puede importarle la hora estando en casa? Los mensajes llegan en tiempo real y aspiran a una respuesta inmediata. Tardar un día en responder es inadmisible, dado que todos los interlocutores comparten canales y están conectados a internet, de modo que el cuerpo despegado de un dispositivo se ha convertido, definitivamente, en una herramienta superflua e innecesaria. La cadena que nos ata es por fin virtual y, por tanto, infinita. Cada vez son menos quienes exponen su piel al trabajo y la mayoría de las veces son pobres, personas cuya vida vale literalmente menos que la del resto y por eso queda expuesta al virus. Pobres o héroes.

Pero más allá de héroes o mártires: superada cierta retribución, el cuerpo va desapareciendo, y con él las fronteras entre la productividad y la intimidad.

—¿Te acuerdas de cuánto me enfadé contigo el día que murió Diecinueve? Pues creo que estaba triste. Creo que es lo mismo, en realidad. Que da igual decir que estás enfadado o que estás triste. Pero te lo digo ahora porque estaba enfadado contigo, además de triste, aunque sea lo mismo.

Mientras intento trabajar, Diego me habla con su voz cantarina. He tenido que cerrar el portátil para escuchar su discurso. A veces, algunos días, rompe a hablar como si fuera un río que avanza con la fuerza del viento a su favor. Entonces puede hablar de un duelo o de una tontería, o de las dos cosas a la vez, en el mismo vendaval. Cuando el río de su voz suena, sé que debo prestar atención. Como ahora.

—Es que, mamá, creo que, aunque el resultado pueda ser el mismo, no da igual una cosa que otra. O eso han dicho hoy en *Teen Titans Go* cuando han discutido Raven y Robin. Y porque prefiero que lo sepas. Que yo no creo que fuera culpa tuya. Pero que yo tenía que enfadarme porque, aunque eso no hizo que me doliera menos, me ayudó a soportarlo. A veces, cuando estoy enfadado contigo es porque eres la única que está dispuesta a ayudarme.

Hace solo dos semanas, Diego apareció llorando en nuestra habitación. Estaba desconsolado. Había encontrado a Diecinueve muerta. Nunca había visto a Diego llorar así, apenas podía hablar. João tuvo que ir a la jaula para entender lo sucedido, porque nuestro hijo no era capaz de explicarse; solo podía llorar y gritar.

—Diecinueve ha muerto intentando escapar de su jaula, se ha estrangulado al meter la cabeza entre los barrotes. No sé cómo la habrá metido ahí, pero se ha quedado atascada, no ha podido salir ni volver a entrar —explicó João, compungido—. Pero ya la he sacado y la he puesto sobre su camita. Podemos meterla en una caja de cartón y despedirnos de ella.

—Ha sido una rata valiente —respondí—, me alegro por ella. Está mejor así.

Fue instantáneo, no pensé en mi hijo, no pensé en la muerte, no pensé en su dolor. Solo dije la verdad.

—Es normal que te enfadaras conmigo. No debería haber dicho eso. Algunas veces las personas que nos enfadan nos ponen todavía más tristes de lo que estamos, más de lo que merecemos —respondo a la confesión de mi hijo.

—Me gusta hablar contigo, mamá —es su regalo.

Hablar no es mirar a los ojos a la hora del desayuno y pedir al otro que abra su corazón. Los corazones son como las flores: pasan cerrados la mayor parte de su vida.

Antes de que termine el año, el 77 por ciento de los directivos planeará abandonar su compañía. Y la mayoría de ellos soñará con montárselo por su cuenta, con el autoempleo, con otra vida distinta en otra parte. Los hombres y mujeres que más ganan del mundo, los que ostentan los mejores puestos, no han sabido volver a casa, y tampoco podrán abandonar sus trabajos. Podrán huir, intentarán independizarse, sembrar un huerto, no responder ante ningún jefe, mudarse a zonas rurales, incluso a lugares deshabitados, se esconderán de todo, escaparán como ratas. Huirán a todas partes, se colarán por todas las grietas con tal de no emprender el regreso. Todo el mundo está dispuesto a cambiar un dogma por otro; lo difícil es aceptar la vida, llenar el pecho de silencio y sentir el latido de la Tierra dentro de una. Lo difícil es trabajar y seguir viva. Lo difícil es el regreso y la memoria. Lo difícil es dejar de huir de la vida.

Es pronto para saberlo, pero a mediados de 2021 cuatro millones de trabajadores al mes abandonarán su puesto de trabajo en Estados Unidos. La Gran Dimisión es la respuesta articulada a la Gran Depresión, la huida es siempre el reverso tenebroso de la tristeza. Todos se irán mientras yo lucho por volver.

João me ha pedido que hablemos. Quiere que hablemos del problema, de nuestro problema. Pero ¿cuál es nuestro problema? ¿Es solo de los dos? Supongo que se refiere únicamente a que yo soy un problema o a que nuestro problema soy yo.

«Pedro tiene 50 rotuladores, Juan tiene 31 y Eva tiene 20. ¿Cuántos rotuladores tienen entre los tres amigos? Resuelve el problema». Para empezar, es mucho decir que sean amigos. Porque a Pedro y a Juan les gusta jugar juntos, y Eva suele jugar sola. De hecho, aunque el problema no lo dice, Pedro es un abusón que nunca comparte nada. Y los rotuladores de Eva no pueden sumarse al resto, porque tienen la punta demasiado fina. El problema nunca se soluciona con una suma sencilla. Por otro lado, ¿tienen más amigos Pedro, Juan o Eva? ¿Comparten estos rotuladores con algún hermano? ¿Tienen padres? ¿Tienen casa? ¿Se encuentran bien?

João quiere resolver nuestro problema, como si pudiéramos sumar y restar las cosas que nos pasan. Según él, nuestro problema es que llevo un DIU hormonal sobre el que no le he consultado y que mi silencio es una falta de amor y lealtad. Resuelve el problema, me dice. Y yo digo que la carga económica de nuestros hijos cae directamente sobre mis ovarios y que eso los convierte en mi problema. A lo mejor forma parte de nuestro problema que él lo acepte siempre todo, que nunca diga una palabra más alta que otra, que el bienestar esté por encima de todos y de todo.

—Nunca más pienso resolver un problema complejo como si tuviera una solución sencilla, João.

No tengo nada mejor que ofrecerle. Hemos salido a la terraza para hablar sin que Diego nos oiga. Pero está empezando a llover. Ayer llovió todo el día. Le he besado la cara y las gotas de lluvia en ella.

—Estás muy cambiada estos días —empieza. Y debo entender que eso es bueno, que soy mejor cuando cambio—. Me recuerdas a cuando te conocí.

—A mí también me gusta estar cambiando.

—Pero creo que podrías enamorarte de cualquiera. Que vas a salir de esta a comerte la vida, que vas a salir pitando en cualquier dirección.

—Puede que esté a punto de enamorarme de cualquiera, pero no pienso huir.

—No consigo imaginar la vida cuando te marches.

—Tú eres tan cualquiera como todos los demás. Y estoy intentando volver a casa, aunque no sé aún dónde está ni quién estará en ella cuando llegue.

—Me gustaría que esto funcionara. Pero no sé qué hacer.

—No hay nada que hacer y no hay nada que tenga que funcionar. La vida nunca está rota.

—¿Quieres que me quede aquí esperando, como si nada?

—Preferiría que me esperases como si todo.

—No te reconozco. Estás muy rara.

—Es porque aún no existo del todo. Y porque el mundo entero está irreconocible. Pero mira la lluvia, es nueva —digo, y me adelanto al borde de la terraza para recibir el agua, como si fuera un bautismo o una resurrección.

Y entonces lo veo. No es una visión ni un fantasma; está ahí de verdad, majestuoso y brillante, arrastrando su brillante cola por el asfalto como el manto de un rey. Los humanos nos hemos retirado de la ciudad y los animales empiezan a ocuparla. Hay una plaga de ratas negras que se mueven por parques y jardines y pueden confundirse fácilmente con pájaros o ardillas, pero el pavo real que ronda nuestra casa es un ejemplar cuya única misión es despegar su belleza. Y precisamente lo hace cuando me asomo: abre su abanico multicolor y asombra a los vecinos, que desde las ventanas se ponen a hacerle fotos con sus móviles.

—¡Mira! ¡Hay un pavo real en la carretera!

—¿En serio? —João abre las puertas de cristal que unen la terraza con nuestro salón y llama a nuestro hijo—. ¡Mira, Diego! ¡Un pavo real!

—¡Es precioso! —exclama mi hijo—. ¿Para qué le sirve esa cola tan grande? ¿Puede volar? ¿Puede subir hasta aquí?

—Esa cola no le sirve para nada —contesta su padre.

—Lo cierto es que esa cola intrigó durante muchísimos años a científicos listísimos que se hacían la misma pregunta que tú. ¿Cómo es que algo tan grande y tan bello puede no servir para nada? —añado.

—¿Y descubrieron para qué servía?

—El pavo real es mi animal favorito precisamente por su bellísima e inútil cola. Y no creo que nadie haya descubierto para qué sirve. Hace más de cien años hubo un científico llamado Charles Darwin que también se hizo esa pregunta. Había desarrollado la teoría de la evolución de las especies, según la cual todas las especies evolucionan hacia la eficiencia máxima. Según él, las especies se van adaptando al medio en un proceso de selección por el que solo los más fuertes sobreviven y hacen siempre cumplir su ley a los demás. Aquel científico, sin embargo, no conseguía entender para qué sirve la cola de los pavos reales.

—¿Y lo descubrió?

El pavo ha cerrado la cola y ahora se retira como un bailarín azul entre los aplausos de toda la calle. Creo que está asustado por el ruido, que no sabe adónde ir, pero el público tras los cristales es cada vez más numeroso. Ahora le han tirado unas migas de pan y ha empezado a picotear el asfalto.

«La visión de una pluma en la cola de un pavo real… siempre que la veo ¡me pone enfermo!», escribió Darwin a un amigo. En su opinión, los imperturbables ojos que adornaban las enormes plumas de su cola eran una burla a la lógica eficiente de la evolución.

—Un día, mientras Darwin paseaba por uno de sus jardines preferidos de Londres, se fijó en el igualmente llamativo plumaje de los vestidos de las damas victorianas que caminaban entre los pavos. Entonces pensó que los pavos despeglaban sus vistosas colas para llamar la atención de las hembras y decirles: «Mirad qué guapo estoy, venid a mirarme. ¿Queréis que sea vuestro novio?». Aquel científico pensó que la belleza servía como reclamo sexual y que formaba parte de la lucha por el apareamiento, que era una parte lícita de la existencia.

—¿Así que ahora está llamando a una pava para preguntarle si quiere ser su novia?

—No. Lo que está pasando ahora es que está lloviendo. Que estamos los tres juntos, que hay una pandemia y que un pavo real ha pasado por debajo de nuestra ventana para mirarnos con todos los ojos abiertos que caben en su enorme cola. ¿Y sabéis lo que eso quiere decir?

—No —dijo Diego con la boca aún más abierta que los ojos.

—Yo tampoco —confesó su padre.

—Lo que quiere decir es que Darwin se equivocó. En realidad, a lo largo de todo este tiempo, el pavo real ha conservado su cola porque un día, en el futuro, iba a haber una pandemia. Y entonces toda la gente se metería en sus casas y las calles se quedarían vacías. Y una tarde triste y lluviosa él desplegaría su cola y todo el vecindario entendería al pavo y comprendería la belleza.

—¿Y para qué sirve la belleza?

—Sirve para que la cola del pavo tenga sentido.

AGRADECIMIENTOS

A todas las personas con las que he trabajado en las dos últimas décadas y han trenzado su tiempo con el mío. Imposible nombrarlas a todas. Por los días, meses, años y vida que hemos pasado en una y otra reunión, en todos esos despachos, en tantos pasillos… Gracias por los lazos débiles que nos unen y por todo lo que entre nosotros es fuerte y no aprieta. Por ayudarme a buscar en el infierno lo que no es infierno.

A todas (y a todos) los Over200, Over300, Over400, Over500… que, cuando supieron que estaba escribiendo este libro, se animaron a hablar conmigo de su relación con la vida, el dinero y el trabajo y tuvieron la valentía (o al menos la intención) de contarme la verdad. .

A Ricardo Masferrer le debo el nombre de João para uno de los protagonistas, su bicicleta negra y el *Butterworths Company Law Handbook* lleno de postit de colores. Además de la generosidad de estar siempre al otro lado.

Gracias a Rosa Montero por ser aliento y refugio para mí. A ella podría agradecerle muchas cosas relacionadas con la escritura, pero le agradezco su amistad por encima de todo.

A María Sendagorta, que leyó el primer borrador y entendió desde el principio. Esa fuerza, la de que una sola persona pueda entenderte en alguna parte, es el mejor motor. Puede que el único.

A Amaiur Fernández, por cuidarme siempre, a veces hasta de mí misma. Por su empatía y su generosidad en el camino, dos cualidades que me parecen más valiosas si cabe en una agente literaria.

A Lourdes González, por los apuntes sobre las comillas, los guiones, la cursiva y las comas. Una coma podría cambiarlo todo.

A Albert Puigdeta, por confiar en mí desde el principio. Por acompañarme en el proceso de escritura y por ser un editor delicado y agudo a partes iguales, en todo momento.

Y a Miguel Aguilar, por ayudarme a relacionar la escritura con la alegría todas las veces en que nos hemos sentado a hablar de libros. Y por entenderme la primera vez que le hablé de este. Entonces aún no sabía adónde me dirigía, y él, impasible, dijo una sola palabra: «Adelante».